花崇

職務：重案組隊長

人稱「花花」、「花兒」，喜歡喝菊花茶。
七年前曾調至邊境支援反恐任務，
卻只有他一個人活著回來。
結束任務後回到洛城，主動請調至重案組。

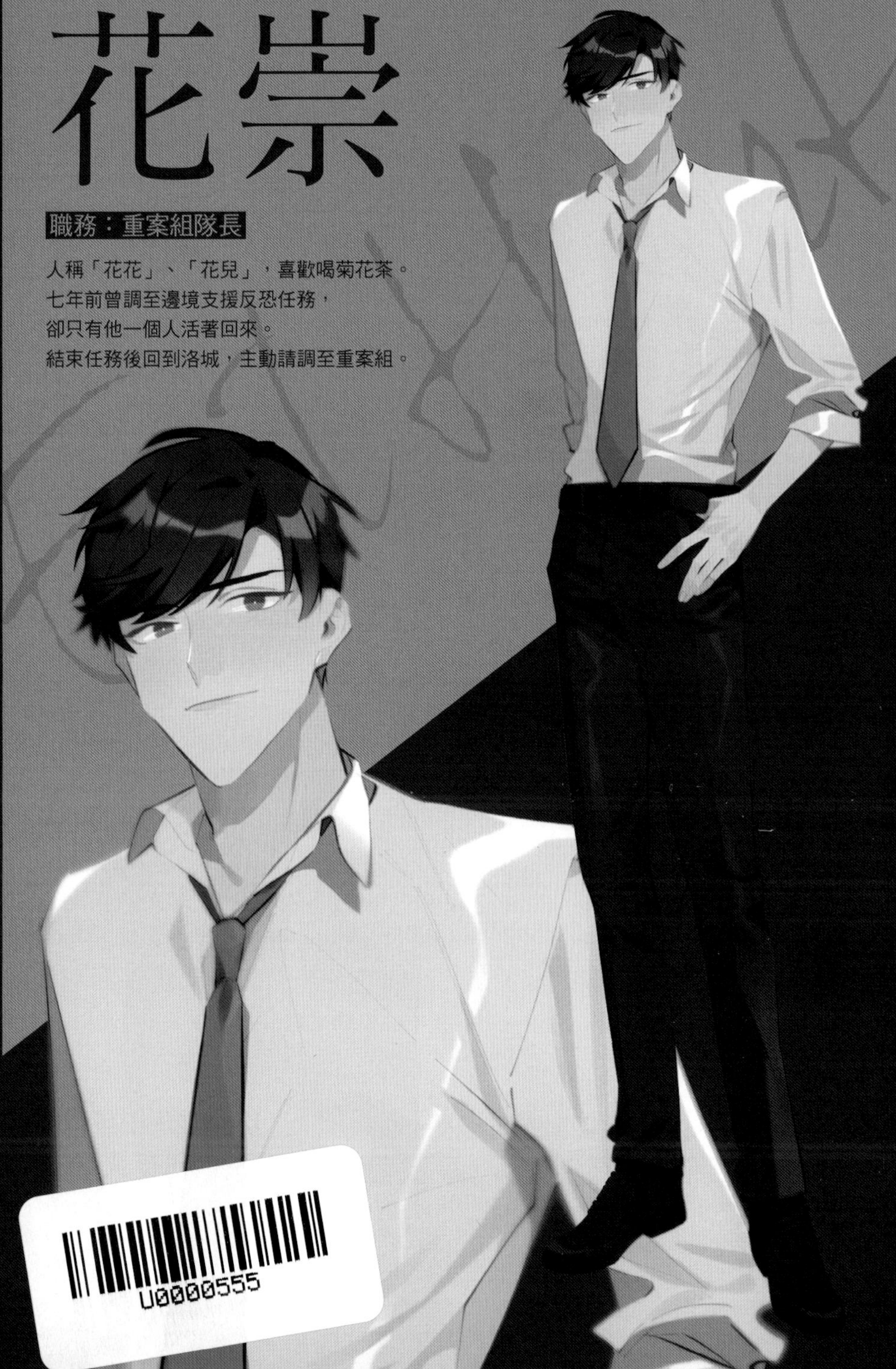

柳至秦

職務：訊息戰小組隊員

人稱「小柳哥」。
公安部派至洛城重案組的菁英駭客，電腦技術一流。
似乎在暗中調查花崇？

心毒
Evil Heart
1
Case001：紅顏
初禾
illust.MN

目錄

楔子

城市的夜幕從來不是不透風的黑。四面八方的光亮像冬季浮在河面的霧氣，喧囂直上，與濃雲一起遮住砂礫般的繁星，投下烏泱泱的暗紅。

初春，夜風裡有乾燥的青草味，細微得像孩童剛吹出來的七彩泡沫，輕輕一觸便消失得無蹤無跡。驅散青草香的是悶沉沉的煙塵味。

一輛車廂空空的一一二路公車停在僑西路車站，前門走上了三個年輕人，後門陸續走下五人。花崇是最後一個。

司機往監控畫面裡瞧了瞧，哈欠一打，關門走人。

一一二路像個年邁的老頭，噴出一屁股廢氣，晃晃悠悠地揚長而去。

洛城的春天轉瞬即逝，花崇還來不及深呼吸春夜獨有的青草香，就被迫吃了一口嗆人的廢氣。

「操。」他低低罵了一聲，鼻子不大舒服地皺了皺，卻不見真的生氣的樣子。

這時，又一輛公車駛來，一位拄著拐杖的婆婆步履蹣跚地往前門挪。他幾步趕上前，將婆婆扶上車去，和氣地笑道：「您慢一點，這麼晚了，早點回家。」

婆婆笑出滿臉皺褶，「小夥子，謝謝你。」

他站在車門外，併起右手的食指與中指，樂呵呵地向上一揮。

三十出頭的年紀，這動作做起來未免有些輕挑，但他眉目清雋，眸底透明的光就像高原上空的星辰，舉手投足間淨是輕快之氣，讓人壓根看不出年齡。說是二十來歲的小鮮肉也有人信。

司機挺有眼力的，待婆婆坐好了才緩慢啟動，駛出月臺。

花崇在廢氣裡打了個噴嚏，拿出濕紙巾擦了擦口鼻，這才向不遠處的地鐵站走去。

他有車，平時上下班卻不怎麼開，一來是高峰期容易塞在路上，不如地鐵方便，二來出外勤有公車，偶爾還能蹭蹭老陳的大奔，橫豎用不到他自己的車。唯一麻煩的是從市局到畫景二期沒有直達路線，需要在僑西路公車站換地鐵，中間隔了百來公尺，得靠燃燒脂肪搭「十一路公車」。

儘管他的體脂率很低，幾乎沒有什麼脂肪可燒。

僑西路以前挺偏僻的，附近只有一個半死不活的百貨商場。

這年頭，老牌百貨商場早就沒活路了，不是被推掉，規劃成步行街，就是被新興商業地產收購，建成大型購物中心。這家百貨商場就遇到了不錯的買家，去年底剛簽合約，現在正在推倒重建。

花崇不急著回家，朝工地多看了兩眼。

夜色裡，輝煌過幾十年的百貨商場就像個垂垂老矣的病人，東邊被削掉一塊，西邊被拆掉幾層，也許再過一段時間，它存在過的痕跡就將被徹底抹去。

就如許多離開的人，與過去的事。

花崇眼尾一垂，正欲繼續朝地鐵站走，忽地聽見一聲清脆的「喀嚓」聲。

下一秒，他反射性地轉身，手臂肌肉不自覺地繃起，卻見到一個穿著連帽衫、牛仔褲的年輕人正握著手機，望著工地出神。

那個年輕人的身材頎長，露在衣袖外的手腕筋骨微突，顯現出張揚卻含蓄的力量感。

大約是注意到落在自己身上的目光，年輕人半側過身，俊朗的五官被路燈打上一層柔光，少傾，眉間淺淡的訝異轉為笑意，禮貌地點頭道：「你好。」

花崇並不認識這個人，只是職業習慣使然，聽見快門聲就本能地警戒並循聲望去，這時也笑了笑，「拍工地？」

年輕人看看手機，明白過來，「嗯，剛到洛城，聽說這裡以前是個老牌百貨商場。」

「已經拆得差不多了。」花崇習慣了與陌生人攀談，不緊不慢地道：「過個一年半載，新的購物中心就修好了。」

「修築之時，是最誘人的時候。」年輕人由衷讚歎。

花崇不明其意，將年輕人上下打量一番，猜測對方大約有些文藝細胞。而他自己卻除了名字與文藝沾上了一些邊，從裡到外，無一處與文藝有關。

自覺找不到共同話題，他於是笑道：「你慢慢欣賞。」

我就不陪你站在工地旁搞行為藝術了。

「你不覺得嗎？」年輕人卻勾起一邊唇角，眼簾稍稍向下一垂。

明明是個有些邪性的神情，年輕人眼裡卻沉著幾許虔誠。

花崇好奇道：「怎麼個誘人法？」

黑夜裡的破爛工地很誘人——他還是頭一次聽到這種說法。

「它就像一串串代碼。」年輕人說：「將成未成時，永遠是最完美的。」

花崇想了想，「你是工程師？」

原來不是搞行為藝術的？

年輕人一笑，「你呢？」

「我？」花崇信口胡謅，「我是搞行為藝術的。」

年輕人露出探尋的神色，似是不大相信。

花崇瀟灑地揚了揚手，「走了。」

路上車水馬龍，花崇心情不錯地踩上地鐵站的下行電梯，廣播裡傳來甜蜜的女聲：「地鐵即將到站，請依次排隊，站在兩側黃線外，先下後上，不要推擠……」

地鐵站外，月亮從濃雲中鑽出來，黯淡的光芒頃刻間被城市的夜光吞沒。蒼穹之下，幾乎沒有人注意到費了九牛二虎之力才掙扎出來的它。

年輕人收回望向地鐵站的目光，看著工地上黑沉沉的建築發呆。須臾，終於抬起頭，看見了那可憐巴巴的月亮。

車流如水，噪音如潮。

年輕人走向路邊，騎上一輛摩托車。安全帽之下的雙眼笑意漸消，變得冰冷而沉默。

這天晚上，在城市西邊的角落，年輕貌美的女孩睜著一雙血流如注的「眼」，最後一次仰望那慘澹的月色。

第一章　熱愛旅遊的歷史狂熱者

洛城有個說法，東貴南富，西窮北賤。

西邊的富康區是過去老城區的地盤，名字裡有個「富」，卻是主城五區中最窮的一處。人去樓空的工廠、搖搖欲墜的老房、擁擠吵鬧的假貨一條街、髒話滿天飛的麻將館像一堆占地龐大又難以清理的建築垃圾，和生活在其中的人一樣，雖早已被時代淘汰，仍糜爛而堅韌地守著腳下的土地。

最窮的富康區，卻是這座城市最早醒來的地方。

離天亮還早，形如地下加工廠的包子油條鋪就忙碌起來了。昏黃的燈光下，滿面油漬的夫妻、父子正站在熱氣蒸騰的灶台前和麵、燒水、絞肉。若是睡太晚，會趕不上白領族們上班前的早市。炊煙將漆黑陰沉的破敗小巷撐出一道模糊的白色裂縫，用過的髒水被潑出門外，整條巷子彌漫著一股令人反胃的腥味。

同一時刻，南邊洛安區高聳入雲的辦公大樓還沉睡在靜謐的夜色裡，東邊明洛區的獨棟別墅外，路燈就像一個個訓練有素的衛士，徹夜守衛著主人的安寧。

可見「越努力生活越好」這種話，並不適合在低沉泥沼裡掙扎的窮人。

天邊泛起些許亮光，將濃墨一般的夜稀釋成青紫。

幾年前，洛城市政推出了新規定，允許流動攤販在公車站、地鐵站、公園、商業中心的指定位置兜售早餐，但必須於上午九點半以前收攤，並帶走周圍的垃圾。若是超時逗留，流動攤販就會被扣留，還得交一筆價格不低的罰款。

為了搶占人流量最多的地盤，討生活的攤販們越起越早，恨不得半夜就去公車站站著。

邱老漢家的兒子邱大奎昨天晚上打牌打得太晚，晚起了半個小時。邱老漢跨坐在三輪車上，氣得吹鬍子瞪眼，連聲罵兒子不爭氣，好地盤都被街口的李寶蓮家搶走了。

邱大奎今年三十好幾了，沒什麼本事，又窮又不上進，六年前好不容易討了個老婆，將就過日子，但老婆生完孩子後沒多久就得了癌症。窮人家哪耗得起，才幾個月，人就沒了。

閨女沒了媽媽，邱大奎這才跟邱老漢一起早起貪黑做生意。可說是生意，也不過是雞還沒叫就起來炸油條，賣完早餐賣午餐，賣完晚餐賣宵夜。一天賺不了多少錢，省吃儉用，才好歹把閨女往後上學的錢擠出來了。

邱大奎沒文化涵養，活得沒什麼品質，唯一的愛好就是打牌。牌運又不好，十回打，九回輸，輸了就捶胸頓足睡不著覺，總是差不多該起床做早點了才堪堪有睡意。

就因為邱大奎多睡的半小時，公車站旁的空地被搶完了。到了九點半，巡警好言好語地來勸，邱老漢只得收攤，車上的麻園油條還剩一半。回家路上，邱老漢又衝邱大奎發了一頓火，陳年屁事如倒豆子一般往外蹦，罵得邱大奎抬不起頭。

自從喪妻以後，邱大奎的脾氣收斂了許多，懶得跟胡攪蠻纏的老頭子頂嘴，停好三輪車就出去抽菸，身後的門被邱老漢甩得「匡噹」一聲巨響，木門不堪重負，吱吱呀呀的，再甩幾次，恐怕就要自己掉下來了。

邱大奎歎了口氣，往巷口走去。

開春了，邱大奎準備去二裡巷那個專賣假貨的地方幫閨女買一身漂亮的裙子。洛安區和明洛區那些華麗得像宮殿的商場他自然也去過，年前甚至帶閨女去逛了一回，想送閨女一件新年禮物，但帶在身上的所有錢加起來也買不起一條裙子，最終只能在旁邊的麥當勞買了份套餐給閨女。

在假貨一條街裡晃蕩的都是熟人，邱大奎走走看看，很快就花八十塊人民幣買了一條蕾絲花邊小裙子，想到等等還要賣午餐，立即步履匆匆地往家裡趕。

哪曉得還沒到家，就聞到一陣古怪的臭味。

這時間還不到做午餐的時間，按理說，巷子裡不該有臭味。他循著臭味傳來的方向望，發現居然是來自自家附近。

難道是老頭子提前弄午餐了？

他有點慌，擔心耽誤了做飯的時間又被數落。再一聞這味道，又覺得實在太臭，不像平常聞慣的餿味。

邱老漢其實不算是黑心賣家，但窮怕了，摳門得很，過期的肉捨不得扔，就不僅做成包子拿出去賣，自家做飯也和豇豆、泡椒炒在一起吃。

冬天就罷了，如今春天一到，氣溫上來了，那股味道聞起來就特別令人反胃。

邱大奎吃慣了過期肉，倒也沒吃出什麼毛病，但是從來不讓閨女吃。現下越聞越覺得不對勁，推門一看，老頭子哪裡在弄午餐，家裡都沒半個人。

他打開冰箱，把肉類全拿出來聞了聞，心想怪了，不是這個味道。

邱家父子住的是上世紀七八十年代建的那種磚瓦平房，大門挨著過路的小巷，背後是雜草叢生、汙水橫流的荒地，平時沒什麼人到荒地去。

邱大奎在家裡找不到臭味的來源，索性關了門，繞了一大圈才走到荒地上。

春天，荒地上的草長到了半個人高，風一吹，那股怪味就更濃了。

邱大奎與將壞不壞的肉打了幾十年交道，斷定這味道有異，捂著口鼻摸索了一通，走了片刻就被熏得直作嘔。忽地瞳孔一縮，只見草叢裡橫著幾塊木板，木板上空盤旋著一堆蒼蠅，嗡嗡嗡嗡，聲勢驚人。

臭味就是從那裡散發出來的！

邱大奎小心翼翼地靠近，伸著脖子往木板下面瞧，哪知只看了一眼就嚇得大吼出聲。

破爛潮濕的木板下，是一對雙足被齊齊砍斷的腿。

◆

「單身白領女性慘遭棄屍，死狀驚人。專家叮囑，女性深夜不要獨自外出……」

陳爭的大拇指在手機螢幕上滑動，一字一句地念著當地自營媒體帳號「早安洛城」推送的頭條新聞，眉間皺起一道明顯的豎紋。

半分鐘後，他草草看完整篇報導，放下手機揉太陽穴，低聲自語：「狗屁專家，這年頭兩張嘴皮子一碰就他媽能當專家。」

那篇報導足足有三千字，若發在報紙上，能占四分之三個版面，但通篇廢話，單是專家的叮囑就占了兩千七百字，粗看情深意切，細看全是扯淡。

「一大清早就把髒話掛在嘴上，厲害啊，陳隊。」韓渠剛跑完步，沒穿制服，黑色背心勾勒出上半身健碩的肌肉輪廓，門也不敲，將提著的包子往桌上一扔，「花花還沒來啊？一會兒幫我把包子拿給他，香菇牛肉，他以前在我隊上最喜歡吃這個。」

陳爭挑起眼皮，斜了韓渠一眼，拿起包子就往嘴裡送。

「我操！」韓渠趕緊抬手去搶，「我買給我家花花的早飯，你亂啃什麼？」

「晚了。」陳爭嚼了兩口就吞，「富康分局剛轉來一個案子，花兒現在已經在現場了。」

「什麼案子？」

韓渠是市立警察局特警分隊隊長，雖然沒事就愛往刑偵分隊跑，但也不是哪個案子都知道。

陳爭將手機往他面前一推，「喏，死者身分比較敏感——單身白領女性，代入性強，加上死狀很慘，凶手有姦屍和虐屍行為，容易引發社會恐慌。昨天派出所和分局的兄弟去得不及時，周圍居民拍的現場照片已經流出了。分局處理不了，只得轉過來。」

韓渠擰著眉，「單身女性遇害，這一年全國已經出現很多起了，上頭給的壓力不小吧？」

「廢話。」陳爭歎氣，「半夜開會，各種指示下了一堆，孟局讓我儘快把凶手抓出來，也好給市民一個交代。」

韓渠在陳爭肩上拍了拍，「包子就留給你了。那個什麼，我家花花在西北待了兩年，受了一堆大傷小傷，身體沒辦法和二十出頭時比，這點你知道的。」

陳爭啃著包子，沒說話。

韓渠又道：「他回來後，非要調到你們刑偵分隊我也沒辦法，只能尊重他的決定。但人在你這裡，你這個當分隊長的就別把他壓榨得太狠。」

陳爭無奈：「你以為我想？但花兒是重案組隊長，這案子只能交給他負責。」

早春的風帶著濕氣，又黏又沉，空氣中的屍臭味徘徊不去，就算被害人的遺體已經被轉移了，荒地陳屍處仍彌漫著那股令人頭皮發麻的味道。

花崇撩開警用隔離帶，站在已被破壞得一塌糊塗的現場，兩道斜長的眉深蹙，片刻後蹲在草叢中，帶著乳膠手套的右手撚了撚倒折的野草。

現場已經沒有什麼有價值的線索了。

昨天，派出所接獲報警後匆匆趕到，但來得更快的卻是聽到邱大奎驚呼的居民。眾人爭先恐後地往草叢裡鑽，大聲嚷嚷，驚聲四起，一波看完，另一波又來。

巡警拉好隔離帶時，壓在屍體上的木板已經被掀開，泥地上滿是亂七八糟的腳印，連木板都被人踩了十幾腳。及至分局的檢驗師趕到，腳印上面又已疊了無數個腳印。

可以說，原始現場幾乎全被破壞了。

花崇站起身，只見隔離帶外面遠遠圍了一圈好奇的小孩。

這一片區域叫道橋路，城西富康區最難治理的地方。經濟、治安、環境樣樣差，附近幾乎都是磚瓦平房，住戶們大多沒有穩定的工作，靠賣早點、便當為生。早晨正是吆喝生意的時候，留在家裡的孩子便沒人管，三兩成群地擠在一起看熱鬧。

花崇對他們招了招手，膽小的頭也不回地跑了，膽大的就向前挪了幾步。一個又黑又瘦，機靈得跟猴子一樣的男孩蹦跳了過來，眼珠滴溜溜地轉：「阿 sir 好！」

花崇笑了笑，心想這小猴子一定是港片看太多了。

猴子敬了個滑稽的禮，「阿 sir，你們什麼時候能破案啊？」

目前案情尚不明朗，花崇一早接到陳爭的電話，就帶著重案組的幾名偵查員過來複勘現場，等待屍檢、理化檢測結果出來，還要回去開專案會議。

初步將案子梳理一遍後，他心中的疑惑眾多，於是挑了一點問：「這片荒地草高寬闊，你們平時怎麼不喜歡過來玩？」

「爸媽不准啊，說這邊太荒涼，垃圾又多，天氣熱了容易染病。去年李扣子來抓蜘蛛，就被一個破酒瓶劃破了膝蓋，流了好多血……」小猴子說著突然打住，睜大眼睛望著花崇：「阿 sir，你怎麼知道我們平時不怎麼過來玩？」

「猜的。」花崇想，你們要是經常過來，被害人的屍體恐怕早就被發現了。

「這也能猜？」小猴子不信，還想再問，同伴突然喊道：「張皮，你媽賣完稀飯回來了！」

小猴子嚇一跳，拔腿就跑，離得不遠的幾個小孩也一溜煙地跑得不見蹤影。

花崇一看時間，已經過了九點半，賣早餐的人已經陸續回來了。

恰在這時，重案組副隊長曲值從屋舍處跑來，後面跟著一個油頭垢面的中年男人。

「花隊，這就是昨天發現屍體的人，邱大奎。」

花崇摘下乳膠手套，雙眼因為正對著太陽而呈半瞇狀，從眼角漏出來的光透著幾許難以捉摸的冷，令他整個人看上去不怒自威。

「你好，我、我叫邱大奎。」中年男人很是不安，不停抬手擦額頭上的汗，聲音有種與體型不相符的瑟縮，「剛賣完油條，一會兒還要弄中午的便當。你們找我有什麼事情嗎？」

花崇亮出證件，下巴朝最近的一戶平房抬了抬，「那是你家？」

「是。我家老頭子的房子，我們在這裡住幾十年了。」

花崇看了看邱大奎還未摘下的圍裙，閒話家常似的問：「平時在哪個路口賣包子油條？」

邱大奎愣了愣，稍稍放鬆下來，「嘿」了一聲，「運氣好能搶到地鐵站、公車站這樣的好位置，運氣不好就只能在二裡巷賣了。」

「做早餐得很早起來吧？辛苦了。」

「對，對的，要和麵，還要絞肉。」邱大奎想了想，補充道：「不過不能跟你們員警同志比，你們更辛苦。」

花崇一笑，「很早起的話，那也很早睡？」

邱大奎咬了咬乾巴巴的嘴皮，摳著手上的繭，「呃，嗯，很早就睡了。」

花崇盯著他的眼，「早睡早起，為什麼還會睡眠不足？」

「啊？」邱大奎抬起頭，又不安起來，一臉莫名與膽怯。

「你看上去很疲憊。」花崇指了指一旁的曲值，「喏，你們的眼袋都很重，眼睛也沒什麼神采，長期睡眠不足就會這樣。」

沒案子就通宵玩遊戲的曲值：「……」

邱大奎咽著口水，不敢與花崇對視：「我晚上喜歡打牌。」

「哦？在哪裡打？」

「就在對面的老趙家。」邱大奎越說越緊張，「我們打得小，輸贏就十幾塊，不、不算聚眾賭博吧？」

花崇不答，又問：「平時都打到什麼時候回家？」

「就、就十一二點吧，不敢太晚，半夜三點多就要起來弄早餐了。」

花崇話鋒一轉：「那最近打完牌回家，有沒有聽到什麼動靜？」

「沒有！這還真的沒有。」邱大奎連忙說：「我家就我、我閨女、我老頭子將就著過。老頭子和閨女很早睡，我回家洗把臉、泡個腳就睡了，沒聽到什麼動靜。」

「你昨天跟分局的刑警說，是因為聞到一股古怪的味道才走到屋後的荒地去？」

「是的。我想過來看看是什麼，沒想到是屍體啊！」

花崇的眉梢輕微一動，「沒想到是屍體？那你以為是什麼？」

邱大奎緊張得直冒汗，「我、我、我就是隨口一說。我也以為沒什麼，誰會想到自家背後扔著一具屍體呢！員警同志，這案子跟我沒關係的。還有我真的沒有亂拍照，那些破壞現場的人也不是我叫來的。」

花崇點頭，「嗯，別緊張，你隨口一說，我也是隨口一問。發現被害人的是你，以後還要麻煩你多多配合我們的工作。」

邱大奎搓著手，「應該的，應該的。員警同事，要是沒什麼事，我就先回去了，我家老頭子還等著我弄便當。他脾氣大，我回去晚了，又得被他念。」

花崇示意他可以離開了，待他跑出幾步，突然又喚道：「邱大奎。」

邱大奎聞聲，差點一個踉蹌，急躁道：「員警同志，還有什麼問題啊？」

「你最早發現被害人，為什麼沒有立即報警？」

「我……」邱大奎站在原地，一副手足無措的模樣，「我」了半天才道：「我第一次見到死人，她的死狀又那麼嚇人，腳沒了，眼、眼睛只剩兩個血窟窿，就那麼直愣愣地望著我，我害怕啊，當時都嚇傻了，只顧著喊，哪想得到報警？昨天派出所的警察跟我說，都是因為我喊的那一聲引來了那麼多人，唉，我……我真他媽後悔啊！」

花崇看似和氣地瞅著他，片刻，突然扯出一個客氣的笑，「行，我差不多瞭解了，你回去忙吧。」

邱大奎不敢再留，掉頭就走。

花崇站在原地看著，覺得他跑得比剛才那隻小猴子更有落荒而逃的意思。

但小猴子還是孩子，逃走是因為做了「跑到荒地上玩」這個虧心事，擔心被家長數落。邱大奎是一個大男人，夾著尾巴溜這麼快是為什麼？難道也是做了什麼虧心事？

那虧心事是沒能保護好現場？還是沒有第一時間報警？

花崇摸了摸下巴，覺得兩者都很牽強，於是暫且擱置，轉身對曲值道：「排查走訪進行得怎麼樣了？」

曲值搖頭：「這裡都是住了幾十年的老住戶，有錢、有門路的都搬走了，空著的房子基本上沒有新住戶，平時也沒什麼外人。我和兄弟們挨家挨戶問過去，都說以前沒見過徐玉嬌。」

徐玉嬌，正是死者的名字。

花崇垂眸，瞳色漸深。這時，手機鈴聲敲破詭異的安靜，就像在驅散不開的屍臭裡破開了一道細長的裂縫。

花崇接起電話，少傾，沉聲道：「我這就回去。」

◆

「徐玉嬌，女性，二十八歲，新洛銀行洛安區尚科路分行客戶經理。經過屍檢，可以初步推算出死亡時間是三天前——也就是三月十三號晚上十點半到十一點半之間。從現場的血跡、植物壓痕來看，發現屍體處應為第一現場。」

市局刑偵分隊二號會議室的幾扇窗戶拉得嚴嚴實實，法醫徐戡一身白袍站在投影幕前，正對著投影儀陰森森的光，背後是血肉模糊的現場照與屍檢記錄照，暗光在他眼鏡的金絲邊框上溜過，反射出一道光滑的影子。

重案組的刑警圍著會議桌坐了一圈，唯獨花崇立在窗邊，一邊沉思一邊步伐極輕地踱步。他一手揣在制服褲的口袋裡，一手把玩著一枚打火機，襯衫的袖口被捲了起來，下手臂的皮膚籠罩在幕布冷冰冰的薄影中。

從徐戡的角度看去，他下巴與鼻梁的線條猶如經過精工打磨，額髮與前額的分界線平直中帶著恰到好處的圓潤，薄唇微抿，眼角有個不太明顯的自然下垂弧度，臉色因為投影機的光而顯得蒼白，眼中光影交疊，混淆出一汪沉甸甸的探尋。

沒人知道他在思考什麼。

徐戡收回目光，輕咳兩聲，旋即打開紅外線指示燈，在死者頭部畫圈，低沉的嗓音頗有質感，「徐玉嬌全身有十四處暴力傷，頭部最為嚴重——兩眼被挖，雙耳被齊根切下，兩邊耳蝸皆被銳器搗爛。但這些傷處沒有生物反應，是死後造成的。致命損傷位於後腦，死者的顱骨凹陷，為鈍器所傷。凶手在她後腦處敲擊多次，從損傷程度、形態分析，凶器是一把家用榔頭。」

說著，徐戡點擊滑鼠，將富康分局刑警昨日拍的現場照細節放大。那殘忍的虐殺畫面刺激著每個人的神經，技偵組新來的女警胡茜茜坐在角落裡，小幅度地縮了縮脖子。

徐戡停了一會兒，將紅外線指示燈轉移到屍體下半身，續道：「凶手對死者有性侵行為，但非常小心，未留下精液、毛髮、皮膚組織等任何能檢驗出ＤＮＡ的證物。我們在徐玉嬌的陰部檢測到避孕套的潤滑油成分，他在實施侵犯時帶了套。」

「口腔、肛門、大腿、胸部都檢查過了？」花崇突然問。

「檢查過了。」徐戡聳了聳肩，「一無所獲。」

花崇眯起眼，將打火機換到另一隻手上，「繼續。」

徐戡點頭，「徐玉嬌的踝骨被鈍器砸爛，腳、腿分離，凶器一是造成顱骨致命傷的家用榔頭，一是用來剮眼捅耳的刀具。和面部的創傷一樣，斷肢處也沒有生物反應，為死後造成。徐玉嬌的衣物已拿去做理化檢驗，發現有香油與罌粟殘留。」
「罌粟？」曲值身子往前一傾。
「事發前兩個小時，徐玉嬌曾進食過火鍋、串串香一類的食物。」徐戡道。
花崇看向技偵組隊長袁昊，「馬上調取十三號晚上八點至次日清晨六點道橋路周邊的監視器畫面。」
袁昊比花崇小幾歲，長得五大三粗，像個中年粗獷的男人。但這粗獷的男人說起話來卻有些女人家的矜持，低聲道：「道橋路是富康區最亂的一條街道，早上我就帶人去調過一次監視器，你猜怎麼樣？」
「攝影機沒幾個能用？」花崇似乎並不意外。
「是啊！」袁昊橫眉倒豎，「壞了也不上報，有的地方用的還是幾年前就被淘汰的老攝影機。」
花崇拉開一張靠椅坐下，「先查。」
袁昊咧咧嘴，「好。」
徐戡又道：「死者被發現時，身上壓著木板，右腿下面壓著身分證和銀行卡。檢驗科已經查過了，凶手沒有在這些物品上留下指紋與ＤＮＡ。」
花崇頓了頓，目光飄向許戡，「現場被嚴重破壞，死者身上沒有留下任何能指向凶手的資訊，所以目前暫時無法確定凶手特徵，對嗎？」
徐戡關掉紅外線指示燈，神態略顯凝重，「是這樣。」
「技偵組加個班，把十三號晚上八點以後能調取的影像都過一遍。」花崇手中的打火機在桌上撞出不輕不重的聲響，「曲值，你幫大家分個組，一組繼續在道橋路走訪，攝影機拍不到的地方，人不一定看不到；另一組查徐玉嬌的社交關係，既然凶手很狡猾，什麼線索也沒留下，我們就只好辛苦一點，從徐玉嬌身上入手了。」

「另外，」他說著，轉向袁昊：「昊子，你親自去一趟尚科路分行，調十三號下班時間前後銀行以及周邊公共監視器的畫面。」

眾人迅速起身，徐戡收起投影幕，一拉窗簾，初春的陽光懶洋洋地照亮整間會議室。

花崇沒有立即離開，單手撐著下巴，有一下沒一下地撥弄著打火機。

「在想什麼？」徐戡伸了個懶腰，背身靠在桌沿上。

花崇在傾泄如注的陽光中閉起眼，眉間浮起淺淺的皺褶。

「這凶手的行為很矛盾。」他說，「女性出門，一般會隨身帶一個包包放錢包、手機、鑰匙、紙巾、化妝品一類的東西，但現場只有徐玉嬌的身分證和銀行卡，凶手應當是把錢、手機和包包一起拿走了。手機先不論，拿走錢和包包，大概能說明他有謀財傾向。」花崇說著看向徐戡，「但是在殺害徐玉嬌之後，他又侵犯了徐玉嬌。徐戡，你說死後姦屍算不算謀色？」

徐戡是市局的主檢法醫，知識分子家庭出身，相貌不凡，文質彬彬，卻熱衷於與各種不成樣的屍體打交道，和花崇、陳爭都是老搭檔。

他思索了一會兒，說：「徐玉嬌身上沒有明顯的掙扎傷，凶手從背後襲擊，榔頭第一下下去，徐玉嬌就已經喪失了反抗能力。凶手如果在這時就實施性侵也會得逞，但他沒有這麼做，而是繼續敲擊徐玉嬌頭部，直到確認徐玉嬌徹底死亡才有下一步行為。我倒是覺得，謀財和謀色相比，謀色的比重更大，謀財頂多算是順手。」

「如果你是他，會在『謀色』之後剮掉徐玉嬌的眼珠，搗爛她的雙耳，砍掉她的雙腳嗎？」花崇語速不快，喉結平緩地起伏，輕微下垂的眼角向上一挑。

「我可沒那麼變態。」

「既然是謀色，凶手至少是肯定徐玉嬌的外貌的。」花崇邊想邊說：「這點我不大能想通，徐玉嬌已經死了，凶手為什麼在侵犯她之後還要毀掉她的臉和腳？這不太符合邏輯，也沒有必要。」

徐戡撐了個高低眉，片刻後摸了摸鼻梁，「我們假設凶手的教育程度不高，他會不會抱有什麼封建迷信思想，覺得這樣能讓徐玉嬌變成鬼也看不到他、聽不見他、追不上他？」

「不排除這種可能，以往確實有類似的案例。」花崇抄起雙手，「但凶手為什麼不把砍掉剮掉的東西帶走呢？還有，徐玉嬌不住在富康區，為什麼會突然出現在道橋路的荒地上？剛才我去過一趟，那地方全是雜草和垃圾，居民不允許家裡的孩子過去玩。要不是發生了案件，那裡白天都沒人會經過。徐玉嬌大晚上跑去那裡幹什麼？為什麼恰巧就遇到手拿榔頭的凶手？」

「你的意思是熟人作案？」

「我覺得起碼不是激動殺人。」花崇站起來，「不過現在線索太少，下任何結論都為時尚早。你那邊屍檢還發現了什麼值得注意的點？」

「嗯……」徐戡摘下金絲框眼鏡，對著陽光看了看，手指突然一頓，「對了。」

「說來聽聽。」

「也不算特別奇怪，不過……」徐戡回頭看了看，確定女警們都已離開才道：「我個人比較在意一個細節——凶手殺害徐玉嬌的手段堪稱殘暴變態，但侵犯徐玉嬌時又十分溫柔。」

「徐玉嬌的陰部……」

「先姦後殺，死後姦屍的案子我經手過不止一起。」徐戡說：「不管哪一起，受害者的陰部狀況都比較糟糕，但徐玉嬌的內外陰都相對正常，而這『正常』，恰巧最不正常。」

花崇凝眉沉思，「放在這個凶手身上，這種『溫柔』確實不正常。」

「不過我們也不知道凶手是怎麼想的。」徐戡說：「萬一變態的思路就是異於常人呢？抱歉啊花兒，痕檢和屍檢都沒查出什麼指向明確的線索，如果監視器也查不出名堂，這案子的擔子就全壓在你們重案組肩上了。」

花崇唇角一牽，拿起筆記本往徐戡腰上一拍，「別學老陳亂叫。」

「『花兒』挺好聽的啊，總比特警分隊那邊叫你『花花』好吧？」徐戡雙手抄進白袍的口袋裡，「噯，我差點忘了，你老隊長韓渠同志今天又跑到老陳那裡找碴了。他也真是的，你都調到我們刑偵分隊好幾年了，他還念念不忘，一年三百六十五天都琢磨著該怎麼把你要回去，也不聽聽你本人的意願，老陳都快被他煩死了。」

花崇將中性筆別在筆記本上，笑著敲了敲徐戡的肩，「煩什麼煩，我看老陳還挺喜歡和韓隊耍嘴皮子的。行了，回你辦公室去吧，有什麼想法第一時間跟我說。」

徐戡正要開口，花崇又補充道：「想法僅限於徐玉嬌一案。」

徐戡「嘖」了一聲，拖長音調道：「聽你的——」

刑偵分隊重案組有個單獨的大廳，隊長、副隊長和普通隊員的辦公座位都在大廳裡，原本專門隔出來給隊長的小辦公室被改裝成了休息室，辦案時誰撐不住了就去裡面的沙發睡一覺。

花崇回到重案組，解開襯衫的上面兩顆紐釦，拿冷水泡了一杯菊花茶。

泡不開的菊花支棱八叉地浮在水面上，他也不介意，一邊喝一邊嚼，知道的人明白他在喝菊花茶，不知道的還以為他在嚼什麼可疑的食物。

組員們幾乎都散出去了，大廳裡沒什麼人，他又往杯子裡扔了幾朵菊花，忽然聽到門外傳來一陣熟悉的腳步聲。

「又在乾啃菊花？」陳爭拿著一個資料夾走進來，目光往飲水機掃，「曲值不幫你煮水，你就不能自己動動手？再懶下去，我看你以後乾脆連冷水也別泡了，直接抓一把往嘴裡塞，跟吃洋芋片一樣，多方便。」

刑偵分隊的隊長今年三十五歲，個子高臉俊，手段了得，背後還有個位高權重的父親，平時頗有高官子弟的作風，辦起案來卻是雷厲風行，極講原則，私底下護犢子護得跟老母親似的，該為手下爭取的權益，拚出老臉也要爭取到，不該操心的生活問題也要殫精竭慮，操心個遍。

尤其愛操心花崇。

但即便如此，特警分隊那邊還常抱怨他虧待了花崇。花崇的菊花茶就是他送的，說什麼菊花清熱，喝了消氣。

花崇從來不覺得自己火氣旺。

「你這建議不錯。」花崇道：「下回我試試看乾啃菊花。」

「你還得意起來了？」陳爭將資料夾往桌上一拋，「案子查得怎麼樣了？」

「不怎麼樣。剛開完會，正想理一理思路，你就來了。」

「嫌我啊？」

花崇笑，「誰敢嫌你？」

「不跟你閒扯。」陳爭揚了揚眉，朝資料夾一努嘴，「看看，技偵組空降了一個新同事。」

花崇滿腦子案情，沒工夫管什麼新同事、舊同事，右手將文件推到一邊，「技偵組的你拿來我這裡幹嘛？給袁昊看啊。」

「這位掛名在技偵組，但以後主要是在重案組活動，人就是衝著重案組來的。」陳爭手指在文件上敲了敲，「公安部訊息戰小組派來的青年才俊，過幾天就到崗。」

「訊息戰？駭客啊？」花崇來了興趣，翻開資料夾一掃，看到貼在右上角的證件照時眼角輕輕一揚。

「是他？」

◆

技偵方面暫時沒有進展，道橋路的監視器形同裝飾，少有的幾個能用的攝影機也未能捕捉到徐玉嬌的身影，不過曲值這邊倒是有了不少發現——徐玉嬌畢業於東部一所財經類大學的金融系，大四就回到洛城，在新洛銀行實習，案發前任客戶經理。其父母做了幾十年連鎖餐飲生意，光是在洛城市區就開了八家中餐廳，家底殷實。

「徐玉嬌和新洛銀行的同事相處得怎麼樣？」花崇正在翻閱曲值帶回來的筆錄，「大四回來實習？這工作是她家裡幫忙找的吧？」

「是。」曲值不愛喝白開水，也不愛泡什麼菊花烏龍，成天冰紅茶不離手，市面上能找到的冰紅茶都被他喝遍了，各種飲料瓶一字排開在桌上，排隊等待臨幸。

他隨手拿起一瓶，一口氣灌下一大半，「徐玉嬌的父親徐強盛和新洛銀行當時的一位主管有些交情，徐玉嬌入職沒走校召程序，算是半個關係戶。這幾年工作順風順水，該升職升職，該加薪加薪，其他人壓力大任務重，她掛了個閒職，基本上沒什麼事做。」

花崇打斷，「她人緣怎樣？」

「人緣很好！」曲值放下冰紅茶，「花隊，這就是我覺得不大對勁的地方。你想，新洛銀行是個小銀行，走後門進去的人不多，大多是通過校召、普通社召、獵人頭推薦入職，徐玉嬌靠著家庭關係入職升職，平時很多工作都交給下屬處理，經常請假旅遊。按理說，她在職場上的人際關係應該好不到哪裡去。」

花崇將筆錄推給曲值，「結論別下這麼早。」

「你是說她人緣好也很正常？」

「不，我是說她同事們的話不一定可信。」

曲值聳了聳眉，「那你還問？」

「幹我們這行，不八卦一點不行。想到什麼就得問，問出什麼再說。」花崇道：「要是什麼都不問，很多線索就放過去了。」

曲值「呵」了一聲，「你不懂愛八卦，還愛造謠。」
花崇莞爾，「我造什麼謠？」
曲值狠狠指著自己的下眼皮，委屈死了，「花隊你看清楚，這是臥蠶，不是什麼眼袋！」
花崇都忘記早晨那件事了，茫然地看著曲值，「什麼臥蠶眼袋？」
曲值一巴掌拍在額頭上，「算了算了……」
花崇還是沒想起來，正想追問，一名技偵上氣不接下氣地跑來，「被害人的家屬來了！」

◆

徐強盛坐在偵訊室裡，一身刻板的黑色西裝，五十來歲，頭髮花白，眼中淨是紅血絲，十指緊捏成拳頭，國字型的臉上咬肌浮現，看上去非常憔悴。
他的聲音像從乾柴與炭火中穿過，一開口就捂住大半張臉，哽咽難語。
「為什麼偏偏是玉嬌遇上這種事啊！」
花崇端正地坐在桌子對面，不出聲，也沒有多餘的動作，只是安靜地看著中年喪女的企業家，給對方留足了整理情緒的時間。
一刻鐘後，徐強盛望著天花板用力呼吸，兩眼紅得可怕，整個人彷彿罩上了一層極其壓抑的灰敗。
他看向花崇，又是幾次深呼吸後，似乎終於將濃烈的悲憤暫時壓了下去，緩聲道：「玉嬌她母親承受不住傷痛，暈倒住院了，只有我一個人來。員警先生，你們知不知道到底是誰害了我們玉嬌？」

「案件還在調查中。」花崇讓曲值倒來一杯溫水，放在徐強盛面前。

徐強盛在商場上打拚了大半輩子，比普通受害人家屬鎮定、講理許多，沒歇斯底里地討說法，長歎一口氣，嗓音發顫：「員警先生，請你們一定要抓住凶手。有什麼需要我配合的，我、我和玉嬌的母親一定照你們說的去做！」

花崇鄭重地點點頭，「我知道現在讓您回憶徐玉嬌是一種折磨，但破案的黃金時間是案發後四十八小時之內，徐玉嬌被發現得較晚，現在已經不在黃金時間裡了。我們打算從她本人著手調查，這就需要盡可能地多瞭解她。」

「我明白。」徐強盛神情沉重，「你問吧，只要是我知道的，就絕對不會隱瞞。」

花崇又給了對方幾分鐘時間，才問：「徐玉嬌平時沒和你們住在一起？」

「沒有。前幾年我和她母親買了一套房子給她，在洛安區，是個高檔社區，離她上班的地方不遠，交通很方便。」

花崇聽著，曲值在一旁做筆錄。

「昨天我聽說富康區發生了命案，死者是位年輕女性。」說到這裡，徐強盛又開始哽咽，「我還讓她母親打電話給她，想囑咐她晚上小心，別去亂七八糟的地方，哪想到、哪想到被害的就是我們玉嬌啊……」

「徐玉嬌遇害的時間是三月十三號，週五晚上。遺體被發現則是在十六號上午，也就是週一。」

花崇問：「她失蹤的三天裡，您和您夫人都沒有察覺到異常？」

徐強盛難掩悲痛，「玉嬌在週末幾乎不會與我們聯繫。她有她自己的事，我和她母親早就習慣了。」

曲值手中的筆一頓，疑惑地看了花崇一眼。

顯然，花崇也從這句話裡聽出了些許蹊蹺，「徐玉嬌與家裡關係不睦？」

「不不不，你誤會了，她和我們關係很好，特別親近她母親。」徐強盛道：「工作日的晚上她經常回來陪我們吃飯，但週末是她自己的時間，在這一點上，我和她母親都很尊重她。」

「那您知道徐玉嬌週五晚上到週日晚上通常都怎麼過嗎？」

「知道，她回家吃晚飯時會跟我們說。」徐強盛點著手指，「短途自駕遊、和朋友逛街購物、宅在家裡看書。」

「自駕遊？她的車……」

「是一輛路虎，我買給她的。她平時上下班不開，都是搭地鐵，只有出去自駕遊時才開。」

「一個人旅遊還是和朋友一起？您知道她在新洛銀行裡，關係要好的同事都有誰嗎？」

「這……」徐強盛遲疑了一會兒，似乎不太願意回答這個問題。

花崇提醒道：「您的回答對我們偵破案件非常重要。」

「抱歉。」徐強盛歎氣，「玉嬌和銀行同事的關係都不錯，從來沒有和誰起過爭執，但要說關係要好的同事，其實、其實一個也沒有。她大學是在外地念的，要好的同學都不在這邊，工作之後她老是跟她母親說，公司沒有與她志同道合的人。」

「志同道合是指？」

徐強盛面露難色，「她看上去和誰都合得來，其實還是有些孤僻，很大一個人了，還熱衷於打遊戲。」

曲值小聲道：「原來和我一樣是個隱性遊戲宅。」

花崇說：「所以她都是一個人出去自駕遊？」

「是的。」

「那她有男友嗎？」

徐強盛面露驚色，幾秒後平靜下來，沉沉地搖頭：「沒有的。」

「你們並未住在一起。」花崇說：「有沒有可能是她有，你們卻不知道？」

「不會，玉嬌有什麼事從來不會瞞著我們。如果有男友，她就算不告訴我，也會告訴她母親。」

偵訊室靜下來，花崇打量著徐強盛，旋即話鋒一轉，「剛才我們在徐玉嬌的同事那邊瞭解到一件事——她每年出國旅遊的次數不少，光是去年一年，就去了尼泊爾、印度、巴基斯坦、希臘，今年春節還去了俄羅斯，而您也說她週末經常自駕遊。徐玉嬌很喜歡旅遊？這算她閒暇時的愛好之一？」

徐強盛神情有一瞬的不自然，「是，是，她從小就喜歡旅遊。」說完又刻意強調道：「但她每次旅行都跟銀行請過假，錢也是花我們自己家的，絕對不是公款旅遊。」

花崇點頭，又問：「關於可能傷害她的人，您有沒有什麼頭緒？」

徐強盛的目光頓時黯淡下來，右拳狠狠砸在額頭上，「是我不好，是我不好！我和她母親把她捧在手心裡養大，她想要什麼，我們都給她，唯獨忘了教她保護好自己。剛上大學時，她一個人去了西藏，徒步到墨脫，後來膽子越來越大，說什麼一路上都有好心人幫她，讓我們別擔心。我後悔啊，如果當年我就好好跟她講理，讓她明白這個社會的惡，說不定現在她就不會被惡人所害。她今年才二十八歲，我和她母親只有她這一個女兒……」

離開偵訊室，花崇點了根菸，靠在露臺的欄杆上。

他剛脫掉制服，一身煙灰色襯衫加休閒褲，夾著菸的手指上生著薄繭，肩膀放鬆地垂著，襯衫下襬順著腰線收入褲沿，身形修頎，乍看有些懶散。

「這家人挺怪的。」曲值跟花崇要了根菸，卻別在耳後沒抽，「說他們親密吧，女兒丟了三天，當父母的居然不知道。住在同一個城市的話，別家的兒女週末好歹會回父母家一趟，徐玉嬌呢，一到週末就鬧失蹤。可說他們不親密吧，徐強盛的情緒又不像是裝的。而且銀行客戶經理的薪酬與業績掛鉤，徐玉嬌三天兩頭請假，哪有什麼業績，看起來風光，但收入不高，平時的開銷都由徐強盛夫婦供應。」

花崇沒接他的話題，「徐玉嬌喜歡旅遊，你說她是偏重人文歷史，還是偏重自然風光？」

曲值一愣，「這和案子有聯繫嗎？」

「我猜是人文歷史。」花崇碾了碾菸蒂，「走，通知檢驗科，去她家裡看看。」

徐玉嬌位於悅舞社區的住處是一套小洋房，上下兩層，外面還有一個不大的花園。檢驗師將小洋房的裡裡外外檢查了一遍，沒有發現什麼異常，家裡非常乾淨，連一個陌生腳印都沒有。花崇沒進屋，和曲值去找物業調監視錄影畫面。

社區的監視器號稱全覆蓋，七個攝影機顯示徐玉嬌在十三號早晨七點五十二分離開社區，之後沒再回來，小洋房也沒有其他人進出過。

畫面上的徐玉嬌穿的正是遇害時的衣服，肩上挎了一個 Coach 包，而這個包包並未出現在遺體附近。

凶手拿走了包包、現金、手機等物，卻將銀行卡與徐玉嬌的身分證留在現場。

這也正是分局一早就能確定徐玉嬌身分的原因，亦是花崇與徐戡討論過的疑點。

「劫財劫色。」曲值說，「這凶手的反偵查意識還挺強的，到現在也沒把包包拿去二手奢侈品店銷贓。」

花崇回到小洋房入口，戴上鞋套與乳膠手套，目光在整潔的客廳逡巡，「凶手拿了包包，卻沒有立即銷贓，的確是具有一定的反偵查意識，知道這種奢侈品一旦銷贓就會被我們鎖定。」花崇來回踱步，「既然如此，為什麼要留下徐玉嬌的身分證？」

「便於我們查找屍源？」曲值問：「在目前的技術下，查找屍源並不困難，但比對ＤＮＡ需要時間。一般凶手拖延時間都來不及了，他為什麼要幫我們？」

「這個案子查到現在，看似沒有線索，其實線索非常多。」花崇皺著眉，「但這些線索像一團亂麻，並且互相矛盾，很多地方與常理相悖，難以理清。比如你剛才說，他既有反偵查意識，又把被害人的身分證留在現場，這說明他根本不怕我們從被害人身邊入手。」

曲值跟上花崇的思路，「凶手與徐玉嬌並不認識？不管我們怎麼查徐玉嬌都查不到他身上？」

「但這也說不通。」花崇道：「如果徐玉嬌及其親友都不認識凶手，那就只剩下兩種情況。一，徐玉嬌出現在道橋路時，剛好凶手也在。徐玉嬌一身名牌，面容姣好，凶手臨時起了歹心也說不定，但凶手隨身帶著家用榔頭、刀具、避孕套又與『激動殺人』不符。另外，如果不是有什麼深仇大恨，凶手為什麼要虐屍？二，凶手認識徐玉嬌，而徐玉嬌並不認識他，簡而言之他是個跟蹤狂。但如果凶手經常跟蹤徐玉嬌，那必然在徐玉嬌上下班的路上、家和公司附近留下蹤跡。道橋路的監視器不管用，但新洛銀行周邊的探頭都是高清的。技偵正在排查，目前沒有發現有跟蹤嫌疑的人。」

「那怪了。」曲值歎氣，「我突然有種不好的預感。」

「嗯？」

「這案子難破。」

花崇笑了笑，「好破還需要我們重案組？」

曲值蹲在沙發旁，手指在茶几沿上一抹，「徐玉嬌這女孩還挺愛乾淨，社區的物業說她從來不請鐘點工，掃除都是自己做，家裡沒來過客人，難怪檢驗師說沒有外人的腳印。這倒挺稀奇的，你說她一個白富美，怎麼就不請個傭人呢……噯，花隊，你上樓去幹嘛？」

「去證實一個猜測。」花崇說。

小洋房分成上下兩層。一樓是客廳、廚房、廁所、儲物室，保姆房被改裝成了健身房，裡面放著一台家用跑步機；二樓是主臥、書房，次臥裡沒有床，三面牆全是玻璃櫃，裡面放著各式各樣的公仔。

曲值也是ＡＣＧ愛好者，最引以為傲的收藏是萬代出的聖衣神話，一走進次臥就被晃瞎了眼，叫道：「我操，我怎麼沒有這麼有錢的爸爸？我他媽節衣縮食才攢到一架子，她遊山玩水還能買一屋子！」

「你嫉妒？」花崇問。

「能不嫉妒嗎？」曲值感歎道：「有錢真好。」

花崇「唔」了一聲，未做評價，粗略掃了一圈後，踱去書房。

書房比次臥大，但古樸華貴的紅木書櫃往裡面一立，整間屋子顯得擁擠許多。書櫃裡擺滿了書和光碟、遊戲片套裝盒，兩者之間涇渭分明，像存在於兩個世界中。

遊戲片五花八門，恐怖類、動作類、槍戰類都有。與之相比，書籍的類型卻要單調許多，除了一排國內外旅遊指南，其他全是歷史讀物。

厚重的《資治通鑑》、《三國志》、《史記》、《漢書》、《後漢書》等放在書櫃最顯眼的位置，今人編寫的各類白話歷史另放一邊，就連角落裡的幾十本漫畫也是以三國為背景的《火鳳燎原》。

花崇從書櫃裡拿出一本跟辭典差不多厚的票據夾，收藏於其中的不是財務票據，而是一張張景點門票。門票上印有時間，夾在最前面的幾張已經泛黃，是七八年前的門票，可見徐強盛說得沒錯，徐玉嬌的確從大學時起就迷上了旅行。

「花哥。」曲值一見古文就頭痛，一本《魏書》沒翻幾頁就放了回去，「你剛說要來證實一個猜測，什麼猜測？」

「徐玉嬌熱愛旅行，但比起自然風光，更偏重人文歷史。」花崇放下票據夾，「這趟沒有白來，的確和我想的一樣。」

曲值不解：「但這和案子有什麼關係？難道她是因為偏好人文歷史，才遭到凶手毒手？」

「暫時還說不準。」花崇說：「但這可能是一個重要的突破點，既然發現了就不能放過。」

曲值還是想不通其中的關係，又問：「那來之前你是怎麼猜出來的？總不至於是蒙的吧？說來聽聽，我也學一下。」

「還記得徐強盛說徐玉嬌週末經常出去短途自駕遊嗎？」

「嗯，為了徐玉嬌出行方便，徐強盛還買了路虎給她。嘖，簡直寵上天了。」

花崇道：「洛城周圍根本沒有多少值得一看的自然風光，反倒是名勝古跡隨處可見。徐玉嬌週末駕車出遊，幾乎出不了省，能看的無非古戰場、名人之墓、博物館。所以我猜，她是個比較狂熱的人文歷史愛好者，這滿屋子的書正好坐實這個猜測。」

曲值回味片刻，「有道理。」

「線索有多少記多少，回去再逐條分析。」花崇將桌上的筆記型電腦放入證物袋中，交給曲值：「讓技偵查這台電腦的上網痕跡。」

說技偵，技偵就到。

花崇的手機突然響了，袁昊在那邊喊：『花隊，你讓我們查新洛銀行及周邊的監視器，果然有收穫！我們在附近地鐵的監視器上發現了一個可疑男子。十三號傍晚時，徐玉嬌和他在一起！新洛銀行的員工證實，這男的是徐玉嬌交往了半年的男朋友！』

花崇並不驚訝，只是近乎本能地挑了挑眉，「繼續查，我在徐玉嬌家裡也發現了一些東西，回來交給你。」

掛斷電話後，花崇對曲值道：「今晚得加班了。」

「這不是新聞。」曲值一哼：「有什麼進展了嗎？」

花崇：「看來徐強盛對徐玉嬌還不算瞭解啊。」

「什麼？」

「她可能有男朋友。」

第二章　柳暗花明

桑海縮在偵訊室的靠椅上，肩膀高高聳起，頭埋得極低，亂糟糟的捲髮遮住了眉眼，兩條手臂不停發抖。

花崇抱臂看著他，聲音有點冷，「地板有什麼好看的？頭抬起來，看著我。」

桑海並未抬頭，只有眼皮在額髮下掀起，驚恐萬狀地盯著花崇，咬得泛白的嘴唇抽了兩下顫聲道：「我沒有殺她，不是我，真的不是我！」

趕回市局的路上，花崇已初步瞭解過桑海其人，此時對他的反應並不感到意外。

「你今年二十三歲，華縣人，十八歲到洛城念書，現在在洛城大學文學與歷史學院讀研究所。」花崇不緊不慢道：「徐玉嬌的同事說，她半年前開始與你交往，你們是姊弟戀。有沒有這回事？」

桑海緊抿著唇，發出粗重的喘息聲。

花崇故作不耐煩：「喂，我讓你看著我，沒讓你把眼睛藏在頭髮後面。我有那麼嚇人嗎？」

桑海緩慢地抬起頭，過了大概半分鐘才小幅度地點了點頭。

「徐玉嬌是銀行客戶經理，你是在學研究生，你們怎麼認識的？」

「學、學院活動。」桑海小聲說。

「學院活動？說清楚。」

桑海深吸一口氣，「我們學院有時會搞一些面向社會的知識講座，一、一些喜歡歷史、古代文學、傳統文化的人會來報名聽講，玉、玉嬌也來過。」

「你是講師？」花崇問。

「我是講師助理。」

花崇對年輕人的情史並無多大的興趣，又問了幾句後便直入正題，「十三號傍晚六點十四分，你在安洛區科湖路地鐵站與徐玉嬌一起搭乘三號線到明洛區武聖北路。離開地鐵站後，你們先去一家叫做『貓咪天使』的咖啡店坐了半小時，然後步行到同一商圈內的『鎮龍』火鍋店吃飯，離開時是晚上九點零四分。」

桑海本來已經冷靜了不少，一聽這番話又開始發抖，嘴唇一張一合，「我真的沒有殺她，那天晚上我們只在一起吃了頓飯，其他的我什麼都不知道，你們相信我！」

「剛才我說的所有時間、地點都有地鐵、公共監視器以及咖啡店和火鍋館的監視器為證。之後你去了哪裡，我也已經有數。」花崇聲音一沉，「現在，你來告訴我，九點十八分，你和徐玉嬌在武聖北路的地鐵站分別後，你去了哪裡？十點半之後，你又在哪裡？」

「我……」桑海滿目恐懼，額頭的汗水大滴大滴往下掉，「我回學校了，我哪裡都沒去！」

「撒謊。」花崇雙腿交疊，態度平和，但周圍的空氣仿佛以他為圓心，一層層凝固起來。

「你沒聽懂我剛才的話嗎？監視器拍到了你與徐玉嬌分別前的畫面，自然也能拍到之後。把徐玉嬌送上地鐵後，你真的回學校了？」花崇垂著的眼尾向上一提，目光如犀利的劍，刺得桑海遍體生寒。

「道橋路是富康區，乃至整個洛城治安狀況最不好的地方，你雖然不是本地人，但在洛大念了五年書，應該有所瞭解。」花崇的食指在桌上點了點，「你和徐玉嬌吃飯的地方在東部明洛區，洛大也在明洛區，而道橋路在洛城最西端。你為什麼在徐玉嬌乘坐地鐵離開後，也上了開往西邊富康區的地鐵？」

桑海呼吸急促，「我、我擔心她！」

「為什麼？她跟你說了什麼？」

桑海再次低下頭，雙手緊緊絞在一起。

花崇觀察著他的肢體語言，又道：「很遺憾，道橋路的攝影機壞了不少，沒能拍到徐玉嬌是什麼時候、從哪裡進入道橋路，不過她離開華瀚路地鐵站——也就是離道橋路最近的一個地鐵站的時間是明確的，十點零二分。而你，是在十點十一分離開華瀚路地鐵站，道橋路一個完好的攝影機在十點二十五分拍到了你。我猜，你和徐玉嬌並不是從同一條小巷進入道橋路。」

桑海用力甩頭。

「你看到了什麼？」花崇問：「或者說，你做了什麼？」

「不是我！」桑海大吼道：「我找到她的時候她已經、已經……」

「已經遇害了？」

桑海抓扯著頭髮，居然哭了起來，「我什麼都沒做，我不該跟去的！」

「哭沒有用。」花崇露出一絲不悅，「監視器拍到你於次日零點四十三分倉皇離開，中間這兩個多小時，你在幹什麼？你知道徐玉嬌要去道橋路，那你也應該知道她為什麼會在大晚上去那麼偏僻的地方。」

「不是說了嗎？我擔心她！」桑海吼道。

「擔心？恐怕不是。」花崇身子往前一傾，語氣捎上了幾分譏諷，「你如果真的擔心她，剛才為什麼會說『我不該跟去』？你現在覺得自己不該跟去，只是因為被監視器拍了下來，成為被我們盯上的嫌疑人。」

桑海啞口無言，瞠目結舌地瞪著花崇。

「我勸你老實交代。」花崇說：「為什麼要去，看到了什麼？還有，你和徐玉嬌交往半年，為什麼要背著她的同事與父母？如果不是半個月前徐玉嬌的同事偶然撞見你們在一起，你們打算瞞多久？」

「我、我們只是朋友！」

「朋友？」花崇虛瞇起眼，似笑非笑，「那剛才坐在椅子上跟我講你們如何認識的人不是你？是鬼？」

桑海徹底慌了，被「鬼」字嚇得一顫，這才意識到自己方才說了自相矛盾的話。

「沒有鬼。」花崇冷笑，「給你兩分鐘，好好想想，別再前言不搭後語。」

桑海粗魯地抹了一把臉，說：「我、我們的確在交往，但那天晚上我真的什麼都沒做！」

花崇放低語速：「那你為什麼要跟著徐玉嬌去道橋路？」

偵訊室安靜下來，桑海嘴唇發顫，大約知道瞞不下去了，抽著氣開口：「城西最近在搞考古發掘，科考隊在那、那裡發現了一個東漢時的貴族墓。那地方太偏僻，想要過去的話，道橋路是必經之地，玉嬌和我都、都想去看看。」

「十三號是週五。」花崇問：「你們就算想去看，也可以等到週六，為什麼偏偏要週五晚上去？白天不是能看得更清楚嗎？」

桑海用力摳著桌沿，「白天不行的！」

「為什麼？」

「玉、玉嬌膽子大，不單單是想去看看。」桑海顫聲吼道：「她想趁機去摸幾件文物出來，白天太容易被發現，只有晚上有機會！」

袁昊剛推開偵訊室的門，就聽見桑海的話，斥道：「該說你們膽大不要命，還是天生智障後天法盲啊？都這年頭了，還敢去偷文物？你是不是還隨身攜帶洛陽鏟？」

桑海忽然激動起來，面紅耳赤地瞪大一雙眼：「執法人員就能隨意誣衊人了嗎？我們只是拿文物來研究，不是偷！」

袁昊嘴角一抽，還想嗆回去，花崇已經抬了抬手，示意他別說話，然後看向桑海，順著毛安撫：「你們以前有去別的考古發掘現場拿文物回來研究過嗎？」

「沒有。」桑海這次回答得乾脆，「哪有那麼容易的事！這回是碰巧就在洛城，所以我們才想去試試運氣。」

「你沒有，你能確定徐玉嬌也沒有？」

「我……」桑海頓住，眼神忽閃，聲音低了下去，「她說沒有。」

「喔，那這次就是你們第一次去拿文物嘍？」花崇心中已經有了幾個猜測，面上卻毫無波瀾，

「她為什麼不讓你跟著去？」

桑海掙扎許久，臉色變得極其難看，咬了咬牙，憤憤不平道：「她太自私了，她擔心我會比她先拿到文物！」

袁昊露出無法理解的表情，想不通一對情侶好好的，為什麼會因為誰先拿到文物這種事產生矛盾。可轉念一想，又覺得這兩人的行為本就不符常理，有哪個正常人會大半夜地跑去考古現場偷文物？

花崇卻淡定得多，繼續審問道：「她不願和你一起去，所以你就跟去了？」

「我是怕她出事！道橋路那麼亂，她一個女孩子……」

桑海還未說完就被花崇笑著打斷：「同學，我提醒你一下，這裡是重案組，你在我面前裝什麼深情？省省吧。有那個工夫，還不如在開口之前回憶一下之前說的話，讓你自己顯得不像個精神分裂。」

桑海咬著牙急促地呼吸。

花崇又問：「你兩次出現在監視畫面裡的時間隔了兩個多小時，這期間找到文物了嗎？」

桑海痛苦地搖頭。

「那你……」花崇頓了頓，「找到徐玉嬌了，對吧？」

頓時，桑海脊背繃直，僵硬得像一座雕像。

幾秒後，他的肩膀開始劇烈抽搐，像看到了什麼極其可怕的畫面。

花崇放輕聲音，語速也慢下來，「你看到了什麼？」

「咚」一聲悶響，桑海的額頭猛然撞在桌沿，袁昊立刻制止他，大喝道：「你他媽幹什麼！」桑海嘴唇泛白，被咬破的地方滲出殷紅的血。他嗚哼著甩頭，似乎正拚命地將那血腥的一幕趕出腦海。

「監視器畫面顯示，你匆忙離開道橋路時，手裡拿著一個巴掌大的長方形盒子。」花崇瞥了一眼袁昊才拿進來的影像截圖，問：「那個盒子裡面裝了什麼？」

聽到「長方形盒子」時，桑海眼神忽變，顫抖道：「沒有，那、那就是個普通盒子。」

「你怎麼就是不肯老實交代呢？」花崇抖了抖手中的紙，「經過影像處理，這玩意兒已經再清晰不過——PSV遊戲卡。」

桑海搶過紙，紙沿很快被他捏皺，紙張晃動的聲響在狹小的偵訊室裡陣陣迴盪。

「這是徐玉嬌的東西吧？」花崇問：「你為什麼要拿走？」

「我必須拿走！」桑海嗚咽道：「那是我借給她的遊戲片，上面有我的指紋！如果讓它擺在那裡，你們很快就會查到我頭上來！」

花崇聳了聳肩，「我們現在也查到你頭上來了。說吧，那兩個小時裡你幹了什麼，或者……看到了什麼。」

桑海往後一仰，被冷汗浸濕的捲髮雜亂無章地搭在前額。

「我知道道橋路很亂，以前從來沒去過。」少傾，他終於開了口，「上週玉嬌就說過想去發掘現場看看，但我沒想到她會週五那天去。上午她聯繫我時，只說晚上一起吃火鍋，讓我把上次買的PSV遊戲卡帶來借她玩玩，我沒想太多，時間一到就去銀行附近的地鐵站接她。

吃飯的時候，她突然說起等等要一個人去道橋路，我很吃驚，跟她吵了兩句，但說不上是不歡而散。我送她到地鐵站，她離開後我越想越不服氣，心一橫也上了地鐵。但一到道橋路，我心裡就沒把握了，那裡的路燈有一盞沒一盞，陰森森的，我分不清什麼街什麼巷，看到一條相對敞亮的巷道就進去了。」

說到這裡，桑海開始頻繁地抹臉，眼珠不斷在下方掃動。

花崇斜倚在靠椅上，冷靜地看著他。

「道橋路裡面亂七八糟，像迷宮一樣。我進去沒多久就被繞暈了，既找不到去發掘現場的路，也沒遇到玉嬌。快十二點時，很多平房都關了燈，我慌了，想趕緊離開卻認不得路，繞來繞去還是在老地方，還、還遇到一些人。」

花崇問：「什麼人？」

「地痞流氓吧，我不認識。」桑海雙手重複著握緊鬆開的動作，手部的汗在桌上暈出一小片熱痕，「我不敢與他們打交道，就儘量挑沒人的路走，不知道怎麼地就闖進了一片荒地。」

袁昊不由自主地向前一傾，花崇卻仍不動聲色地靠在椅背上。

桑海停頓數秒，聲音再次發抖，「我在荒地上走了一會兒，突然被絆倒，我打開手機的手電筒一看，一看……居然是一個頭！」

偵訊室裡湧動著急促的呼吸聲。

「我起初其實沒認出那是玉嬌，她被木板壓著，露在外面的只有頭和沒有腳的腿。」桑海臉色蒼白，語速時快時慢，「她的眼睛沒有了，只剩下兩個血窟窿，我嚇得走不動，一下子跌倒，半天才看到她的裙子一角。」

「然後呢？」花崇問：「你幹了什麼？」

「我那時腦子徹底亂了，用衣服包著手掀開木板，想確認到底是不是她。」桑海抱住頭，「真的是，真的是！她的腳被切掉了，眼睛和耳朵都沒了，裙子上全是血，隨身帶的包包沒有了，但是銀行卡、身分證、ＰＳＶ遊戲卡卻放在一旁。我根本想不了太多，我不知道她為什麼會死在那裡、是誰殺了她，我害怕極了，怕像她一樣被殺，更怕被當做凶手，所以我拿走了ＰＳＶ遊戲卡，匆忙離開。求你們相信我，我真的不是凶手！」

這時，曲值快步走進來，在花崇耳邊低聲道：「已經在桑海的運動鞋上檢查出與道橋路荒地相同的土壤植被成分，他確實去過現場。」

花崇看了近乎崩潰的桑海一眼，讓正在做筆錄的偵查員先帶人下去休息。

曲值問：「是這傢伙沒錯吧？」

花崇點了根菸，「我覺得不像。」

「不是他還有誰？」曲值不信，「作案時間對得上，鞋也找到了，而且他和徐玉嬌發生過爭執，唯一的難點是凶器。按理說，他是搭乘地鐵到道橋路附近的，不可能隨身攜帶刀具和榔頭，但是不排除他事先將凶器藏在哪條巷子裡的可能。」

「他的確有重大嫌疑，而且以我們目前掌握的證據來看，他是唯一的嫌疑人。」花崇靠在走廊的牆上，「不過你看他那樣子，像敢姦殺虐屍的變態殺人狂嗎？」

「萬一他是裝出來的呢？」

「如果他是裝出來的，我會看不出來？」
曲值忽一洩氣，「那怎麼辦？這案子對社會影響太大，上面時時刻刻都盯著我們，再不逮到凶手，這日子就沒辦法過了。」
「即便如此，也不能亂抓。」花崇在曲值肩上拍了拍，笑道：「審問桑海半天也不是沒收穫，起碼知道了徐玉嬌為什麼會晚上跑去道橋路。」
說著，他撇了撇唇角，補充道：「前提是這小子沒有撒謊。」
曲值學語道：「他有沒有撒謊，你看不出來？」
花崇「喲」了一聲，「行了，知道你崇拜我。想喝什麼？」
曲值喊：「冰紅茶！」
「請你就是了。」花崇和曲值一起往樓梯口走去，「桑海先關著，明天安排幾個人再去一趟道橋路。桑海週五晚上在那裡待了兩個多小時，說不定有人見過他、記得他。」
「明白。徐玉嬌的小洋房需要盯著嗎？還有徐強盛那邊呢？」
「也盯著。」花崇說著，突然似有所感地轉過身，往走廊另一邊看了看。
曲值也跟著轉身，卻什麼都沒看見，「怎麼了？你在看什麼？」
「沒事。」
花崇眉心微蹙。就在剛才，他隱約感覺到一道目光落在自己身上。
這並不是頭一回有被人窺視的感覺。五年來，他不停追逐那個暗影的蛛絲馬跡，藏於黑暗中的雙眼也冷冷望著他。但這一次，來自身後的窺視卻似乎顯得不同往常。

像褪去了令人背脊發麻的黏膩，多了幾許陌生的溫度。

他用力閉了閉眼，覺得大概是今日太過疲憊。

「花隊？」曲值晃著右手，「是不是又頭痛了？」

花崇笑：「動不動就頭痛，你當我是病弱的林黛玉？」

曲值樂了，「你別說，特警那邊就把你當成林黛玉啊。去年冬天你不是感冒了一次嗎？韓隊急得三天兩頭跟我們陳隊吵架，說他虧待了你。」

「他們愛鬧。」花崇倒是看得明白，「拿我當藉口罷了。對了，徐玉嬌的電腦、通訊記錄查得怎麼樣了？」

「手機在哪裡目前還無法定位，不過近期的來電與撥出記錄已經從運營商那裡拿到了。」曲值備受打擊，「沒有可疑號碼，都是她父母、同事、客戶還有桑海。幾個陌生來電是送外賣的，時間和她家附近的監視器對得上。至於筆記型電腦，裡面大多是她外出旅遊拍的照。社群帳號查過了，她用得最多的是微博，隔三五天就要發一次圖片微博，都是風景照，最後一條是三月十號發的，匈牙利巴拉頓湖的落日，她親自拍的。」

「評論和私訊呢？」花崇問：「她粉絲有多少？」

「五千多。」曲值說：「私訊都是行銷帳號賣粉，評論千篇一律都是『好美』，技偵還在繼續查。」

花崇買了一瓶冰紅茶拋給曲值，沒再說案子的事，「開車小心。」

「我載你啊。」曲值拿出車鑰匙，「怎麼，你今天不回去？」

「有熱水有床，跟家裡也沒差。」花崇一抬手，「累一天了，早點回去休息，別想跟我搶床。」

曲值罵了聲娘，「案子重要，身體也重要，你這樣……」

「行了，你還教育起我來了。」花崇轉身，「回去別打遊戲，養精蓄銳，明天再讓我看你掛著眼袋來上班，你就給我寫一萬字檢討。」

「說多少次了，那是臥蠶！」曲值吼：「不是眼袋！」

花崇懶得跟曲值討論眼袋和臥蠶，回重案組辦公室坐了一會兒，隨手拿出一張紙一支筆，開始梳理整個案件。

凶手為什麼要虐屍？留下PSV遊戲卡、身分證、銀行卡是什麼原因？

為什麼將作案地點選在道橋路的荒地？

拿走手機是不是因為手機上有不可告人的祕密？

最關鍵的一點，凶手的作案動機是什麼？

桑海很可疑，但也僅限於可疑而已。花崇轉著筆，回想桑海在接受審問時的神態。

這個尚未進入社會的年輕男人極不善於控制情緒，說話顛三倒四，膽小自卑卻自以為是，這種人對旁人容易抱有扭曲的惡意，但付諸行動的概率卻很低。

花崇撐住太陽穴，覺得有零星的線索一閃而過，就像用竹籃舀水，提起之前沉沉的，好似收穫頗豐，提起來卻是一場空。

他歎了口氣，正打算去洗把臉，起身時餘光正好掃到桌上的資料夾。

那是陳爭上午拿過來的。白天一直很忙，根本沒空靜下來瞭解一下即將到任的新同事。花崇在桌邊站了幾秒，又坐下來，像模像樣地翻開資料夾。

天底下居然有這麼巧的事，前幾天晚上在工地旁遇到的年輕男子居然是警察部門空降的訊息戰專家。

花崇前幾年泡在反恐第一線，這幾年調到刑偵分隊，不停與五花八門的案子打交道，對「訊息戰」知之甚少，唯一想到的就是駭客。

檔案顯示，這駭客今年二十八歲，叫柳至秦。

花崇盯著駭客同事的證件照觀察了半天，越看越覺得眼熟，好似以前在哪裡見過。

他認真回憶一番，肯定除了那天晚上將對方誤當成行為藝術家，往前就再無交集了。

但那種似曾相識的感覺是怎麼回事？

他撐著一邊臉頰，想起在工地上遇見時也不覺得曾見過對方。

是因為路燈不夠亮嗎？

他「唔」了一聲，懶得再想，合上文件，伸了個懶腰，往廁所走去。

在重案組的休息室睡覺比在自己家裡舒服，這件事他沒跟誰說過，今天躺下卻意外失眠，好像之前在走廊上感覺到的目光越來越近。

他坐起來，警惕地四下張望，卻連個影子都沒有捕捉到。

◆

「花隊，花隊！」一大早，曲值推開休息室的門，「道橋路那邊有情況！」

花崇晚上沒睡好，睡得很晚，嗓音有些啞，「發現什麼了？」

「你不是讓我派人去道橋路打聽有沒有人見過桑海嗎？小梁他們剛把照片拿出來，就有不止一人說十三號晚上，看到桑海拿著一把刀與人起了衝突！」

花崇立即清醒，「刀？他拿了刀？」

李靜這個名字像個文靜的女孩，本人卻是個戴假金鏈子的花臂地痞，今年三十四歲，生在道橋路，長在道橋路。小時候全城沒幾個富人，道橋路窮，別的街道也窮，人人生而平等，誰會打架誰當大哥。

李靜從小就壯實，父母沒什麼文化，也管不住他，他上國中時就敢在附近收保護費，架沒少打，派出所沒少進。後來一起混的兄弟有的搬出了道橋路，有的結婚過起了正經日子，就他還跟長不大一樣，沒工作，沒老婆，而立之年還賴在家裡啃老。奈何他那老父老母也沒幾個錢能讓他啃，他便給小一輪的學生混混當老大，討些閒錢抽菸喝酒。

「就這裡，被那個捲毛劃了一刀。」李靜家裡光線陰暗，水泥地，牆上糊著泛黃的報紙，挨著床的地方貼著十幾年前的美女掛曆圖。他脫了牛仔上衣，露出健碩的上半身，指著下手臂上的傷口道：「劃得不深，皮肉之傷，誰他媽不長眼，這點屁事都往外說。」

那傷口確實不深，花崇看了看，在手機裡翻出桑海的照片，「你確定十三號晚上在道橋路五裡巷刺了你一刀的就是這個人？」

「就是他。」李靜罵罵咧咧，「賊眉鼠眼的在巷子裡晃，我喊了他兩聲，他一下子就摸出一把刀。」

「你只是喊了他兩聲？」花崇問。

李靜尷尬地左看右看，就是不與花崇對視。

花崇好整以暇地翹了個二郎腿，「五裡巷裡的人可不是這麼說的。他們說是你先把捲毛攔下來，對他動手動腳，他才動了刀。」

李靜煩躁地在凳子上扭動，「是就是吧，但是員警兄弟，你搞清楚，是他捅我，我可沒傷害他，這回你們不能賴在我身上。」

花崇笑，「賴你幹什麼，我只是來瞭解一下十三號那天晚上的情況。你和捲毛是幾點遇到的？他拿的是什麼刀？」

「幾點？」李靜斜仰著脖子，一副低智商的樣子，想了半天才說，「十一點吧，對，十一點零五分。」

「記得這麼清楚？」

「他劃了我一刀就跑了，我他媽還以為自己遇到了賊，連忙找手機和錢包，隨便看了眼時間，就記住了。」李靜說：「員警兄弟，我跟你說實話吧。那天我就看他是個生面孔，穿得不錯，瘦得像根竹籤，就想刮點錢來買盒菸，哪想到這個傢伙隨身帶著刀。這件事說出去，我也挺沒面子——被一個外來的捅一刀——就沒想聲張。你們今天要是不來找我，我誰都不會說，爛在肚子裡算了。」

花崇聽著他講混混老大的心路歷程，又問：「時間都記得，刀長什麼樣子不會忘了吧？」

「就一把直柄水果刀。」李靜說著站起來，「我家都有把差不多的。你等等，我找來給你看看。」

廚房傳來一陣鍋碗瓢盆被掀翻的聲響，隱約夾著幾聲髒話，幾分鐘後，李靜拿著一把塑膠柄不銹鋼刀出來，「看吧，就跟這個差不多。不過我這把的刀鞘早扔了，他那把看起來還挺新，有刀鞘。」

曲值將水果刀封進證物袋，李靜一看就慌了，「不是跟我打聽情況嗎？噯，你們拿我家的刀幹嘛啊？」

「你這把刀在哪裡買的？」花崇問。

「二裡巷口的五金店，我家的勺子啊刀啊都在那裡買的。」

花崇從曲值手中接過證物袋，低聲問：「拍到桑海進入道橋路的是哪裡的攝影機？」

曲值匆匆撥電話給技偵組，回來道：「就是二裡巷！」

「我記得他，他來我店裡買過一把水果刀。」二裡巷口五金店的中年老闆在櫃檯裡翻翻找找，拿出一把樣品，「就是這種。」

花崇拿起刀，取下刀鞘，摸了摸刀刃。這種刀雖然是水果刀，但比折疊式的水果刀鋒利，威脅性也更大。他拿出手機，換著角度拍了幾張，傳給徐戡，附帶一條文字：**這種刀能造成徐玉嬌眼耳腿的創傷嗎？**

「除了這把刀，他還買過什麼東西嗎？」花崇將手肘撐在櫃檯上，「比如家用榔頭。」

「這個沒有。」中年老闆說：「他只買了刀，十五塊，他給了我二十塊。」

花崇挑眉，「多給了五塊？」

「我也不是故意占他便宜。他想用微信支付，但我店裡訊號不好，他掃了半天也沒辦法，就拍了二十塊在桌上，我還來不及找錢，他就拿著刀跑了。」

花崇若有所思地點點頭，「您這裡有監視器嗎？」

中年老闆笑起來，「什麼監視器，我這個小破店用不到那玩意兒。」

剛從五金店出來，曲值就罵道：「龜孫子昨天還裝傻！」

花崇緩慢踱步，心中疑雲一重疊一重。

昨天審問桑海時，他就覺得對方有所隱瞞，但他沒想到的是，桑海居然隱瞞了買刀的事。

如果桑海不是路上與李靜起了爭執，動刀時被住在附近的人看到，那不知還要花多少時間才能查到刀這條線索上。

正想著，手機震動起來。

花崇一看是徐戡傳來的訊息，立即點開。

徐戡：能！

◆

一夜之後，再度被帶至偵訊室的桑海歪在座椅上，精神比前一日更加萎靡。花崇將水果刀的照片遞到他跟前，他瞥了一眼，立即併攏雙腿，頻率極快地甩頭。

「你拿這東西給我看是什麼意思？這不是我的！」

「這的確不是你的，但和你傷人的刀一模一樣。」花崇說。

桑海伸長脖子，滿眼驚怒。

「你的刀呢？」花崇臉色一沉，「放到哪裡了？」

桑海開始咬大拇指的指甲，兩條腿跟抽筋一樣抖動。曲值一拍桌子，喝道：「十三號晚上，你是不是用剛買的直柄水果刀劃傷了一個人？」

花崇咳了一聲，將剛泡好的菊花茶推給曲值，接著看向桑海，「我昨天就說過，既然到這裡來了，就別撒謊，別隱瞞，老實交代，不要抱著僥倖心態。你覺得說一半藏一半，就可以瞞天過海？嗯？」

桑海呼著氣，拳頭一下一下在膝蓋上捶著，片刻，囁喏出聲：「我、我害怕。我不是故意劃傷他的，他向我要錢！」

「昨天為什麼不提水果刀的事？」花崇抱臂，冷冷看著桑海。

「提了你們一定會把我當做凶手！」桑海突然歇斯底里，「你們現在知道我十三號晚上帶了刀，不就是把我當成凶手了嗎！我沒有！我沒有殺玉嬌！我看到她的時候，她已經死了！」

曲值吼道：「嚷嚷什麼！那把刀現在在哪裡？」

桑海像受驚的野獸一樣瞪著他，但這野獸矮小體瘦，聲勢不足，就算把眼珠子瞪出來也毫無殺傷力。

「買刀是為了防身嗎？」花崇放緩語調，唇角甚至還勾出了一絲笑意。

桑海一怔，似是抓到了一根救命稻草，點頭如搗蒜，「是！我沒想過傷害誰！」

「那再將那天晚上發生的事講一遍。」花崇似笑非笑，「想證明自己無辜，就別再讓我聽到一句謊話。」

桑海盯著他毫無溫度的笑意，木然地張了張嘴，頭皮發寒，背脊很快被冷汗浸得濕漉黏膩。

「玉嬌突然說要一個人去道橋路，我、我根本沒有準備……」

桑海結結巴巴地從頭講起，大多數內容與前一日所說無異，區別只在於他離開地鐵站後越想越害怕，經過一家五金店時忽然想到要備一把刀防身，於是花二十塊買了一把直柄水果刀。

這把水果刀在被地痞李靜堵住要錢時派上了用場。李靜牛高馬大，凶悍無禮，擋著路不讓他走，還動手動腳。他腦袋一熱，抽出水果刀就刺了過去。李靜反應迅速，側身一避，僅下手臂被劃了一條傷口。

見狀，他嚇得魂飛魄散，跌跌撞撞地逃進一條黑漆漆的小路，生怕李靜追上來，只得一路悶頭逃竄，停下來時已經徹底失去方向，找不到出去的路。

道橋路整片區域的訊號極差，有時沒有訊號，有時只有2G，他用不了導航，心急如焚，最後闖入徐玉嬌屍體所在的荒地。

「我真的沒騙你們，玉嬌不是我殺的。」桑海臉上全是汗，「我不敢告訴你們我買了刀，更不敢說我那天晚上劃傷了一個人，否則你們會認為我有暴力傾向，把我當做真正凶手的替死鬼！」

曲值並不相信他的說辭，「你現在倒是邏輯清晰了？」

桑海拚命搖頭，「我發誓，如果我騙了你們一個字，我一出市局的門就馬上被車撞死！」

「那辛苦的不還是我們？」花崇道：「刀呢？你把刀藏到哪裡了？」

「我……」桑海低下頭，半天沒擠出一句話。

「說話！」曲值再次拍桌。

「輕一點。」花崇說：「別把杯子震碎了。」

「那把刀沾、沾了血，我、我聽說現在的鑑定技術很厲害，就算把血擦乾淨，也檢驗得出來，我不敢收著，也不敢隨意扔。」桑海深深吸氣，「我把它弄乾淨後，就、就處理掉了。」

「處理掉？」花崇問：「怎麼處理的？往哪裡處理了？」

「我不敢把它帶出道橋路，當天晚上腦子整個是亂的，轉不過來，我只想趕緊離開，就把它卡、卡在一家住戶的磚縫裡，用泥土堵起來了。」桑海斷斷續續地說：「我本來想等風波過了，再、再想辦法把它拿走扔去別的地方，但、但是……」

花崇還是那副不驚不怒的模樣，「是哪家住戶，你現在記得嗎？」

「記、記得，是道橋路東邊巷口正面數來的第二家平房！」

◆

道橋路東一巷，腰大膀圓的中年婦人大呼小叫著從平房裡衝出來，「拆房子啦？你們憑什麼拆我們家的房子！」

桑海埋刀的地方在背街的牆根，位置非常隱蔽，外面還糊了一抹土，縱然是白天也無法一眼就看到。

檢驗師正在小心翼翼地取證，周圍突然圍上一大群聞聲趕來看熱鬧的居民，平房的主人像得了失心瘋似的哭鬧，仿佛在她家磚縫裡掏一點土，就等於拆了她家的房子。

曲值和花崇不同。花崇從警校畢業後直接被選入市局特警分隊，沒下過基層，曲值卻是從基層派出所一步一步爬上來的，早年天天跟小老百姓打交道，遇到死活不講理的，頭都會被氣掉。如今一見到撒潑的居民就渾身不舒服，像過敏似的。

花崇推了他一下，讓他去安撫安撫那個婦人，他連忙退開，往檢驗師身邊一蹲，寧願當個打雜的，也不想跟那又哭又鬧的婦人講理。

花崇歎了口氣，只得自己去。沒想到婦人不但一個字都聽不進去，還將對面巷子裡的人也喊來了。

「員警拆我家房子啦！員警就可以隨便拆房子嗎？我家在這裡住了幾十年，你們辦個案，說拆就拆啊？」

花崇算是聽出來了，這婦人思路清奇，妄想敲一筆「拆遷費」。

沒幾分鐘，一個謝頂的中年男子也從屋裡鑽出來，後面還跟著一個二十歲左右，染著一頭黃毛的年輕男子。

一家人的吆喝聲此起彼伏，「拆房子不給錢嗎？你們員警眼裡沒有王法嗎？我們要上報，上報！」

花崇：「……」

殘暴的凶手、毫無人性的恐怖分子他見過，如此蠻不講理且愚蠢的老百姓他卻鮮少接觸。

「知道我為什麼過敏了吧？」曲值捲起袖口，露出滿手臂的雞皮疙瘩，「就他媽被這些人逼的。我不是歧視低收入老百姓，我也是從鄉鎮裡出來的，很多普通老百姓雖然生活貧苦、教育水準不高、沒什麼見識，但起碼善良上進，沒幹過壞事。這些人……唉，怎麼說，這些人你也不能說他們幹了什麼壞事，但就是……一言一行都讓人難受，又蠢又毒，你還不能跟他們嘔氣，只能任由他們鬧。」

花崇在曲值肩上拍了拍，以示理解。

頂著無數道目光與刺耳的哭天搶地，檢驗師終於面無表情地將桑海埋的水果刀取了出來。

那把刀上居然有大量乾涸的血跡。

「不應該啊！」曲值得眉毛都快擰在一起了：「李靜的那道小傷口會出這麼多血？」

「會不會出這麼多血倒是其次。」花崇神色凝重，「記得嗎？桑海說過，在將水果刀卡進磚縫前，他已經把血跡抹乾淨了。」

幾秒後，曲值驀地站起來，「他在撒謊！」

「先查。」花崇說：「查這個血到底是誰的。」

「你們這樣就走了？」婦人幾下抓亂自己的頭髮，歇斯底里地衝上來，「你們拆了我們家的房，就想這麼……」

「第一，我們沒有拆你們的房，你們的房好好地立著，沒缺一塊磚一片瓦。」花崇睨著婦人，「第二，我們這是正常辦案取證。如果你們一家想妨礙我們執行公務，我就不得不請妳帶妳兒子和老公去我們局裡坐一坐了。」

婦人方才純屬虛張聲勢，想著能騙到幾塊錢算幾塊，此時被花崇聲色俱厲地一堵，立刻怕了，半句不敢多言，抓住兒子的手臂就往後退。

倒是那個兒子更不識好歹，昂著下巴嚎：「你敢嚇唬我媽？」

「走、走了！」婦人小聲道：「他們這些當員警的，要捏死我們這些平頭老百姓比捏死螞蟻還簡單！」

花崇：「……」

很少爆粗的重案組隊長此時也想罵娘了。

正在這時，巷口匆匆忙忙地跑來一位衣著打扮與這條街道格格不入的女人。她看上去不到三十歲，踩著黑色細跟高跟鞋，身穿一套修身的灰色職業裙裝，肩上掛著一個長方形漆皮包，短髮、化著淡妝，說不上漂亮，但幹練有氣質，應該是一名職業女性。

「媽！」她跑到平房前，小幅度地喘著氣，大約是因為跑得太急，臉上、脖頸都出了汗，「怎麼回事？」

剛才還偃旗息鼓的婦人頓時來了精神，「妳怎麼現在才回來！養女不中用！打了半天電話給妳，妳現在才回來？還好妳弟弟今天在家，不然那些員警不知道會怎麼欺負我們！」

女人急了，「到底什麼事？」

「那些員警差點把我們家的房子拆啦！」

女人有些驚慌地看過來，正好與花崇的目光撞個正著。

花崇心下當即有了判斷，這女人是這家的大女兒，此時趕回來是接到了家裡的電話。

「姊，他們一來就在我們家後面敲敲打打，說要取證，取什麼證啊？那死人是在邱大奎家後面發現的，跑到我們家來取證，什麼毛病？」

女人面露尬色，將父母、弟弟一一勸回家，這才走到花崇等人面前，抱歉地笑了笑：「不好意思，我父母什麼都不懂，弟弟也是，唉……我也不知道該怎麼跟你們解釋，他們一直都是這樣，不懂理不懂法，讓你們見笑了，我替他們向你們道個歉。」

說著，便鞠了半躬。

花崇往旁邊閃開半步，「沒事，理解。」

女人又道：「道橋路出了事，我們住在這裡的人都知道，也很擔心。死者和我年齡相仿，都是女性，我時常加班晚歸，也有些害怕。員警先生，請你們一定儘快破案，抓到凶手。」

花崇還未說話，曲值已經樂呵呵地搶白道：「一定！保護居民們的人身財產安全，是我們的職責！」

這天傍晚，徐戡將檢驗報告遞給花崇，「殘留在水果刀上的血，是徐玉嬌的。」

◆

「水果刀上的血確定是徐玉嬌的，刀刃與刀柄的夾角處還附著極少量的皮膚組織。」徐戡說，「檢驗組那邊還給了一份報告——刀柄上殘留著一枚桑海的指紋。我們的推斷是桑海當時太急躁，有抹除指紋的意識，卻沒有抹乾淨。」

花崇拿著報告，來回在走廊上踱步。

這案子查到這裡，看似非常清晰了。凶手是桑海，他因尋找文物的事與徐玉嬌產生矛盾，在道橋路的荒地上以家用榔頭和直柄水果刀殺害了徐玉嬌，並編造出一套前後矛盾的謊言。目前凶器之一已經找到，其上有徐玉嬌的血以及桑海的指紋，監視器也證明案發時桑海正在道橋路，桑海的運動鞋上亦查出了荒地的土壤成分。

只有造成徐玉嬌顱骨致命傷的家用榔頭還未找到。

「肯定是這傢伙！」曲值從偵訊室出來，拿著一個空的冰紅茶塑膠瓶，「媽的，這麼多證據擺在眼前，還死不認罪，一口咬定看到徐玉嬌時人已經死了。老子多問了兩句，就說老子嚴刑逼供。讀了兩天書，認得『嚴刑逼供』這四個字就他媽敢亂用。老子要真的嚴刑逼供，就他那副身板，還說得出什麼鳥話？」

「別老是把『嚴刑逼供』掛在嘴邊。」花崇正理著思緒，被曲值嘰嘰哇哇一吵，剛摸到的那一丁點感覺又沒了。他歎了口氣，將徐戡送來的報告往曲值胸口一拍，「看見老陳了嗎？」

「準備跟他報告了？」曲值被拍得退了兩步，「不再去審審桑海？」

「案子都沒查清楚，打什麼報告。」

「怎麼了？你還覺得桑海是無辜的？」曲值瞪大眼，「我操，花隊你……」

「你急什麼？我就是跟老陳聊聊。」花崇說，「這案子疑點多得很，別想這麼快結案。」

曲值嘀咕，「你一睜眼，滿世界都是疑點。」

「難道像你，一睜眼滿世界都是美女？」

「愛美之心人皆有之！你少來說我。」

「你的愛美之心就是工作時對協助辦案的群眾亂放電？」

曲值想起白天去道橋路取水果刀時的小插曲，嘿嘿笑了兩聲，「嗳，花隊，老花，你不覺得嗎？那妹子的氣質特別好。」

花崇本來已經要走了，聽到這句話又轉過身來，閒散地往牆上一倚，沒半點重案刑警的樣子，「你說起這件事我想起來了，跟你聊兩句。」

「幹嘛！」曲值警惕起來，「別給我上思想課啊！我不過是多看了群眾兩眼，純潔地欣賞了一下群眾的美貌，絕對沒有玷汙群眾的齷齪心思。」

「誰跟你說那些。」花崇瞪了他一眼，「那家人是不是有些奇怪？」

曲值白眼一翻，「祖宗！您的眼睛到底是怎麼長的？看誰誰奇怪？」

「那女人穿的是林茂酒店的制服，從顏色上分辨，應當是經理級別。」花崇說：「林茂酒店是五星級酒店，經理收入不低，綜合能力要求也高。那女人在道橋路長大，家人……」

他頓了頓，想了個最近常見的形容詞，「家人還那麼一言難盡，她能當上林茂酒店一個部門的經理，應該全是靠自己拚出來的。」

「別說了。」曲值誇張地捂住臉，「你把她說得那麼好，再說下去，我可能會有玷汙群……呸，追求群眾的齷齪心思！」

花崇繼續道：「同一個家庭出身，同一對父母撫養，兒子和女兒簡直是雲泥之別。」

「二胎政策是這幾年才開放，那家兒子屬於超生。城市不比農村，管得特別嚴，那家人都窮成那樣了，居然還把兒子生了下來。」曲值抓了抓頭髮，「群眾……那妹子過得肯定不容易，要贍養父母，將來說不定還要養那不爭氣的弟弟。」

花崇往曲值肩上一拍，「先操心你自己的胃吧，去吃飯，吃完繼續審桑海。」

陳爭的辦公室和重案組不在同一層樓，花崇打發走曲值，一邊想那把血跡斑斑的刀，一邊往樓上走去。

刀的來路很清晰，就是桑海在五金店買的，但上面為什麼會有那麼多血？

如果桑海在撒謊，徐玉嬌真的是他殺的，他為什麼不把血擦乾淨？為什麼要向警方交代那把刀藏在哪裡？

桑海親口說過，把刀卡進磚縫前擦掉了李靜的血。指紋肉眼看不到，抹不乾淨不可疑，但為什麼上面留有那麼多徐玉嬌的血？這太矛盾了。

但是若桑海沒有說謊，事實的確像他供述的那樣，那麼是誰在他離開之後，神不知鬼不覺地取走了刀，塗上徐玉嬌的血？

這個人是凶手嗎？

他怎麼知道桑海將刀藏在磚縫裡？

他在行凶後沒有離開現場，碰巧看到桑海出現在荒地，並尾隨桑海而去？

花崇擰著眉頭沉思，腦海裡順過各種線索，眼睛盯著路面，卻根本什麼也沒看，直到跟人撞了個滿懷才堪堪回過神。

「抱歉，我……」

「行為藝術家？」

看著比自己高出半個頭的新同事，花崇突然後悔那天晚上發神經，吐出一句什麼「我是搞行為藝術的」。

當時以為以後再也見不到了就隨口胡謅，哪想到不過幾日，這個人就成了自己的同事。

還是上頭空降來指導工作的同事。

「呃，你好。」

花崇平時欺壓曲值慣了，現下對有過一面之緣的新同事卻得擺出幾分禮數。

他五官長得好，面相也顯小，笑起來時微垂的眼尾會自然向上彎起一個細小的弧度，看上去開朗純善，讓人忍不住也回以微笑。

所以柳至秦也笑了，還有禮貌地一頷首，目光落在他肩頭的警銜上，莞爾：「那天我還真的以為你是行為藝術家。」

花崇維持著笑意，心裡正想著該怎麼聊下去，旁邊一道門突然開了。

陳爭哼著走調的曲子從裡面走出來，先看到花崇，接著看到柳至秦，立刻腳步一剎，「喲！你們倆！」

柳至秦彬彬有禮，「陳隊，我過來熟悉熟悉環境。」

花崇見狀想溜，「那你們先聊，陳隊，我一會兒再來找你。」

「別走啊！」陳爭一邊招手一邊喊。

他脫下警服分明是個風流公子，在下屬面前卻非要裝得老成穩重，硬擠出一個慈祥深沉的笑，看得花崇有點作嘔。

慈祥的隊長說：「真巧，小柳過幾天才正式入職，我還來不及帶他去重案組，你們倆就在我門口遇到了。」

柳至秦與陳爭站在一起，問：「陳隊，這位是？」

陳爭平時說溜了嘴，開口就是：「重案組隊長，花兒。」

「花什麼？花二？」柳至秦露出探尋又忍俊不禁的神色。

花崇盯著陳爭，無可奈何：「……老陳。」

「喔！」陳爭這才發現一時嘴快報錯了名字，正想糾正卻突然卡住了，死活想不起花崇叫什麼。

這也不怪他，花崇在刑偵和特警兩邊都極有人緣，特警那邊叫「花花」，刑偵這邊叫「花兒」，叫「花隊」的也有，就是沒人叫「花崇」。

花崇一看陳爭那副蹙眉沉思的模樣，心裡就萬分無語，只得尷尬而不失風度地自我介紹：「我姓花，花崇，推崇的崇。」

崇這個字組不了幾個詞，最常見的是「崇拜」和「崇高」，他十來歲時老喜歡跟人說——我叫花崇，崇拜的崇！現在三十了，再也不好意思把「崇拜」、「崇高」掛在嘴邊，只好挑一個聽上去不那麼自大的「推崇」。

柳至秦友好地點了點頭，「你好。」

陳爭從剛才報錯名字的尷尬中緩過來，對花崇遞了個眼色，指指柳至秦，「這位就是我昨天跟你說的，公安部下來的……」

「的」了半天，陳爭也沒「的」出個結果。

訊息戰對一般省廳市局來說太陌生，柳至秦調過來也不是當網警，陳爭一時想不出個合適的名詞，就聽花崇悠悠地接了話。

「駭客。」花崇說。

這話一出，陳爭尷尬得起了一身雞皮疙瘩。昨天花崇私底下跟他說「駭客」便罷了，「駭客」前幾年還極有神祕色彩，吸引了一票年輕人，就他自己，剛工作時還沉迷於看駭客小說。但現在再說「駭客」，就有點貶低和取笑的意思了，何況人家小柳也不是駭客，那專業名詞叫什麼？安？安？安……

對，網路安全專家！

當陳爭把那六個字想出來時，花崇已經把「駭客」兩字重複了一遍。

陳爭：「……」

「駭客其實不準確。」柳至秦態度溫和地糾正。

陳爭斜了花崇一眼，用眼神藐視——看看，不懂亂開腔，丟人現眼了吧？

「我們以網路為武器，拿鍵盤敲代碼。」柳至秦笑道：「所以更準確的說法是——鍵盤魔人。」

三秒後。

花崇對陳爭乾笑，「新同事真幽默。」

作為領導，作為刑偵分隊的老大，陳爭當然不能接著這尷尬的冷笑話往下說，連忙擺出分隊長的姿態，「小柳剛來，訊息戰小組和我們這裡的工作方式完全不一樣，可能無法立即適應。現在重案組、技偵組正在忙徐玉嬌的案子，要不然這樣……」

說著，他笑咪咪地轉向花崇。

花崇眼皮一跳。

「花兒，重案組裡你經驗最豐富，你帶小柳熟悉一下案子？」

柳至秦立即送來一個春風拂面的笑。

花崇只得回以一個花苞被春風吹開了的笑：「行啊，沒問題。」

陳爭交代完，就哼著那沒哼完的曲子溜了。花崇被打了岔，一時也忘了上樓的目的是找陳爭聊案子，轉身一看笑容未消的柳至秦，遲疑了半秒，說：「命案還沒偵破，暫時不能幫你辦迎新會，見諒啊，兄弟。」

柳至秦笑著搖頭，「花隊，我能跟你去重案組看看嗎？」

「能是能。」花崇領著他往樓下走，「不過辦公室現在沒什麼人。」

「沒關係，你在就行。」

花崇腳步一頓。

「陳隊不是讓我跟你熟悉一下案子嗎？」柳至秦不緊不慢地解釋，「你要是不在的話，我都不知道該去問誰有關案子的事了。」

花崇心裡埋怨陳爭在這忙死了的關頭塞了這個「包袱」過來，面上卻不得不保持歡迎歡迎熱烈歡迎的微笑。他將柳至秦帶到重案組辦公室，掏了幾朵菊花泡上，指了指曲值如垃圾山的座位，「那裡有一部分徐玉嬌一案的筆錄和屍檢報告，你不急著回去的話，可以找來看看。如果有看不懂的地方儘管來問我。」

話雖如此，想的卻是——你最好趕緊回去，看不懂也別來煩我。

結果人家偏偏不急著回去，接過免洗紙杯裝著的菊花茶，溫和一笑：「謝謝，那我先去看一會兒。」

花崇回到自己的座位上，揪了一把臉，覺得今天假笑得有點多，臉都笑僵了。

十分鐘後，他站起來，繞到柳至秦面前，「我要去一趟偵訊室。一會兒你如果要走，把看過的報告放回原位就行了。這座位上的什麼都能動，唯獨冰紅茶不行。菊花茶喝完了，我那裡還有，自己加。」

說完，立即快步走出辦公室。

柳至秦看著他的背影，笑容慢慢在唇角、眼尾消失，神情就像初冬結冰的溪流一樣逐漸冷了下來。最終，眉宇間只剩一抹刻著怨仇的寒冷。

「花崇。」柳至秦低聲自語。

◆

「有人害我，一定是凶手嫁禍給我！你們想想，如果是我殺了玉嬌，我會告訴你們刀藏在哪裡嗎？我瘋了？」

偵訊室裡，桑海紅著一雙眼，絕望而疲憊地嘶吼。

「那刀上的血你怎麼解釋？」曲值已經與他耗了幾個小時，來來回回就聽他嚎那幾句同樣的話，耳朵都聽到長繭了。

「我怎麼知道？我沒有殺玉嬌，我看到她的時候她已經死了！你們要怎樣才肯相信我？十三號晚上我只劃傷了那個找我要錢的流氓，絕對沒有傷害玉嬌！」

花崇抱臂看著桑海，眉頭越皺越深。

從一開始，他就不認為桑海是凶手。

他和刑偵分隊裡的其他人不一樣。重案刑警們接觸過五花八門的凶案，與各式各樣的凶手打過交道，但鮮少有人見過正在行凶的惡徒，鮮少有人親自開槍殺過人。

而他，曾經在西北反恐形勢最嚴峻的地方待了整整兩年，殺過人，也目睹過隊友被殺，見過最凶殘的恐怖分子，差點命喪於那些人之手。

他無法一眼看出誰是凶手，卻能從眼神與肢體動作中判斷一個人不是殺人犯。

桑海這樣的人，沒有膽智殺人。

「我不認！」桑海又吼起來，「我告訴你們，我不認！你們休想逼供！如果你們敢偽造我的口供，以後上庭時我就當庭翻供！」

「你電視劇看太多了吧？」花崇雙手撐在桌沿，居高臨下地睨著桑海。

桑海一怔，氣勢頓時弱了幾分，「你、你們不能冤枉好人！」

「冤枉不冤枉，證據說了算。」花崇說：「現在證據都指向你，你的口供根本不重要。」

「可是我沒有殺人啊！」桑海說著突然一僵，兩眼定然地瞪著前方。

曲值咂舌，「操，中邪了？」

「我！我知道是怎麼回事了！」桑海像抓住了救命稻草似的，喜不自禁：「當天晚上凶手一定在荒地看到我了！他殺了玉嬌後可能沒有馬上走，發現我之後一路尾隨，說不定想殺我！結果看到我在一處平房埋了水果刀，就想嫁禍給我，在我離開後取出水果刀，回到荒地塗上玉嬌的血，再重新卡入磚縫裡！」

花崇瞇起眼。

桑海的說法他不是沒有想過，但這樣一來，線索就徹底斷了。凶手太狡猾，不僅沒有留下蛛絲馬跡，還運氣極好，遇上一個可供嫁禍的人，那往後還要怎麼查？

「你他媽編故事嗎？」曲值見不得一個男人哭哭啼啼，這一聲吼出去，桑海眼裡剛浮起的光又暗了下去。

花崇靠在牆邊，直覺從桑海這裡問不出什麼來了。

還是得去找陳爭。這案子上面催得很緊，必須早日偵破給市民一個交代，但絕不能如此馬虎地結案，破案的壓力他扛得住，但輿論施加的壓力得由陳爭應付。

「我、我還想到一種可能！」桑海猶在垂死掙扎，「你們員警裡有內奸！」

花崇：「……」

曲值：「……」

「只有我知道刀藏在哪裡！我昨天告訴你們之後，刀就莫名其妙有了玉嬌的血，變成了凶器！一定是你們之中有人得知後提前在刀上抹了血！」桑海狂亂地喊：「不！不對！不是內奸，你們是故意的！你們沒本事破案，於是隨便抓一個人當代罪羔羊！呵呵，這種事我聽多了，沒想到居然也會發生在我身上！你們這幫爛人，拿著納稅人的錢……」

花崇冷聲打斷：「閉嘴。」

他眼裡有種極冷的光，是曾經當過殺手的人特有的寒冷。

桑海愣了一下，不敢再與他對視，瑟縮著低下頭。連曲值也被嚇得不輕，喉結上下一動，不再說話。

半分鐘後，花崇走到門邊，「人先留在局裡，案子繼續查。」

重案組辦公室熱鬧得像夜市，柳至秦叫來一堆外賣，有燒烤和滷味，還有飲料和炸雞。出外勤的隊員差不多都回來了，有的剛吃了飯，有的腹中空空，被好吃好喝地一招待，立刻與新同事稱兄道弟，連檢驗、技偵都趕過來湊熱鬧。

花崇走在走道上就聞到烤肉的香味，牙根頓時湧出津液。忙了一天，他中午只匆匆吃了一碗牛肉麵，晚上餓過頭，本來胃裡已經沒什麼感覺了，一嗅到食物的香味，腸胃連忙發出一連串「咕嚕嚕」的叫聲。

隊員張貿舉著炸雞喊：「花隊回來了！快來吃，我們組有新同事了！」

柳至秦倒了一杯冰鎮柳橙汁，笑道：「他們說你喜歡生蠔，留了五個，還沒冷，快來吃。」

花崇接過柳橙汁，一看滿桌的食物，明明已經餓得受不了了，還硬撐著客套：「沒幫你開迎新會，你倒是破費請我們吃宵夜了。」

「應該的。」柳至秦說，「點餐的時候不知道你喜歡生蠔，下次我多點一些。」

隊員們起鬨，「多『一點』還滿足不了我們花隊，他吃生蠔都是按『打』算！」

花崇：「哪有這麼誇張？」

柳至秦在一旁聽著，似乎在低頭偷笑。

花崇忽覺尷尬，索性放著生蠔不管，拿起炸雞來啃。

民間傳說生蠔壯陽，以前每次結伴出去吃燒烤，他都會被隊員們誇「腎好胃口就好」。都是自家兄弟，開開玩笑倒也無所謂，但柳至秦是新來的，這就有些不合適了。

況且他並不是因為生蠔壯陽才愛吃，單單是喜歡吃罷了。

這個姓柳的卻像個棒槌，見他只顧著吃炸雞，居然把剩下的生蠔端了過來，「花隊，要涼了。」

「謝謝。」花崇接過生蠔，咳了兩聲，對大家道：「這位是我們新同事，掛名在技偵組，不過日常工作是在重案組。」

「知道了！」張貿油著一張嘴，「柳哥剛才已經自我介紹過了。」

「喔。」花崇想了想，說出上司說詞，「總之今後大家都是兄弟，工作上的事相互幫忙。徐玉嬌這案子現在看來越來越複雜了，不要把思路局限在桑海一人身上，對徐玉嬌人際關係的調查、案發地周邊的排查都不能停。」

大夥兒各吃各的，周圍響起一片稀稀落落的「明白」。

倒是柳至秦態度格外端正，朗聲道：「明白！」

花崇有些吃驚地看他一眼，心想——轉學生地皮沒踩熱時，一般都比較老實，等混熟了才會原形畢露。

「吃完就早點做自己的事吧，該加班的加班，該睡覺的睡覺，爭取早日破案，到時候幫柳……」花崇頓了頓，換了個稱呼，「幫小柳開個遲來的迎新會。」

「誰掏錢？」一名隊員問。

「當然是老陳。」花崇笑。

這時，不知哪個不長眼的嚎道：「花隊，你的生蠔還沒吃！」

花崇嘴角抽了抽，「留給曲值吧，他還在審桑海，都氣得七竅生煙了。」

又有人說：「我們先有個花隊，現在又有個柳哥，這……哈哈哈！」

大家一聽就懂了，花和柳放在一起可不是什麼好詞，那是花柳之疾。

花崇心裡罵了個「靠」，正想教訓這幫開長官玩笑的傻玩意兒，就聽柳至秦溫聲道：「花與柳，不是柳暗花明的意思嗎？」

花崇一愣。

柳至秦看著他，那眼神帶著笑，深邃迷人，「再迷霧重重的案子，也有真相大白的一天，再艱澀的困境，也有柳暗花明的一日。不是嗎？花隊。」

辦公室安靜了一瞬，張貿帶頭喊道：「說得好！柳暗花明！我們重案組最需要的就是真相大白，柳暗花明！」

花崇看著柳至秦的眼，怔了片刻才回過神來。

柳至秦走近，聲音又沉又柔，「花隊，案子我已經瞭解了一部分，有些疑點想與你討論。」

第三章　看不見的黑暗

曲值回來時還在罵桑海，吃完五個剩下的生蠔，灌下一大瓶冰紅茶仍未消氣，後知後覺地問：「誰這麼大方請宵夜？老花呢？」

「和柳哥聊案子去了。」張貿叼著一根豬蹄收拾桌子，一張嘴，豬蹄就掉在地上。「我靠！」他罵了一聲，撿起來放在盒子裡，打算收拾完再吃。

「柳哥？哪個柳哥？」曲值納悶，「外來人員？顧問？不是吧？桑海那玩意兒剛剛還罵我們有內奸，老花就跟外人聊案子？不怕情報外洩？」

「什麼外人，那是我們新同事。」張貿是重案組年紀最小的刑警，才調來沒多久，腦袋圓圓的，見誰都叫一聲哥。

「我怎麼不知道有新同事？」曲值問：「哪個分局調來的？」

張貿往天上一指。

曲值：「天上掉下來的？嘖，你怎麼不說石頭裡蹦出來的啊？」

「公安部！」張貿說：「公安部調來的！」

曲值驚了，「公安部？瘋了吧，公安部調人到我們市局？」

「柳哥厲害的呢。」張貿吃了人家的宵夜，自然得美言幾句，「剛來就和我們花隊聊得不亦樂乎，還說他們倆的名字湊在一起是『柳暗花明』，這案子說不定馬上就破了！」

柳暗花明組合此時正霸占著陳爭的辦公室，從頭到尾梳理案情。

「桑海有作案時間、作案動機，監視器拍到了他，刀也找到了，如果他是凶手，這合情合理。」柳至秦坐在沙發上，外套疊放在一旁，一隻手夾著筆，一隻手按在膝蓋上，「但我看了他的偵訊筆錄，覺得凶手另有其人。」

花崇沒有立即表示贊同，靠在沙發的軟墊上，「哦？為什麼？」

「這個案子，凶手可以說做得滴水不漏。他留下徐玉嬌的身分證有兩個可能，一是他不怕我們從徐玉嬌入手查，二是他在挑釁警方。我希望是前一種情況，因為如果是後一種，他再度作案的可能性就不低。」

花崇略一皺眉，「因為擔心出現模仿犯罪，市局已經通知各個分局、派出所加強轄區的安保力度。」

柳至秦點頭，繼續道：「他思維縝密，在不留破綻的同時，可能還在刻意誤導我們——但目前我們不知道哪些表象是假的，只會覺得他行事矛盾。但反觀桑海，這個人極易感情用事，說出來的話多次前後矛盾，這要不是在撒謊，就是過度緊張，造成邏輯混亂。桑海若是凶手，那這案子就根本沒有難度。」

花崇撐著太陽穴，「但目前沒有別的線索了。徐玉嬌的人際關係已經查過了一遍，上網和通話記錄也都查了，沒有什麼可疑之處。」

「那就只好繼續在案發地排查了。」也許因為尚未正式入職，柳至秦顯出幾分輕鬆，「花隊，記得我們上次見面時的事嗎？」

「我們不是在討論案子嗎？」花崇無語，怎麼突然說起那天晚上了？

「當時我說，建築物修築之時是最誘人的，其實案子也是。」柳至秦笑，「尚未偵破時最誘人。」

這倒是，花崇想。

「明天一起去道橋路吧，桑海在五金店買了水果刀的事不就是跟那裡的居民聊出來的嗎？繼續聊下去的話，萬一能找到那把家用榔頭的下落呢？」柳至秦頓了頓，又說：「而且還有一件事，看過筆錄之後我一直有些在意。」

「什麼事？」花崇將身子稍微往前一傾，直覺柳至秦在意的事與自己在意的事是同一樁。

「發現徐玉嬌屍體的人叫邱大奎，但報案的人叫呂常建。」柳至秦說：「這個邱大奎為什麼不自己報警？」

花崇盯著柳至秦，半天沒說話。

這件事他一直覺得不對勁，但與其他線索相比，邱大奎不報案實在算不上什麼。如今被柳至秦提出來，那一點疑惑便被陡然放大。

柳至秦豎起筆晃了晃，「花隊？」

「啊……」花崇回神，「行，明天就去查！」

說著正要站起來，一邊的柳至秦卻猛地靠近，花崇僵在座位上，瞳孔驟然一縮。

兩人之間的距離極近，花崇甚至能聞到對方身上淺淡的洗髮水香味。

從西北回來之後，他的睡眠品質就一直不好，最近這兩天又因為徐玉嬌一案猛耗心力，反應忽地一滯，眼中難得露出一絲茫然。

「花隊，你要好好休息啊。」柳至秦的聲音就像他的笑容一般溫和，說話時眼尾彎彎的，絲毫沒有攻擊性，「你眼裡有很多紅血絲，眼下也有些發青。」

「嗯。」花崇垂眼，下意識抬手揉了一下，「不要緊，習慣……」

話音未落，揉眼的手就被輕輕捉住。

花崇動作頓住，警惕而不解地抬頭。

「我這裡有一瓶緩解視覺疲勞的眼藥水。」不等花崇掙脫，柳至秦就主動放開，退到另一邊沙發上，從脫下的外套口袋裡拿出一個方形小盒子，「花隊，眼睛越揉會越不舒服，紅血絲哪是能揉掉的？這眼藥水不錯，試一試？」

「謝了。」花崇接過，手指碰到了柳至秦的指尖。

他很少用眼藥水，滴得沒有章法。

柳至秦說：「眼珠往上抬，滴在下眼白上。」

花崇浪費了好幾滴，硬是弄出了淚流滿面的效果。他眼睛本來就紅著，這下看起來當真像哭了一場。

柳至秦抽來幾張面紙，「當重案刑警真辛苦。」

花崇一邊擦掉淌下來的眼藥水，一邊順著這句話問：「那你是怎麼想的？好好的公安部不待，調到我們這裡來吃苦。」

「我倒是想待在公安部。」柳至秦聳了聳肩，雖然仍舊笑著，但那笑容卻多了一絲苦澀。

「嗯？」花崇好奇了，「你不是自願調來的？」

「誰跟你說我是自願調來的？」柳至秦輕輕歎氣，「違犯了紀律，在訊息戰小組待不下去了。」

花崇回憶了一番，不管是陳爭還是調職公文，都沒提到柳至秦違犯紀律的事。

不過這也不稀奇。上頭有上頭的考量，不是每份調職公文都會介紹調職者的「黑歷史」，他也沒有興趣打聽。

「不說這個了。」柳至秦放鬆地呼出一口氣，「花隊，明天幾點去現場？」

「八點。」花崇看了看時間，「你住哪裡？不早了，沒事的話就趕緊回去。」

「我住在畫景二期。」柳至秦說：「剛租的房子。」

「畫景二期？」花崇心道，還真是巧啊，「我也住在那裡。」

「是嗎？」柳至秦露出少許驚喜的神情，「那今後我們可以結伴上下班了。」

花崇忽然有些不自在。

市局在洛城中心的平鳳區，而畫景社區在北邊長陸區，兩者之間相距較遠，地鐵與公車均不能直達。就算是在長陸區裡，畫景社區也屬於比較偏僻的地帶。他當初會把家安在畫景二期，並非因為房價低，而是因為沒有同事住在那一帶。

不以重案組隊長的身分辦案時，他需要一個絕對不被打擾的環境，就連上下班也不希望與熟人同路。

但現在，新來的同事竟然告訴他，自己也住在畫景二期。

「怎麼會想去那裡租房？」花崇裝作隨意地問：「畫景離市局很遠，開車太塞，坐地鐵太擠，一天花在交通上的時間太多。」

「但是那邊的房租便宜，環境和配套設施也不錯。同樣的錢，我在市局附近只能租到一個廁所。」柳至秦笑了笑，「我初來乍到，錢得省著用。」

倒是有理，但花崇多少有些無奈。

「花隊，要不然我們一起回去吧？」柳至秦建議道，「那天看你去地鐵站換乘挺麻煩的，我有摩托車，可以把你打包送回家。」

花崇眼皮一跳，「還是別了吧，摩托車載人違反交通規則。」

「規則是死的，人是活的。」柳至秦笑，「而且現在天都黑了，沒人管。」

花崇到底還是沒搭柳至秦的摩托車回去，倒不是因為謹遵交通規則，而是因為不習慣私人空間與時間被人侵占。

次日一早，重案組部分隊員又到了道橋路。

柳至秦還沒領制服，穿了套棉質運動裝，坐在邱老漢的早點攤上喝豆漿吃油條，看起來就像個普通白領族。

但別的白領族買了早餐就急匆匆地跑進旁邊的地鐵站，就算坐在塑膠板凳上吃也是狼吞虎嚥，恨不得一口一個大包子。柳至秦吃得優哉遊哉，將三輪車上的所有早點都點了一遍，一吃就是半小時。

半小時裡，白領族們來來往往，皆是行色匆匆，想找個人閒聊幾句都難。

臨到九點，早點已經賣得差不多了，巡警開始催促小販們打掃環境，邱老漢罵罵咧咧地拆桌子，一會兒嫌邱大奎手腳慢，一會兒詛咒巡警早死早超生。

沒多久，攤上的食客就只剩柳至秦一人了。

他買得多，邱老漢也不好說什麼，在他跟前轉了幾圈，不停往桌上瞅，幾分鐘後終於忍不住了，「小夥子，巡警催我們收攤了，這些剩下的包子我幫你打個包？」

柳至秦避開那一股濃重的口臭，擦了擦手，「那就麻煩您了。」

邱老漢立即惡聲惡氣地吼：「沒用的東西，過來打包！」

邱大奎拿著一個大塑膠袋跑來，油膩膩的手抓起包子就往袋子裡放。

柳至秦看著他，突然搭起訕：「你們家的包子吃起來挺特別，都賣光了吧？」

邱大奎臉色極不自在，手頓了一下，連忙否認，「沒、沒什麼特別吧，大家都這麼做。」

柳至秦眯起眼，「噢，我的意思是香味很濃，口感很好。」

「喔、喔。」邱大奎裝好包子，打了個結，「那今、今後常來！」

柳至秦接過包子，和氣地笑了笑，「一定。」

「柳哥！」張貿見人就喊起來，「昨晚請我們吃宵夜，今天又請我們吃包子？噯，那多不好意思啊，又讓你破費！」

柳至秦看了看手中油膩膩的塑膠袋，笑了，「想吃包子？好，明天我去魯家鋪子買，這一袋不行，裡面的肉好像餿了。」

「餿了？」張貿不解，「那還不趕緊扔掉！開春了，氣溫上來，肉是挺容易餿的。」

柳至秦點點頭，「等等就扔掉。對了，花隊來了嗎？」

「來了，剛還在呢，不知去哪裡逛了。」

「行，我也去四處看看。」

道橋路堪稱髒亂差的典範，街巷布局雜亂，生活垃圾隨處可見。無所事事的居民對年輕女子被殺這種事興趣極濃，自十六號徐玉嬌的屍體被發現以來，各家各戶的飯後話題就成了這個人是怎麼死的。樂於道聽塗說的人總是不吝惜地展示鄙陋與惡意，還沒過幾天，慘遭殺害的女人在他們口中就與「不檢點」、「活該」、「有錢人該死」之類的字眼聯繫在一起，甚至有人把凶手誇成劫富濟貧的好漢。

但居民們說歸說，面對刑警時卻深諳「言多必失」、「禍從口出」之理，一問三不知，生怕捲入事情，以至於摸排走訪面臨諸多困難。

上午，剛趕早市買完菜的老婦們握起雙手，擠在落灰的樓房下聊起陌生人的不幸時，臉上的表情那叫一個生動，若是給她們一席長衫、一張書案，怕是舊時茶館裡的說書先生也沒她們講得精彩。

花祟沒穿制服，去二裡巷的假貨一條街花五十塊買了一身Adadis，正樂滋滋地蹲在四裡巷的汙水溝邊逗土狗，旁邊正是一群熱火朝天地議論別家閒事的婦人。

「那女的深更半夜地穿條那麼豔的裙子去荒地，怎麼可能是正經人？」胖婦人說話時臉上的肉一鬆一緊，像個喜劇演員，「現在的女人啊，就是不自尊不自愛，家裡不知道怎麼教的。」

「聽說那女的很有錢呢，渾身都是名牌！」矮婦人仰著頭，鼻孔鼓得圓圓的，「我女兒回來說，那條裙子在商場裡得賣一萬多！」

「哎喲！」胖婦人的眼珠都快掉出來了，「年紀輕輕哪來這麼多錢？那女的是被有錢人包養的二奶吧？難怪死得那麼慘，破壞別人家庭，我呸！」

「就是！」瘦婦人的頭髮沒剩幾根，活像穿越來的裘千仞[1]，「仗著年輕好看，勾引別家的男人，這種女的最賤最可恨！」

「也不一定啊。」個頭最高的婦人說：「也可能是爹媽有錢啊。」

「爹媽有錢？呵，這年頭的有錢人，不是貪官就是奸商！」胖婦人道：「只有像我們這樣勤勤懇懇、任勞任怨一輩子的才富不起來！」

「也對。」高婦人訕訕道：「何小萍前幾年死了男人，不就是釣了個什麼退休幹部，才搬出我們巷的嗎！」

花崇聽著她們閒聊，心頭不免唏噓。

婦人們字字句句全是尖酸刻薄，彷彿過得比她們好的同性不是當了有錢男人的小三，就是有個貪汙腐敗、奸詐可惡的爹。

而據他所知，離開道橋路的人很多都謀到了正當的生計，男人也好，女人也好，幾乎都是憑自己的本事在外面找到了立足之地。留在這裡的人多半遊手好閒，怨天尤人，不滿與嫉妒日積月累，形成了一種可笑又可悲的怨毒。

當然凡事沒有絕對，昨日在東裡巷遇到的女白領就是個例外。只是那女人拖著蠻不講理的父母與不成器的弟弟，也不知道算不算真的脫離了這片泥沼。

1　裘千仞：金庸武俠小說作品《射鵰英雄傳》中的反派人物。

正想著，花祟忽然聽婦人們的話題轉移到邱大奎身上。

「老邱家也是慘，一家老小過得好好的，屋子後面突然冒出死人。」胖婦人誇張地哀歎，語氣卻帶著幾分幸災樂禍，「邱老頭最忌諱這些，只怕不得罵死他家邱大奎。」

「這件事和邱大奎沒什麼關係吧？就算他沒發現，久了其他人也會發現啊。」高婦人說：「喔，難道換個人發現，那女的就不是躺在他們家後面啦？」

「話是這麼說，但我要是邱老頭，我也覺得邱大奎晦氣。」胖婦人扭了扭腰，嘴角都快癟到下巴去了，「邱大奎肯定也嚇死了，不然怎麼連警都不敢報？」

「嘖，邱大奎也是個可憐人啊，看到那女人的屍體，肯定會想到他老婆。」

「可不是。他老婆死得早，邱老頭又是那副德性，後半輩子誰還敢嫁他邱家去……」

花祟蹲得腿麻，起身掂了掂腳，湊到四名婦人跟前，賊兮兮地問：「大嬸，妳們說的是發現屍體的人？他家死了老婆？」

婦人們立即警惕起來，見他的打扮和舉止與長居此地的人無異，又放下心來，唯有胖婦人聳著一邊眉頭問：「小夥子，以前怎麼沒見過你啊？」

「怎麼沒有！我都見過您！」花祟往對面巷口一指，「喏，我住那頭。」

幾名婦人你看看我我看看你，索性又聊起來。

花祟畏畏縮縮地在一旁聽著，時不時插一句嘴，聽到邱大奎的老婆付莉是前幾年得子宮癌去世的。

胖婦人大約是個道橋路百事通，對旁人的家事如數家珍，說起付莉得病治病的經歷，簡直跟親眼所見一樣。

「付莉那丫頭根本不是我們城裡的人，不知道是那個村的農民，土得要死，也只能嫁給邱大奎當老婆了。我聽說啊，她剛跟邱大奎結婚時，子宮裡就查出有瘤。醫生當時建議做手術，邱大奎都把她送到住院部了，邱老頭非不讓，說是做了手術就不能為邱家留後了，硬是接了回來。」

花崇沒聽懂，「肌瘤的話，做手術切除不會影響今後生育吧？」

「去去去，你懂什麼？」胖婦人彷彿被拂了權威，揮了揮手，接著往下講，「這手術後來沒做成，沒多久付莉懷孕了，生產還算平安，那顆瘤好像也沒長多少，這件事就放著了。但是後來再去醫院一查……」

胖女人說著兩手一攤，「這下好了，子宮癌！」

後面的事就很容易想像了，治療癌症的費用是邱大奎這種家庭承受不起的，付莉在醫院躺了幾天就辦了出院手續，說是回家用偏方續命，其實就是等死。沒熬多久付莉就受不了病痛，在家裡割腕自殺了。

「自殺？」花崇問：「真是自殺？」

「嘿嘿嘿！」胖女人笑起來，「小夥子還挺有懷疑精神的嘛，不過還真的是自殺，死亡證明都開了。邱老頭雖然脾氣不好，但也沒必要害一個活不了多久的兒媳婦。」

花崇假笑得十分有誠意，之後又聽婦人們閒扯了一會兒，才藉口有事要離開。

穿著這身塑膠布一般的衣服本來是想摸一些徐玉嬌一案的線索，沒想到卻打聽到邱家有個患癌自殺的媳婦。

如此一來，邱大奎發現屍體後不報警，那天與他聊天後倉皇逃離就有了兩種方向相悖的可能，一是邱大奎與徐玉嬌的死有關，高呼引來居民是為了破壞現場；二是付莉的死有蹊蹺，導致邱大奎不敢面對員警。

來之前，花崇沒想到還有後面一種可能，就連第一種也覺得有些牽強。

這時，放在 Adadis 運動褲裡的手機響了。

『老花！』曲值喊：『花隊，我這邊有個小發現。你在哪裡？』

「四裡巷，報地址，我馬上過來。」

花崇趕到荒地時，一群隊員目瞪口呆地看著他。

張貿的舌頭都快打結了，「發、發、發、發隊！你從哪裡搞來這身山寨貨的？」

花崇低頭看了一眼，心想這打扮是挺寒酸的，但也不至於這麼大驚小怪吧。

曲值快步走過來，小聲說：「趕緊找個地方，把這一身衣服換了。」

花崇好笑，「怎麼？影響市容市貌了？」

「你的臉擱在這裡，要影響市容市貌也輪不到你。」曲值說著笑起來，「不過你再不去換，一會兒肯定會後悔。」

「有事說事，別給我七拐八繞。」

「喔，好。」曲值清清嗓子，「昨天不是來了個新同事嗎？」

「新同事還請你吃了生蠔。」花崇說。

「新同事今天穿了身 Adidas，當季正版新裝，顏色跟你這身 Adadis 一樣。」

花崇：「……我操，你不早說？」

曲值無辜，「我這不就說了嗎！」

花崇不是裸奔來的，自然帶著衣服，正準備去換就聽有人喊：「柳哥，這裡！」

半分鐘後，身穿 Adidas 的柳至秦和身穿 Adadis 的花崇隔著幾步之遙互相打量，張貿手賤，還偷偷拍了幾張照。

柳至秦彎著唇角，一言不發，目光卻未從花崇身上挪開。

被一群手下圍著，花崇當然不能縮，手往柳至秦肩上一撈，「上陣父子兵，山寨隊友情。這衣服挺不錯的，結實耐操，乾脆批發幾套回去當出外勤的工裝。」

張貿等人一片哀嚎，花崇趁機朝曲值勾手指，「有什麼發現？趕緊彙報。」

柳至秦輕輕將花崇的手放下來，往旁邊退了一步，曲值面色一肅，道：「桑海如果不是凶手，那之前的線索就斷了，得從頭開始查。我跟這邊的住戶磨爛了嘴皮子，本想問他們在案發前幾天有沒有發現什麼異常，有沒有看到可疑的人，結果問出了另一件事。」

「關於邱大奎？」

花崇與柳至秦異口同聲，說完有默契地看了對方一眼。

曲值一愣，「你們這是……原版和山寨心連心啊？」

「別廢話。」花崇問：「邱大奎怎麼了？」

「邱大奎不是說他能發現徐玉嬌的屍體，是因為聞到了怪味嗎？」曲值說：「但是我現在瞭解到在他大吼之前，沒人聞到什麼怪味，邱大奎極有可能在撒謊！」

「不對！」花崇打斷，「怪味肯定有，屍體被帶走之後的第二天早晨我來過，確實聞到了屍臭。你想，那時屍體已經被轉移了，味道都還沒完全散去，屍體還在時，邱大奎聞到有什麼奇怪？」

「我們能聞出來當然不奇怪，我們本來就時常和屍體打交道。」曲值說：「但是為什麼這裡的居民都說之前沒有聞到味道，是邱大奎大吼之後才聞到的？」

花崇擰眉沉思。

少傾，柳至秦說：「我知道了，長期生活在這裡的人聞不到屍體散發的氣味才正常。」柳至秦說完邁出幾步，指了指不遠處的垃圾堆。

這幾日氣溫一天比一天高，垃圾堆散發出令人頭暈目眩的惡臭，綠頭大蠅成群結隊地盤旋著，嗡嗚聲極其刺耳。

「這些垃圾的惡臭足以壓過屍臭。」花崇跟上柳至秦的思路，「他們早就習慣了荒地上的臭味，根本不會覺得奇怪。」

「對。」柳至秦點點頭，「就算聞到什麼不一樣的氣味，也不會往屍體上想。這片荒地平時根本沒人，又髒又臭，居民們避之唯恐不及。如果是小孩，倒是有可能因為好奇跑到荒地上一探究竟，但一個成年人，好奇心應當不會這麼重。而且我今早和邱大奎說過幾句話，感覺他這人挺木訥，不像是童心未泯的人。」

「你去找邱大奎了？」花崇問。

「去他家的早點鋪吃了根油條，喝了碗豆漿。」柳至秦說：「然後買了一袋包子做檢驗。」

「包子？檢驗什麼？」

「他們家的肉餡可能有問題。」

「什麼？」張貿徹底被弄糊塗了，「肉餡有問題？柳哥，你的意思是他們家的肉和死者有關？不會吧？難道是人肉包子？」

曲值聽得起了一身雞皮疙瘩，「怎麼可能，別亂說。」

「這倒不是，只是順便查一查。」柳至秦抱歉地笑了笑，「我早上其實是想和去他家攤子買早餐的人聊一聊，看能不能聊出些什麼。不能乾坐在那裡等，就把包子、油條點了一遍，但可能是早上時間太趕了，我在那裡待了半天，都沒見到能聊幾句的人。包子我嘗了一口，油鹽味很重，肉質不新鮮，我猜餡料裡放那麼多油鹽，是為了把肉的餿味壓下去。不過我看那些買包子吃的人好像根本不在意，可能因為那包子一直都是這個味道，吃習慣了就不覺得哪裡不對了。離開之前我讓邱大奎打包，想拿回去查查看。」

「這……」曲值說：「小販的包子餡過不過期，好像不歸我們管吧？」

「是嗎？」柳至秦略顯困惑，旋即一笑：「抱歉，我剛調過來，對工作內容不熟悉，讓大家看笑話了。」

「別在垃圾堆邊說包子，以後還讓不讓人吃了？」花崇道：「這家姓邱的疑點不少，我一會兒再去找邱大奎聊聊。曲值。」

「啊？」曲值正在跟張貿說老花最喜歡吃香菇牛肉包，這下不知道得噁心多久了。

「目前桑海仍然是最有可能作案的嫌疑人，但他提供的資訊也有一查的必要。那個漢代貴族墓在兩公里以外，你安排幾個人趕過去，跟考古隊員瞭解一下情況。」

「是。」

眾人撤離荒地，部分隊員前往考古發掘現場，部分隊員繼續在道橋路摸排，花崇正要去邱大奎家裡，肩膀突然被人敲了兩下。

「花隊。」柳至秦背著光，「我跟你一起？」

花崇看看對方的 Adidas，又看看自己的 Adadis，「你等我換身衣服。」

◆

邱家父子正在準備中午的便當。

富康區雖是洛城五區裡經濟最落後的一塊，但這幾年也在不停蓋房搞建設。離道橋路一站路之遠有一個樣品屋工地，工人們消耗大，飯量也大，邱老漢每天中午準時騎著三輪車趕去，什麼紅燒肉、回鍋肉、爆炒肥腸，十分鐘之內肯定賣完。

工地上的工人口味重，喜歡鹹的、油的、味精多的，對邱老漢做的菜讚不絕口。

但這幾天，不止一人發現邱老漢送來的便當不是鹹過頭了，就是根本沒味道。前一天民工們跟邱老漢反應，說再不把味道調整回來，以後就去李寶蓮的三輪車吃。邱老漢一邊數著皺巴巴的零錢一邊滿口答應，回頭卻凶神惡煞地罵：「呸！有飯吃就不錯了，還他媽挑肥揀瘦！什麼東西，等哪天被澆進水泥裡，老子再來給你們做一桌喪飯！」

這通牢騷一發就是一天。

邱大奎坐在摺疊椅上整理菜，邱老漢「匡噹匡噹」地切肉，切了多少塊肥肉便罵了多少句髒話。那些話毒得很，不是咒工人們從樓上掉下來摔死，就是被建築鋼材砸死。邱大奎本就心神不寧，聽久了難免會煩躁，勸道：「爸，你罵了一天還不嫌累？別說了，人家建築工人也是賺血汗錢，不比我們輕鬆，你老是咒他們去死幹什麼？」

邱老漢聞言，將菜刀往砧板上一扔，喝道：「你還教訓起我來了？」說完，一腳踹向邱大奎的折疊椅，「我踹死你這個不爭氣的！你就是想害死我！你這個混帳東西！」

邱大奎個頭雖大，但冷不防挨了一腳狠的，一時重心沒穩住，往側邊一摔，把一盒準備做蛋炒飯的雞蛋壓得蛋破黃流。

「你是成心想氣死我啊！」邱老漢那張乾巴巴的老臉上，皺紋都快跳了起來。邱大奎半邊身子沾著蛋黃，愣愣地坐在菜堆裡，邱老漢居然又一腳踹過去，罵道：「我怎麼生了你這種畜生！那些該死的工人在外面氣我，你在家裡氣我，你……你！」

邱大奎抹了把臉，眉間的疲倦與厭惡顯而易見。

他費力地站起來，看都懶得看邱老漢，擰了條濕毛巾擦蛋黃，「爸，你少說一些吧，沒必要。」

「我看你才要少說一些！」邱老漢不依不饒，手指像縫紉機的針腳一樣猛力戳在邱大奎的太陽穴上，「你都幹了什麼事？啊？那天你吼什麼？你沒事往荒地上跑什麼？有死人，別人怎麼發現不了，就你厲害，啊？就你能發現死人！你跟死人這麼有緣，你怎麼不去死！」

「爸！」邱大奎終於動了怒，推了邱老漢一把，「你有完沒完！」

「你敢對我動手？」邱老漢蠻橫了一輩子，年輕時就打老婆打兒子，現下老了，火氣竟然比壯年時更旺，抬手就是一巴掌招呼在邱大奎臉上，「你故意把員警引來，就是想讓我死！」

道橋路的平房蓋了幾十年，根本不隔音，邱老漢那一記巴掌極其響亮，後面的話讓剛走到門邊的花崇與柳至秦聽得正著。

花崇看了柳至秦一眼，屋裡又傳出稀裡嘩啦的聲響與叫罵，罵人的自然是邱老漢，邱大奎自始至終沒說過什麼重話。

「故意把員警引來？」花崇輕聲道：「看來他們幹了什麼不能讓我們知道的事。」

柳至秦「唔」了一聲，「再聽聽。」

後面邱老漢倒也沒罵出什麼驚天動地的話，最後邱大奎斥道：「你吼夠了沒！你想讓全巷道的人都聽到嗎！」

裡面的響動戛然而止。

花崇這才抬起手，在那扇極有年代感的木門上敲了幾下。

「誰？」邱大奎警惕道。

「開門不就知道了嗎？還問誰。」邱老漢仍是罵罵咧咧的，「去開門，梁老頭前幾天跟我要了三批包子，一直沒給錢，說好今天還，肯定是他來還錢了。」

邱大奎草草清理完身上的蛋黃，拉開門的瞬間，震驚與恐懼就像一張劣質面具一般附著在臉上。

「你、你們……」

「梁老頭嗎？」

邱老漢也趕了過來，意識到門外站的是誰時，那雙下垂的三角眼陡然睜大。

「不好意思，打攪了。」花崇笑容如風，「關於發生在你們家後面的命案，我們還有些情況想跟兩位瞭解一下。」

邱大奎身高足足有一百九，此時怔怔地杵在門口，像一尊雕工低劣的雕像。

柳至秦說：「我們能進去坐坐嗎？」

邱老漢口臭重，說話時周圍彌漫著一股難聞的味道，「你也是員警？」

「過來查案，沒吃早飯，見到您的攤位生意好，就買了一些。」柳至秦笑道：「包子味道很好。」

花崇心裡冷笑，往屋裡張望一番，「在準備午飯啊？那趕快進去，不耽誤你們時間，我們問幾個問題就走。」

邱家有股潮濕發霉的味道，三室一廳，面積不小，但老舊不堪，光線陰暗，兩間臥室的門大開著，剩下一間房門緊閉，外面掛著上個世紀常見的手工珠簾。

柳至秦站在珠簾前，抬手摸了摸其中一條。

「那是我女兒的房間。」邱大奎搓著手，「她去上學了。」

邱老漢像是極其不願與員警打照面，一進屋就鑽進廚房，弄出一陣乒乒乓乓的聲響。

花崇在客廳踱了一圈，看著邱大奎：「上次我問過你，這幾天晚上回家有沒有聽到什麼動靜，你說沒有。」

邱大奎，「真的沒有，我記不清楚了。」

「是沒有？還是記不清楚？」花崇說：「這兩者的區別很大。」

邱大奎神色不安，「我確實記不得了。」

「那就具體到十三號吧。十三號晚上，你有沒有去打牌？有沒有聽到什麼聲響？」

「十三號？」邱大奎目光斜向上方，幾秒後表情一僵。

「想起來了？」花崇問。

邱大奎避開花崇的眼，「那、那天我沒去打牌，很早、很早就睡了，什麼都沒聽到。」

廚房裡的噪音突然停下。

「沒去打牌？」花崇眼神忽變，「十三號晚上你在家？」

「我在幫女兒做手工。」邱大奎連忙打開珠簾遮掩的門，從裡面拿出一個硬紙黏的帆船，「學校給的任務，週六要交，週五晚上我哪裡都沒去，做到十點多，太累太睏就睡了。」

「邱大爺呢？」花崇朝廚房喊。

「我每天都很早睡。」邱老漢的聲音很不自然，「八點準時睡覺。」

花崇接過帆船，拿在手裡欣賞了半分鐘，然後還給邱大奎。

忽又問：「荒地惡臭熏天，周圍的住戶都說在你大喊之前沒有聞到特殊的氣味。邱大奎，你怎麼聞到那股味道的？」

話音剛落，廚房隨即傳來碗被摔碎的聲響。

「爸！」邱大奎放下紙帆船，匆忙跑進廚房。

摔碎的是打蛋用的大瓷碗，邱老漢一動不動地站在灶台邊，眼中是極深的恐懼。

花崇走過去，被廚房裡的煙油味和難以形容的腐味熏得皺起眉。

邱大奎動作粗魯地將邱老漢扶到一旁，拿起掃把清理一地的碎片和蛋清蛋黃。

幾秒後，邱老漢奪過掃把，像逃避什麼似的趕邱大奎，「我來收拾！」

花崇品出了他的言下之意——你趕緊去應付這些員警，問完早點送出去！

早春的上午，天氣說不上熱，邱大奎卻是滿頭大汗，雙手在汙跡斑斑的衣服上蹭了又蹭，神情非常僵硬，「你們、你們這樣問，是、是懷疑我殺了那個女的？」

花崇湊近，低聲細語：「你很緊張？」

「我沒有！」邱大奎突然激動起來，「我碰巧發現屍體，你們就懷疑我是凶手！這是什麼道理？你們員警如果都這樣辦案，以後誰發現了屍體還敢報警！」

「所以，」花崇揚起眼尾，「這就是你不報警的原因？」

「我！」邱大奎一張臉漲得通紅，半天憋出一句毫無聲勢的廢話：「你們不能冤枉好人！」

「我說過了，我們今天過來是例行瞭解情況的，你激動什麼？」花崇退了兩步。邱大奎身上有股難聞的汗臭味，靠得太近會影響呼吸。

「我能說的都說了，你們還想聽什麼？」邱大奎哪鎮定得下來，捏緊的拳頭都在抖，「十三號晚上我沒有打牌，真的是在幫我女兒做紙帆船，我女兒可以幫我作證！十六號上午我去二裡巷買了身裙子給我女兒，回來就聞到一股怪味從荒地那邊傳來！」

「你對氣味很敏感？」花崇問，「荒地上的垃圾堆日復一日、年復一年都那麼臭，你怎麼分辨得出被那股惡臭壓著的其他怪味？」

邱大奎抬手擦汗，眼神變得有些古怪，「難道我嗅覺比別人靈敏，我就是殺人犯？」

「沒人這麼說。」花崇輕哼一聲，回頭看了眼柳至秦，覺得叫小柳彆扭，叫至秦也很扯，索性省了稱呼，「你有沒什麼想問的？」

柳至秦撩著珠簾，指腹在紙裹成的圓錐形珠子上摩娑，「這是手工做的吧？看上去有些年頭了。」

「那、那……」邱大奎張了半天嘴，「那是我母親以前做的。」

「難怪。」柳至秦放下珠簾，笑道：「我小時候家裡也有，後來不知道弄到哪裡去了，忽然看見相似的，就有些懷念。」

從邱大奎家裡離開後，花崇點了根菸，問柳至秦要不要，柳至秦擺手：「我不抽。」

「邱大奎和邱老頭肯定隱瞞了什麼。」花崇在白煙中瞇起眼，「我接觸過很多報案人和發現凶案現場的人，緊張和驚恐是少不了的，但緊張到他們那種程度的，我以前還沒見過。」

「你懷疑他們是凶手嗎？」柳至秦問。

「不排除這種可能。第一，十三號晚上邱家父子在家，有作案時間，並且沒不在場證明。第二，他們家離案發地最近，如果桑海沒有撒謊，那麼他們有可能看到桑海發現了屍體並一路尾隨，發現桑海藏水果刀的行為後取出水果刀，帶回荒地塗上徐玉嬌的血，趁機嫁禍給桑海。」花崇邊說邊往前走，「但我想不出他們為什麼要殺徐玉嬌，目前也沒有證據證明他們與徐玉嬌有矛盾。徐玉嬌的人際關係並不複雜，如果我們沒有漏查什麼，她與邱家父子根本不認識。」

「但邱家父子的反應讓人很難相信他們與這案子毫無關聯。」

「沒錯。」

「還有一個細節——和邱大奎相比，邱家老頭子似乎更害怕被員警找上門。」柳至秦說：「假設，我是說假設他們真的與這個案子沒關係，那原因就只有一個，他們擔心與員警接觸太多，暴露什麼不為人知的祕密。」

「比如？」

「唔……」柳至秦踢開一塊小石頭，「比如他們的包子餡有問題。」

「你跟包子餡過不去了是吧？」花崇動起手，在柳至秦肩上不輕不重地敲了一下。敲完意識到跟柳至秦還不熟，連忙有些尷尬地收回來。

柳至秦摸了摸肩頭，「我這是拋磚引玉。」

這句話別有深意，花崇沉默片刻後開了口，「邱大奎的媳婦幾年前患了癌症。」

柳至秦止住腳步，「死在家裡？」

花崇略一驚，沒想到對方反應如此之快。

柳至秦似乎看穿了他的心思，解釋道：「你一定是覺得邱大奎的媳婦死有蹊蹺，才會在我提到『不為人知的祕密』時說出來與我討論。但患癌不蹊蹺，患癌去世更不蹊蹺，所以我猜，她可能是死在家裡，並且不是自然死亡。」

花崇望著柳至秦漆黑的瞳仁，忽然有種陌生卻平靜的感覺。

曲值是個好搭檔，性格開朗，工作任勞任怨，交待的事沒有一件辦不妥，就算累得精疲力竭，只要給一瓶冰紅茶就能撐著繼續查案。

但曲值卻不是每時每刻都能跟上他的思路。有時他發現了一個極小的疑點，卻抓不到這個疑點與案件的關聯，那種感覺非常難受，急切地想找個人說說，曲值卻理解不了。就算之後理解到了，也無法比他想得更深遠。簡而言之，曲值在某些時候無法幫助他驅散眼前的迷霧，他只能獨自冥思苦想。

而現在，柳至秦的出現填補了這個空缺。

他說上一句，柳至秦就能想到下一句，有默契到就像看得到對方心裡正想什麼。

「花隊？」柳至秦溫和地看著他，「怎麼了？」

花崇回過神，抖掉香菸上積蓄的銀灰，「這邊的居民說付莉——也就是邱大奎的媳婦——是受不了子宮癌的痛苦才割腕自殺，火化前派出所還是分局開過死亡證明，這件事回去得查一查。」

「刑偵分隊經常這樣嗎？」柳至秦突然問。

花崇沒明白他指什麼，「怎樣？」

「查著一個案子，又發現其他事不對勁。」柳至秦雙手揣進口袋裡，笑道：「無時無刻不在走神。」

「這也不算走神。」花崇說：「辦案免不了走岔路，不可能在現場看一圈就鎖定凶手。不走岔路就找不到正確的路，不過岔路走多了，也不見得是什麼好事。」

「那我今天把邱大奎家的包子餡送去檢驗，算不算走了岔路？」柳至秦笑著問。

「你這個吧……」花崇想，已經不算是岔路了，簡直是死路。

不過新同事有幹勁值得鼓勵，冷水還是不要潑了。

花崇抿唇一笑，打算糊弄過去，柳至秦卻偏把他心中所想說出來，「死路一條？」

花崇：「……」

柳至秦半點受打擊的樣子都沒有，輕鬆道：「花隊，現在覺得邱家父子有問題的是不是只有我和你？」

「好像是吧。」

「而且我們只是懷疑，沒有任何證據，不能像審問桑海一樣審問他們。」

花崇倏地抬起眼。

「但如果那些包子檢驗出問題，我們就有了與他們密切接觸的機會。」柳至秦的笑容帶著幾分狡黠：「他們不是害怕與員警面對面嗎？這下就躲不過了。如果他們心中有鬼，這個鬼遲早暴露出來。」

「你早就想到了這點？」

「我以前整天與代碼打交道，需要提前想到無數種可能。」柳至秦回頭，「看來重案組辦案也是這樣。」

花崇打量著面前的新同事，似曾相識的感覺又來了。

柳至秦任由花崇打量，視線不躲不避，唇角輕輕勾起。

須臾，花崇問：「我們以前是不是見過？」

「當然見過，你還告訴我你是個搞行為藝術的。」

「不是那次，更早的時候。」

「更早？」柳至秦屈起食指抵在眉心，沉思了十來秒，困惑地看著花崇，「應該沒有吧，我不記得了。花隊，你對我有印象？」

花崇別開目光，「總覺得在哪裡見過你。」

「是見過和我相似的人吧？」

大約是錯覺，花崇覺得柳至秦說這句話的時候，瞳孔深處忽然掠過一道沒有溫度的暗光。

◆

案子沒什麼進展，上頭的壓力全落在陳爭身上。陳爭親自審問了一回桑海，一從偵訊室出來就翻了個白眼。

「怎麼樣？」花崇問。

「不大可能是凶手。」陳爭說：「這小子碰都不敢碰徐玉嬌，還敢殺人姦屍？不過現在這情況，也不能立刻把他放了。」

「等等，他不敢碰徐玉嬌？」

「他說他和徐玉嬌是柏拉圖式戀愛，因為共同的愛好才在一起。」陳爭哼笑，「我看他們根本不算真的情侶。他不是在洛大學歷史嗎？徐玉嬌跟他在一起，說不定是想跟他學一點平時學不到的偏門知識。」

花崇無語，「這樣也行？」

「沒聽說過很多大學生跟外國人談戀愛是為了學外語嗎？徐玉嬌既然那麼喜歡歷史，喜歡到跑去偷文物的地步，那找個正經八百地學歷史的男朋友取經有什麼好奇怪的？」陳爭說著指了指偵訊室，「你看桑海那樣子，畏畏縮縮，情商不夠，智商也不怎麼樣，刺激一下不是歇斯底里就是結巴發抖，我要是個女的，肯定看不上他。」

花崇乾笑：「那你看得上誰？」

陳爭還當真思考起來，「新來的小柳就不錯。」

花崇險些被口水嗆到，「兔子都不吃窩邊草啊，老陳。」

「開玩笑而已。」陳爭樂呵呵地幫花崇順氣，「我聽說他跟你們跑了一天，相處得怎樣？」

「還行。」

花崇想了想，沒提柳至秦與自己很有默契這件事。聊了沒多久，話題中的人拿著一份檢驗報告大步走來。

「查出來了，邱大奎家用的包子餡確實有問題！」

早晨的地鐵站人來人往，朝九晚五的上班族們買上一袋包子就步伐匆匆地離開。往日，邱老漢家的包子賣得最快，不到九點就能賣完。而這天，破舊的三輪車上，包子與油條還剩了一大半。

花崇坐在一旁的小凳子上抽菸，柳至秦拿著一份質檢報告，嘴角勾著從容的笑。

「我們、我們不知道這些肉不、不好，我們自己家裡也吃這種肉。」邱大奎撩起圍裙擦汗，話未說完就回頭看邱老漢。花崇也循著他的目光望去，只見邱老漢躲在三輪車的另一邊，背對眾人，稍顯佝僂的肩背正在發抖。

「你們的包子一直都用這種肉嗎？」柳至秦問。

「我、我……」邱大奎用力拽著圍裙，「我們一定改，一定改！員警同志，你們就放我們一馬吧，我沒有工作，就靠買三餐賺點錢。我女兒還在念書，她是個女孩，我不能虧待了她。要是你們不准我們做生意，我們家就沒有活路了。」

邱老漢掏出一根菸，按了幾次打火機都點不燃。路邊人聲嘈雜，但那一聲聲「噠」卻顯得格外響亮。

柳至秦看了一眼，旋即收回目光，繼續盯著邱大奎。

邱大奎汗流如注，眼中是深深的恐懼，「是要罰款吧？罰多少？員警同志，我保證以後不會拿過期肉來剁肉餡，你們、你們……」

花崇站起來，掐熄了菸，「這件事其實輪不到我們管，就是查案順道過來看看而已。邱大奎，你和你家老頭子一見到我們就害怕，是怕這個問題肉餡被查出來？」

邱老漢發抖的肩膀突然一頓，像是被一雙看不見的手硬生生按住。

「是，是。」邱大奎忙不迭地點頭，「員警同志，我們以後真的不會再用過期肉了，你們能不能行個好，別、別為難我們了？」

「行啊。」花崇道：「那你跟我說說，為什麼別人聞不到的味道你聞得到，為什麼發現屍體後不第一時間報警？」

邱老漢劇烈地乾咳起來。

邱大奎回頭喊了一聲「爸」，抿著乾裂的唇，忐忑不安地道：「聞到氣味的事我真的沒有騙你們，你們信也好，不信也好，我那天確實是聞到一股和平常不一樣的氣味，才去荒地上找氣味來源。至於為什麼不報警，我、我……唉，既然你們已經知道了，我再隱瞞也沒有用——如果我報了警，就要配合你們查案，萬一你們查到我們家的包子餡怎麼辦？」

花崇與柳至秦對視一眼，柳至秦重複前一天的問題：「十三號晚上，你在幹什麼？」

邱大奎急了，「我在幫我女兒做紙帆船啊，你們昨天不是問過了嗎？」

這時，邱老漢轉過身，一言不發，眼中充滿怨毒。

花崇沒把邱家父子帶回市局，只讓他們暫停擺攤，配合調整。

「怎麼看？」花崇問。

「邱大奎還有隱瞞，但應該和案子無關。」柳至秦說：「他交代十三號晚上發生的事時沒有前後矛盾的地方。比起他，我覺得他老頭子更有問題。花隊。」

「嗯？」

「付莉的事你跟富康分局的同事打聽過了嗎？」

「昨天回去就問了。」花崇握著方向盤，努力讓車不那麼顛簸。

從道橋路到東漢貴族墓的發掘基地是一段坑坑洞洞的土路，車輛難行，走路也許更方便。

「幫付莉做鑑定的是分局的法醫，姓劉。法醫這碗飯難捧，精神壓力大，現在他已經不在警察機關裡了，在外地做生意。」花崇剛從一個坑裡顛出來，罵了句「操」，又道：「付莉是割腕自殺，我把鑑定時拍的照拿給徐戡看過，他說沒有問題。」

「徐戡是？」

「我們隊上的法醫。」

柳至秦單手撐在窗邊，幾秒後說：「看來這條路是走岔了。」

花崇斜了他一眼，以為他這是受到了打擊，心情低落，於是在車裡翻出一瓶未開封的冰紅茶拋過去，「沒事，別灰心，繼續查就好。」

柳至秦接下冰紅茶，在手裡轉了轉，「曲副隊最喜歡喝冰紅茶吧？」

「對啊，早晚喝出糖尿病。」花崇笑了笑，繼續往前開。

「我不喜歡喝。」柳至秦將冰紅茶放回去，語氣比剛才冷了幾分。

花崇放慢車速，心裡有些詫異。

不一會兒，柳至秦卻又笑了，「我喜歡喝白開水，冰紅茶喝多了會得糖尿病——這是花隊你說的。」

花崇覺得這番話聽起來不太對，氣氛好像也不對，但一時又說不出哪裡不對，只好笑了兩聲，說：「曲值要是有你這樣的覺悟就好了。」

柳至秦看向窗外，眼中的笑意一點一點地消逝無蹤。

一路塵土飛揚，考古基地到了。

昨天重案組的其他隊員已來過一趟。據科考人員說，業內早知道這裡有一座東漢貴族墓，但發掘工作是今年春節之後才開始進行的。白天時常有歷史愛好者前來觀摩，但都沒有到過核心地帶。

至於徐玉嬌，在場的科考人員都說沒有印象，大概沒在白天來過。

花崇找到考古隊的負責人王路平，表明來意後，被帶到一旁的簡易工作室。

王路平五十多歲，是挺和氣的中年人。徐玉嬌被害的事在洛城鬧得沸沸揚揚，他自然也知道，歎氣道：「跟我女兒差不多大，挺可惜的。」

花崇在工作室裡四處看了看，問：「王老師，最近晚上有沒有除了科考人員之外的人來過？」

「你是說像徐玉嬌這樣喜歡歷史的年輕人吧？」王路平說：「偶爾有，不過很少，這邊交通不方便，黑燈瞎火也不安全，我晚上值班只看到幾個男生來過。」

花崇調出桑海的照片，「有沒有這位？」

「沒有。」

「您確定？」

「確定。」王路平說：「其實我們這些研究歷史的老古董也喜歡和年輕人交流，白天他們來觀摩，我們歡迎，休息時還經常與他們交流。但天黑了不行，怕出事，來一個我們開車送走一個，好幾次還是我親自送的，記得他們的長相，沒有你照片裡的這個人。對了，我們有監視器，你可以調出來看看。」

花崇立即讓柳至秦去查監視器畫面，又問：「發掘以來，有沒有出現過文物遺失的事？」

「沒有，我們的管理和安保都非常嚴格。」

發掘現場的攝影機不多，做不到無死角全覆蓋，現有的監視記錄顯示，徐玉嬌與桑海的確未曾來過。

「徐玉嬌這算不算是出師未捷？」告別王路平，在回程路上花崇道：「想來拿文物，結果在兩公里外的道橋路就被人殺害了。她有車，路虎的性能也不錯，如果十三號晚上她開車，說不定就能逃過一劫。」

「開車動靜太大，而且車輪會留下極易追蹤的痕跡。」柳至秦說：「這正好佐證了桑海的話，她想拿走文物，就只能步行趕來。」

「你說她到底是因為什麼而遇害？」花崇不知不覺與柳至秦討論起來，「是因為文物？還是因為別的什麼？我現在越來越覺得凶手用了障眼法，他可能既不是謀財，也不是謀色，拿走徐玉嬌的財物、姦屍可能都是為了誤導我們。從他虐屍的行為看，這分明就是有預謀的仇殺，但對徐玉嬌的人際關係排查又沒揪出什麼疑點。她在銀行從來不惹是生非，因為家境優渥，無需自己奮鬥，所以那些需要奮力爭取才能到手的好處她都讓出去了。和所有人關係都不錯，但從不親密，不參加聚會，自有一番小世界。按理說，這種人在職場上很透明，最不容易樹敵。」

「但她這樣的人，不是很容易讓人嫉妒嗎？」柳至秦說，「你看，她什麼都好，自身條件不錯，有溺愛她的父母，不在意工資，因為工資只是她花用的零頭。她永遠不用為生活操心，想做什麼就做什麼，旅遊也好，奢侈品也好，沒有哪裡是她去不了的，沒什麼是她買不了的。她的同事拚命競爭，通宵加班，就為多拿一筆項目提成。但她呢，她根本不在意，她對每個人都笑，我猜應該是很真摯的笑。但花隊，你想過沒有，正是這種富人的真摯，最易刺痛不那麼富有的人的心。」

花崇沉思許久，「這種嫉妒會發展到殺人洩憤的地步嗎？」

「通常不會。」柳至秦搖頭，「其實我們每個人都有過嫉妒旁人的經歷，嫉妒別人比自己強，嫉妒別人比自己幸運……但絕大多數人也只是在背後說兩句壞話而已，甚至連壞話都不說。若沒有直接矛盾，僅因為嫉妒而殺人，除非是心理極其陰暗，心都被怨毒徹底浸染了——事實上這種人不是沒有。」

花崇捏著眉心，「如果真是這樣，人際關係排查可能收效甚微，要找到他就如大海撈針。」

「是的。他偽裝得很好，沒留下線索給我們。」柳至秦輕聲道：「我們可能得換個思路。」

重案組繼續撲在徐玉嬌一案上，而兩天後的傍晚，富康區分局幾乎同時接到兩個報警——一位名叫呂洋的歷史愛好者在貴族墓以北四百公尺處挖出了一具女屍。

道橋路居民邱大奎用一把榔頭砸死了他的父親，邱國勇。

因邱大奎是徐玉嬌一案的屍體發現者，富康區分局當即將邱國勇命案移交市局。

彼時，花崇正與柳至秦一起在新洛銀行重新梳理徐玉嬌的社會關係。目前案件撲朔迷離，多項證據指向桑海，但桑海的反應卻不像凶手。柳至秦分析出「因妒殺人」的可能，而徐玉嬌的社會關係不複雜，日常來往只有家人、同事、桑海。若暫時將桑海放在一邊，並將動機鎖定在「嫉妒」上，那她最易引起的自然是同事的嫉妒。

查至一半，曲值的電話就來了。

『花隊！邱大奎殺了他爸，自己報了案，說要揭發他爸騙殺兩人的事！』

「邱大奎？」花崇差點以為自己聽錯了，連忙起身快步走向角落，「他殺了他爸？」

柳至秦聞言也是一驚，扭頭看了看花崇的側影，旋即笑著將正在接受問詢的銀行員工送出小會議室。

花崇很快掛斷電話，疲憊地扶住額頭，「一案疊一案啊，邱大奎殺了邱老頭，現在人在市局，我得馬上回去。」

「我跟你一起。」柳至秦已經收好了筆錄，順手拿起花崇喝了一半的菊花茶，一併放進包裡，「走吧。」

◆

『他不配活著！他早就該死了！』

市局刑偵分隊偵訊室，邱大奎手上、臉上的血跡還未清洗乾淨，兩眼放著不正常的精光，看上去不再是平日那木訥的樣子。

負責審問的是曲值和張貿，花崇與柳至秦在另一間房間裡看著監視器。

一刻鐘前，徐戡已經完成了屍檢——邱國勇死於顱骨機械損傷，凶器是一把家用榔頭。他死狀極慘，頭部被敲擊十數下，大半個頭已經塌了，面目全非，血液和腦組織噴濺四散，現場血腥至極。

「又是家用榔頭？」花崇翻看著屍檢與痕檢報告，面色凝重。

柳至秦則是一言不發地盯著監視器。

『為什麼要殺邱國勇？』曲值問。

『為我死去的母親和妻子報仇。』邱大奎一動也不動地坐著，兩眼平視前方，盯著牆上的一點。

「看來付莉的死不簡單。」花崇十指相觸抵在唇邊，有些自責，「我不該在發現異常之後又置之不顧。」

「但你精力有限。」柳至秦聲音帶著幾不可查的冷意。

花崇的注意力全在監視器上，沒有察覺到柳至秦語氣中含著的冰。

『六年前，你的妻子羅患子宮癌，在家養病期間割腕自殺。』曲值翻閱著從富康區分局調取來的記錄，『你的母親王素……』

『小莉不是自殺，她想活下去。』邱大奎打斷，『我媽也是，她們生了病，但都想活著。是那個畜生逼她們的！他逼她們去死！』

花崇收緊手指，眉間緊緊皺起來。

大約是因為已經殺過了人，邱大奎不再像此前那樣瑟縮。他挺直腰背坐在偵訊椅上，毫無懼色，連語速都快了不少。

『我母親王素和我妻子付莉都是被邱國勇逼死的！』

他開始講述，面部線條時而猙獰，時而扭曲。

『我從出生到現在，一直住在那間平房裡，那裡發生的事，每一件我都記得。我媽王素是一家兵器模具廠的職工，邱國勇以前在搪瓷廠上班，後來工廠倒閉了，他沒找到別的工作，一直閒在家裡。他酗酒、打牌，無緣無故就打我，也打我媽。』

說到這裡時，邱大奎的聲音才開始輕微發顫。

『我家全靠我媽撐著，那個年代不是有一句口號嗎——婦女能頂半邊天。我媽就是我家的半邊天……不，我媽是我家的整片天！但她很早就走了，走的時候我才八歲。』邱大奎仰著的脖頸終於往下彎了彎，目光黯淡下去，頓了許久才重新開口，『她得了癌症，胰腺癌，據說是最痛苦的癌症。我們家根本沒有什麼積蓄，邱國勇不讓我媽住院，說治不起，治了也是白治。他把我媽接回來，每週去衛生所拿些什麼狗屁止痛藥。

我媽痛得整夜叫喊，喊到後來聲音都發不出來了。他嫌我媽太吵，根本不管我媽的死活，整天在外面閒混，回家就破口大罵，指著我媽說——妳怎麼還不死？還想拖累我到什麼時候？妳想把妳兒子娶親的錢也敗光嗎？』

花崇輕咬著牙，呼吸漸漸發緊。

柳至秦在他肩上拍了兩下，提醒道：「花隊。」

花崇略一閉眼，幅度極小地點了點頭，繼續看著監視器。

『才兩個月，我媽就走了，止痛藥根本不管用，後來他連止痛藥也懶得去幫我媽拿了，我自己去衛生所，沒人肯給我藥，我只能看著我媽痛得死去活來。』

邱大奎捂住額頭，雙肩抽搐，眼睛紅得嚇人，卻一滴淚都未掉下來。

『她生病之後過得太辛苦，為了轉移注意力，就用掛曆紙裹珠簾。珠簾你們知道嗎？我小時候每家每戶都有，裹好、串好掛在門上，很好看。』

花崇低聲道：「你當時已經猜到那副珠簾的來歷了？」

柳至秦搖頭，「那副珠簾很舊了，我只猜到可能是邱大奎的母親做的，但沒想過是他母親在什麼情形下做的。」

『珠簾做完後，我媽實在受不了病痛，服下了毒鼠的藥。我放學回來時，她的身體已經涼了，周圍全是嘔吐物。邱國勇讓人把我媽帶走，說是拿去做屍體化驗，沒過幾天就燒了。員警說，我媽是服毒自殺的。但我知道，她是被邱國勇逼死的！如果邱國勇讓她去醫院幫她治病，她起碼不會走得那麼痛苦。』邱大奎哽咽起來，沾滿汙血的手在眼前胡亂擦著，『我媽沒了後，他把我媽的東西都扔了，就剩那一副珠簾。他連珠簾都想扔，我拚命搶回來，掛在一間臥室門口。』

柳至秦道：「這一掛就是二十多年。」

『你從小就痛恨邱國勇，是嗎？』曲值問。

『是。』邱大奎咬牙切齒，『但我只能靠著他生活，你們是不是覺得我很窩囊？但事實就是如此，我是個沒用的窩囊廢。』不等曲值和張貿回答，邱大奎就慘笑著往下說，『我恨他，但是又依附於他，我與他果然流著同樣的血，他懶惰，我遊手好閒，他沒出息，我更加爛泥糊不上牆，呵呵……』

邱大奎喘了兩聲，又說：『我媽走了之後，家裡有段時間窮到連食物都沒有，他開始打零工，後來又賣早點。我拿他的錢買菸、打遊戲，他就打我，罵我不長進，罵我是個廢物。但他有什麼資格罵我呢？廢物的種不就是廢物嗎？他是個老混帳，老畜生，居然指望我出人頭地。員警同志，你們說可笑不可笑？窮一代，憑什麼指望子女成為富一代？我們那種家，勉強活著就他媽不錯了！』

曲值沒回應他的話，問：『那你妻子付莉呢？』

邱大奎一愣，眼中忽然多了幾絲溫柔，『她……她很好，是我對不起她。她是農村人，到洛城來打工，在餐館當服務生。我們一見鍾情，在一起沒多久她就答應嫁給我。那時我在打零工，三天打漁兩天曬網那種。邱國勇看不慣，成天催我出去工作。我其實也下定決心了，要找份穩定的工作，養小莉和我們將來的孩子。後來我們的女兒薇薇出生了，不久小莉卻被查出患了子宮癌。』

邱大奎再次捂住臉，慘澹地笑了一聲，『我怎麼就這麼慘啊？我媽得癌，我老婆也得癌，是她們不幸，還是我不幸？』

曲值問：『付莉在醫院住了一週，出院也是邱國勇的意思？』

『家裡沒錢了。』邱大奎雙手握成拳頭，砸著自己的太陽穴，『真的沒錢了，一塊錢都掏不出來。我想把房子賣掉幫小莉治病，但邱國勇不答應，罵我瘋了。我們把小莉接回家，我看著她一天比一天憔悴。我害怕她像我媽那樣離開我，經常讓她發誓絕對不做傻事，她發了。

為了湊錢幫她治病，我必須出去打工賺錢，無法整天待在家裡。我不放心小莉和薇薇，邱國勇說他會照顧她們。其實我心裡很清楚，他根本不會照顧任何人，但我沒有辦法，貧窮和疾病真的可以逼死人。我打工時無法將小莉帶在身邊，只能帶著薇薇。』

邱大奎深呼吸幾次，再次開口時，嗓音變得低沉嘶啞，『我一天打好幾份工，有時一週才能回家一次。終於有一天我拿著工資帶著薇薇回家，想著總算湊出了一筆住院的費用，小莉已經割了腕。邱國勇不在家，小莉的屍體、屍體都已經發臭了。』

邱大奎沉默許久，『分局的法醫說小莉是自殺的，她用刀劃破了自己的手腕。但我知道，她是被邱國勇逼的。我帶著薇薇離開時，還讓她答應我要好好活著，一起陪薇薇長大，她答應了，還對我笑，讓我別太辛苦。你們說，如果不是邱國勇那畜生逼她，她怎麼可能自殺？』

花崇撐著太陽穴，「如果是逼誘自殺，屍檢的確難以分辨。」

「不過這也只是邱大奎的一面之詞。」柳至秦說。

花崇目光一沉，「嗯。」

『我能想像到邱國勇跟小莉說了什麼。』邱大奎眼中淨是仇視，『他像辱罵我媽一樣辱罵小莉，說她是我們全家的負擔，說只要她不死，就會耗光這個家的家底，往後薇薇連念書的錢都沒有。小莉是個母親，那些話簡直就是往她心裡刺。』

『邱國勇承認了嗎？』曲值問。

『承認個屁。』邱大奎冷笑，『他說他那幾天都在別人家喝酒，根本沒回過家，什麼都不知道。他裝得那麼無辜，但他騙不了我，就是他害死了小莉！而且這些年，他覺得我沒那麼在意小莉了，已經間接向我承認了。』

花崇站起身來，朝門邊走去。

柳至秦問：「你去哪裡？」

邱大奎興奮道：『他害了我生命裡最重要的兩個女人，我早該殺了他，早該殺了他！』

花崇推開偵訊室的門，問：「但付莉去世已有六年，你認定邱國勇害死了付莉，為什麼今天突然動手？」

看到花崇，邱大奎先是驚慌地一退，旋即獰聲笑起來，眼中放著怪異而興奮的光。

「員警同志。」他說：「能殺死邱國勇，我最應該感謝的就是你！」

曲值一拍桌子，喝道：「你亂說什麼！」

花崇道：「讓他說。」

柳至秦也趕了過來，本就不大的偵訊室突然顯得格外擁擠。

「我沒有亂說。」邱大奎呵呵笑了幾聲，「我早就想殺掉邱國勇了，但我沒有勇氣，我不敢！那個畜生是我爸，我恨他害死了我媽和我老婆，我做夢都夢見往他身上捅刀子，但我他媽什麼都不敢做！

我住在他的房子裡，和他一起賣早餐、午飯、宵夜，與他一同養薇薇。薇薇是個男孩就算了，男孩窮養沒關係，但薇薇是個女孩——你們見過薇薇嗎？她很可愛，很漂亮，和她媽媽越長越像了——女孩可不能窮養，我想讓她過得好一點，可我沒有本事，一個人打工的話，根本無法給她像樣的生活，雖然……雖然她現在的生活也糟糕透頂。」

邱大奎用力抹著臉，聲音沉沉的，「誰說人生而平等的？狗屁玩意兒，人怎麼可能生而平等？薇薇如果能出生在有錢人的家庭，她就是小公主，但她沒投好胎，成了我的女兒。我能給她什麼啊？這個家能給她什麼啊？我的薇薇，打從出生就輸了。」

一室沉默。

小孩是最無辜的，邱大奎殺了邱國勇，手段極其凶殘，今後難逃牢獄。他錘殺邱國勇時，七歲的邱薇薇就在門外。她也許看不到裡面正在發生的人間慘劇，但她聽得見榔頭敲開頭顱的悶響，聽得見邱國勇的掙扎與呼救，甚至聽得見血液噴濺的駭人聲響。

她聞得到濃稠的血腥味。

她看得到從門裡流淌而出的，黑褐色的血。

她生活了七年的家，已經在那分秒之間面目全非，形同可怕的地獄。

也許她看到了邱大奎提著榔頭，渾身血汙從家裡走出來的模樣。

也許她在驚恐萬狀中匆匆往門裡瞥去一眼，看到了腦漿迸濺的邱國勇。

繼而看到那一副泡在血漿中的珠簾。

她出生不久後就失去了母親，如今失去了祖父。很快，她的父親也將離她而去。

花崇胸口悶得厲害，極想推門而出，喘一口氣。

「我不敢殺他！我不敢殺他！」邱大奎狠狠磨著牙，「但他早就該死了！他那種人根本不配活著！」

花崇勉強壓下那股翻湧的無力感，問：「所以你一直在忍？」

「是啊，忍。」邱大奎露出釋然的神情，「小莉走了後，我忍了他整整六年。最近幾年他脾氣越來越暴躁了，動不動就發火動手，我他媽也忍著。但這回，我、我真的忍不下去了。嘿，如果早知道殺人是件這麼爽快的事，我早就捅死他了！」

花崇按捺著怒火，「這回？邱國勇做了什麼？」

邱大奎咧出一個難看至極的笑，「員警同志，你不是一直覺得我那天因為奇怪的味道發現了屍體卻不報警，很可疑嗎？我告訴你，邱國勇也覺得很可疑。他認為我發現徐玉嬌是想引來員警，查出他害我母親與妻子的事，把他抓走。你們也看到了，他非常害怕與員警接觸，他心裡有鬼，他逼死了我媽和小莉，他的恐慌就是證據！」

邱大奎粗聲喘氣，又道：「不過你們都誤會我了。員警同志，你認為我和那個被殺的女人有關，邱國勇以為我大喊出聲是想讓員警去抓他，其實事情哪有你們想的那麼複雜。對，那片荒地的確有很多垃圾，臭氣熏天，一般人聞不出死人的怪味，但我就是辨得出不同。為什麼？因為當初我一回到家，看見的就是小莉正在腐爛的屍體啊！那個味道，我、我……我一輩子也忘不了！」

空氣裡，似乎也多了一抹引人周身泛寒的味道。

須臾，邱大奎「嘿嘿」笑了兩聲，「不過剛聞到那股味道的時候，我其實沒有馬上反應過來，只覺得熟悉，卻想不起是屍體的味道。我不算愛管閒事的人，那片荒地也很久沒去過了，可那天就是著了魔，好像不找到氣味源頭就不行似的。看到屍體的時候我真的被嚇傻了，嚇得一屁股坐在地上，走也走不動，爬也爬不動，我連腦子都轉不過來了，只顧著大喊亂喊——我就是這麼沒出息，可能女人都沒有我叫得厲害。也是那個時候，我才猛然想起那股惡臭是死人腐爛時的氣味。」

大概是又想起了當時的情形，邱大奎停下來，不停抽氣，過了半天才接著道：「在那種情況下，我根本沒想過要報警。好不容易鎮定下來後，已經有人報警了。後來我慢慢冷靜，越想越後怕，覺得不報警是對的。因為一旦我報了警，你們就會追著我瞭解情況，電視劇裡都是這麼演的，然後你們一定會查出我們家的包子餡有問題。」

花崇蹙眉：「你擔心的就是這個？」

「員警同志，你認為這是無關痛癢的小事嗎？」邱大奎慘笑著搖頭，「我們家的包子餡也不是總有問題，有時用的也是新鮮肉。但新鮮肉那麼貴，總不能壞了就扔掉吧？何況有些肉根本沒壞，只是不太新鮮了，有股餿味。我和邱國勇在肉裡加了很多調味料，將餿味壓住，再蒸成包子拿出去賣。員警同志，你別看現在市政府允許我們擺攤，一旦被發現肉餡有問題，我們就再也無法擺攤了。

不擺攤，我們家就沒有活路。對你們來說可能是小事，但對我們家……

經常跟我們家搶生意的李寶蓮最喜歡說一句話，什麼『貧窮限制了我的想像力』。我問她是從哪裡聽來的，她說網路上大家都這麼說。」邱大奎揉了揉眼，「我不知道貧窮有沒有限制我的想像力，但我知道——富足的生活限制了你們的想像力！你們根本不知道，我們這些出生就被踩在腳底的人想要討一口生活，得多小心、多懦弱！」

邱大奎喟歎一聲，「所以我不敢報警，見到員警就緊張，我後悔發現了那個女人的屍體，後悔大叫引來那麼多人，我也恨那個女人。如果沒有這一連串的事，你們根本不會注意到我，也不會查出我們家的包子餡有問題。」

柳至秦回頭看花崇，花崇正緊抿著唇，臉色很不好看。

「從我發現屍體那天起，邱國勇就開始發瘋，疑神疑鬼，說我想害死他。我都忍了，懶得跟他計較。我和他害怕的東西不同，他是怕你們查出是他害死了我媽和我媳婦，我怕你們查出包子餡不合格，但我們都怕被你們當員警的找上門來。他罵我，我只得一忍再忍，但我沒想到他會對薇薇動手。這個老畜生，我用榔頭一下要了他的命都算輕，我應該慢慢折磨死他！」

邱大奎肩膀顫慄，怒不可遏，「你們查出我們的肉餡不合格後，他罵了我一路，回家就亂砸一氣，把門也踹壞了。我自己心裡也很亂，不知道以後怎麼辦。他在家裡砸，而我不想看到他，就出去找人打牌。過了兩天，下午我接薇薇回家，才發現他居然把我媽做的珠簾也拆了。薇薇很喜歡那副珠簾，一看到就哭了。珠簾雖然老舊了一些，卻是我們那個破爛的家裡，唯一有點浪漫感的東西。我把珠簾一條一條找回來，重新掛上去，然後找了些工具，去修那扇被踹壞的木門。但沒修一會兒，我又聽到薇薇的哭聲還有邱國勇的罵聲，我一下子就急了，榔頭都沒放下就匆忙走進屋裡。」

邱大奎捏緊拳頭，手臂上爆出一條條青筋，嘶聲道：「他居然又去拆珠簾！薇薇跪在地上抱著他的腿，他就踹薇薇，還摑了薇薇一記耳光！那是我的女兒！他害死了我媽和我老婆還不夠，還想害我女兒！我把薇薇抱去屋外，他還在裡面罵。木門沒有修好，關不上，我只能哄薇薇，告訴她聽到任何聲音都不要進來。然後我回到家中，把他殺了，用修門的榔頭，十幾下？還是幾十下？我記不得了。」

邱大奎放聲笑起來，「我他媽早該砸死他了，該死的老畜生！」

偵訊室裡的笑聲迴盪在走廊上，即便是花崇，也沒想到追查徐玉嬌的案子會牽扯出如此一齣家庭慘劇。

雖然明白這齣慘劇與自己並無關係，此前一切對於邱家父子的調查都合情合理，也明白就算沒有徐玉嬌一案，自己與柳至秦沒有查到邱家父子所用的肉餡有問題，將來或許仍會有導火線讓邱大奎痛下殺手。

但即便想得通透，又早就見慣了死亡，還是趕不走悶在心頭的那道極深、極沉的壓抑。

如今邱國勇已經死了，王素與付莉皆已火化，她們自殺的原因到底是什麼，邱國勇有沒有逼迫她們已經無從追查。最令人心疼的是邱薇薇，小小年紀就經歷了父親錘殺祖父，那個已成為凶案現場的家怕是再也回不去了。而今後，邱大奎也無法再照顧她。

她怎麼辦？要如何生活？

回到辦公室，花崇拉開座椅，單手虛捂著大半張臉，心裡翻江倒海。

柳至秦走過來，在旁邊輕輕放了張椅子，悄無聲息地坐下。

辦公室只開了幾盞燈，半明半暗。許久，花崇抬起頭，眼神既疲憊又茫然，聲音也有些沙啞，「時間不早了，回去吧。」

「你呢？」柳至秦問。

「我？」花崇勉強地笑了笑，「我再坐一會兒。」

柳至秦沒有起身，也沒有說話，仍像剛才那樣坐著，眸光層層疊疊地落在花崇身上。

花崇略皺起眉，「還不走？」

「你想坐一會兒的話，我就陪你一會兒。」

柳至秦聲音溫溫的，像一汪有浮力的泉。

花崇有些吃驚，小幅度地張開嘴愣著，沒說出話。

柳至秦在他手背上輕輕點了點，低笑道：「好嗎，花隊？」

柳至秦的目光太溫柔，如一彎靜靜流淌的暗流。花崇在暗流底閉上眼，短暫的怔愣後破水而出，手指在眉心狠狠按了數下，再次睜眼時，方才積蓄在眸底的陰鬱與柔軟已經不見蹤影。

他站起身來，從上方睨著柳至秦，微垂的眼尾勾著一道若有若無的光，「陪就不用了，當重案刑警的沒那麼脆弱。餓了吧，走，請你吃宵夜。」

市局對面那條街的小巷子裡有許多餐館，花崇每家都吃過，領著柳至秦先去一家專賣豬蹄的店鋪點了兩份大白豆燉蹄花，再去一家山寨韓國料理店點兩碗冷麵，最後走進一家干鍋館，夾了兩籃各種葷菜、素菜才拖開板凳，勾手招呼道：「過來坐。」

柳至秦剛坐下，豬蹄店和韓國料理店的夥計就把蹄花湯和冷麵送來了。四個碗拼在一起占了半張桌子，蹄花湯熱氣蒸騰，冷麵色澤誘人，兩樣都是大份，分量不只是足，是足得嚇人。

花崇將泡得寡淡的鐵觀音茶水倒在杯子裡，兩雙筷子一起涮了涮，分一雙遞給柳至秦，「先吃吧，干鍋還得等一會兒。」

柳至秦挑起一口冷麵，「花隊，你平時也吃這麼多？」

花崇正埋頭喝蹄花湯，聞言抬起眼，「多嗎？」

「不少。」柳至秦笑，「不過也還好。」

「那你得習慣習慣了。」花崇擺弄著蹄花，「重案組和你以前的單位不同，沒案子時倒是很清閒，案子一來，就忙得有上頓沒下頓，有時一天就只吃得上一頓飯，不吃多一點怎麼抵得住消耗？」

柳至秦點點頭，「辛苦了。」

「嘖，該履行的職責而已，談不上辛不辛苦。」花崇笑了笑，垂著的眼尾向上一彎，「怕不怕？」

「嗯？」

「怕不怕辛苦？」

柳至秦眼神柔和地回視，「花隊，你都說了——該履行的職責而已，談不上辛不辛苦，怎麼又問我怕不怕辛苦，釣魚執法啊？」

「你這條魚還挺聰明，不上鉤。」花崇舀起一勺燉得發白的湯，「沒點酒水，我就以湯代酒，歡迎小柳同志加入重案組。」

柳至秦也舀了一勺湯，「乾？」

花崇是特警出身的，習慣握槍，手勁極穩，勺子在餐桌上方一橫，與柳至秦的勺子一碰，裡面的湯一滴都沒灑出來。

柳至秦微微一挑眉，將勺中的湯一飲而盡。

「久等久等！鍋來了！」恰在此時，老闆親自將一個大黑鍋端了上來，排骨、臘肉、火腿、黃鱔與各種素菜混炒在一起，辣香四溢。

花崇對柳至秦抬了抬下巴，「趁熱吃，不夠再去街口點一把烤肉。」

柳至秦笑，「夠了夠了。」

花崇：「別跟我客氣。」

「沒跟你客氣。」柳至秦說：「我這不是才剛來，還沒有習慣重案刑警大塊吃肉、大口喝湯的艱苦生活嗎？」

花崇斜他一眼，「好好吃你的飯，別嘴賤。」

街口的烤肉到底還是沒吃成，就連干鍋也沒吃完。中途花崇接了個電話，神情由震驚變為訝異，又變為困惑。

柳至秦放下筷子，關切地問：「怎麼了？」

花崇說：「曲值打來的，說在邱大奎犯案用的家用榔頭上查出了徐玉嬌的ＤＮＡ。」

柳至秦一驚，「什麼？」

第四章　網路

重案組連夜開案情分析會，花崇一頁一頁翻著檢驗科送來的報告，眉頭越皺越深。

作案的榔頭非常普通，木柄鐵錘，上面附著大量邱國勇的血液與腦組織，木柄上有邱大奎的新鮮指紋。但在鐵錘的縫隙裡還有少量乾涸血液，經DNA比對，這些血液屬於徐玉嬌。而從兩位死者頭部的創傷判斷，兩把榔頭極有可能為同一把。

「現在我們有兩個思路。」花崇迅速冷靜下來，「第一，邱大奎在撒謊，徐玉嬌是他獨自，或者與邱國勇一同殺害的，他說的有關邱國勇逼迫王素、付莉自殺的事全是由他自己捏造，他是因為別的原因殺了邱國勇，徐玉嬌可能是關鍵；第二，邱大奎沒有撒謊，他只殺了邱國勇，而那把榔頭是殺害徐玉嬌的凶手用過的。」

「邱大奎拒不承認自己殺了徐玉嬌，說根本不認識她。」曲值說：「但他也無法解釋自家的榔頭上為什麼會有徐玉嬌的血。」

「他肯定那把榔頭是他家的？」花崇問。

曲值頓了幾秒，「他的精神狀態非常糟糕，我審問他的時候，他一會兒說那個榔頭就是他家的，用了幾十年，絕對不會認錯，一會兒又說每家每戶都有榔頭，看上去都差不多，他分辨不出那到底是不是他家那把。」

「榔頭能查來源嗎？」

「幾十年的老榔頭了，十戶家庭裡有九戶有一把一樣的，不好查。」說話的是檢驗科的李訓，「花隊，我傾向第二種思路。」

花崇示意他說下去。

「這種用了幾十年的工具，上面多多少少都會留有汗跡，甚至是多人的指紋。」李訓說：「但剛才經過檢查，上面除了血汙、腦組織、毛髮，就只有邱大奎的新鮮指紋，連多餘的油汙都沒有，這顯然不符合邏輯。」

「你的意思是凶手戴著手套殺害了徐玉嬌之後，對榔頭進行過非常徹底的清洗，卻故意在縫隙中留下少量汙血，最後以某種方式放到邱大奎家裡？」花崇問。

「是。」李訓推著眼鏡，「不然那把榔頭不可能那麼乾淨。」

花崇點點頭，視線在會議室裡掃了一圈，「照訓仔的意思，我們先假設殺害徐玉嬌的不是邱大奎，那麼真正的凶手是怎麼把凶器神不知鬼不覺地放到邱大奎家裡的？他與邱家有什麼關係？是有目標地嫁禍給邱家？還是像桑海埋水果刀那樣，隨便找個地方處理凶器？」

會議室安靜下來，每個人都在蹙眉思索。

「他是什麼時候把榔頭放到邱家的？」花崇十指交疊，用提問的方式理著思路，「放在哪裡？他是不是覺得邱家父子不會發現這把榔頭有問題？邱家原來的榔頭去哪裡了？」

技偵組隊長袁昊歎氣，「可惜邱大奎住的那片區域沒有監視攝影機，完全是一片盲區，不然我們至少可以看到誰形跡可疑。」

花崇想了想，「採檢馬上去採集邱家室內外的足跡。」

曲值搖頭：「屋裡的痕跡已經提取過了，沒有陌生人的足跡。外面來來往往都是人，足跡早就亂了，想憑此找到嫌疑人太難。」

「沒事，先去採集。」花崇說：「有沒有用再說。另外，明天天亮以後，偵查員去邱家附近排查，看有沒有住在旁邊的人注意到可疑者靠近邱家平房。」

「花隊。」柳至秦揚了揚手，「照你剛才的假設，我有個想法。」

所有人都看向他。

花崇點頭，「說來聽聽。」

「仍然是在『邱大奎沒有說謊』這個假設成立的條件下——凶手會不會就是用邱家的榔頭殺了徐玉嬌，再在某個時刻將榔頭放回去？」柳至秦說，「目前我們找到了兩件凶器，一是有徐玉嬌血跡的家用榔頭，二是有徐玉嬌血跡的水果刀，但邱大奎和桑海均不承認殺了徐玉嬌。如果他們確實與命案無關，那麼真正的凶手就非常狡猾了。桑海突然出現在現場，還拿著刀，對凶手來說是個意外，但邱大奎可能不是意外，凶手是有意要嫁禍給他，或是嫁禍給邱國勇。」

偵查員們議論紛紛，花崇低喃道：「借刀殺人，還物歸原主，可以從邱家父子著手調查。」

「凶手狡猾歸狡猾，但有兩點是他無法預判的。」柳至秦道：「第一，他不知道誰會發現屍體，誰會報警。第二，他不知道邱大奎會恰好用那把榔頭殺了邱國勇。如果邱大奎沒有發現屍體，也沒有殺害邱國勇，那麼這把榔頭藏在邱家，不一定會被我們找到，這反應了凶手的心理——他極度想要隱藏自己，其次才是隨便嫁禍給邱家父子，至於能不能嫁禍成功，他不是特別在意。」

花崇接道，「這種心理說明了他與邱家父子有矛盾，但這矛盾不算深，不是一定要讓對方背上殺人的罪名，對嗎？」

柳至秦眼神認真，「對。不過還有一點——矛盾都是相互的，如果他與邱家父子的矛盾非常深，那麼惦記在心的絕不止他一人，邱家父子肯定也記恨他。這時他就會作為『陷害者』被邱家父子供出來，反倒暴露行跡。所以我覺得，他們矛盾不深，而且是他單方面記恨邱家父子。」

「有意思。」花崇夾著筆，筆頭輕輕磕在下巴上。

「此外。」柳至秦接著說：「花隊，你剛才提到了凶手放榔頭的時間，我認為十六號及之後的可能性非常小，那時徐玉嬌的屍體已經被發現，荒地那一塊到處都是員警，居民也盯著，如果要放榔頭，風險非常大。我傾向於他在作案當天，也就是十三號晚上，最晚十四號淩晨就把榔頭放在了邱家。」

花崇思索片刻，「我得再去審審邱大奎。大家還有什麼看法？都說出來。」

「我覺得另一條思路更現實。」曲值突然道：「訓仔和柳……小柳的分析都有道理，但從現有的證據來看，邱大奎的嫌疑依然很大。如果殺害徐玉嬌的是他，那麼很多細節都說得通。」

「對，如果他是凶手，很多疑團都會迎刃而解。」花崇用大拇指與中指揉著太陽穴，「但他無緣無故為什麼要殺徐玉嬌？」

「當然是劫財劫色。」張貿說。

花崇搖頭，「這兩種可能我們以前就分析過，太淺了，我總覺得哪裡有疏漏。不過沒關係，反正邱大奎在局裡，繼續審就是了。他們家也繼續搜，別忘了凶手還沒把徐玉嬌的奢侈品包包拿去銷贓。如果人真的是邱家父子殺的，我們沒理由找不到被他們拿走的東西。」

這時，柳至秦又揚了揚手，用嘴型道：「花隊。」

「嗯？」花崇挑高一邊眉毛。

「剛才在偵訊室，邱大奎的一番話讓我印象深刻。」柳至秦道，「他說人生來就不平等，邱薇薇如果出生在一個富有的家庭，就是小公主，生在他們家裡，就是天生的輸家。對於原生家庭、貧富差距、社會地位，他的感觸似乎非常深。」

花崇轉著筆，與柳至秦對視的瞬間就明白了對方想說什麼。

柳至秦道：「我們上次聊過『因妒殺人』，如果殺害徐玉嬌的凶手是邱大奎，那麼有沒有這種可能——他站在生來貧窮的邱薇薇的角度，妒恨徐玉嬌這個生而富貴的天之驕女？」

此話一出，會議室一片譁然。

李訓說出了眾人的疑惑：「不至於吧？這點嫉妒就去殺人？誰從小到大沒嫉妒過活得比自己好的人？要是都去殺人，那些命案我們還處理得過來嗎？」

曲值附議，「我也覺得不至於，就算真的是因妒殺人，邱大奎最嫉妒的難道不是徐玉嬌的父母？殺徐玉嬌幹什麼？」

「我倒是認為因妒殺人並不稀奇，尤其是在邱大奎非常愛他女兒的前提下。」花崇站在柳至秦那一邊，「你們覺得不至於，那是因為你們是正常人。凶手是嗎？邱大奎是嗎？」

張貿若有所悟地點點頭。

「不過我不贊同小柳哥剛才的說法。」花崇話鋒一轉，對柳至秦笑了笑，「嫉妒是建立在瞭解的基礎上。至少從我們目前掌握的證據來看，邱大奎與徐玉嬌沒有任何交集，徐玉嬌對他來說就是個普通的有錢人。洛城的有錢人不止徐玉嬌，比徐玉嬌更有錢的也不少，他怎麼就單單盯上了徐玉嬌？」

柳至秦食指屈起，抵住額角，被當面反駁也不見尷尬，溫聲說：「是我疏忽了，忘了這一點。」說這句話時，他一直注視著花崇，花崇的目光卻如蜻蜓點水般從他的視線中滑過，看向眾人道：「既然說到這裡了，我想強調一下，『嫉妒徐玉嬌身世好』不排除是凶手的作案動機，前期排查時我們忽略了這一點，光盯著她與別人的矛盾，結果什麼疑點也沒查出來。後續大家都注意一下，不要放過『嫉妒』這個點。邱大奎也要繼續審，雖然我們剛才為他做了不少無罪分析，但不能排除他殺害徐玉嬌的可能。」

會議開完已是深夜，花崇坐在會議室沒走，柳至秦坐得離他有點遠，合上筆記本，也沒有離開的意思。

張貿和曲值一同起身，曲值喊：「花隊，不走？」

「我休息一會兒。」花崇擺擺手。

曲值看了柳至秦一眼，有些疑惑。

張貿更疑惑，出門就問：「柳哥剛來沒多久，花隊怎麼就和他那麼好了？他們什麼時候討論過因妒殺人？我怎麼不知道？」

「我也不知道。」曲值揉著痠痛的肩頸，抱怨道：「媽的，這案子越查線索越亂，我都被繞糊塗了。」

「你不是糊塗，是睡眠不足影響思路。」

「一天只能瞇幾小時，睡眠會足就怪了，就算是二十四小時待機的手機，晚上都得停下來充個電呢！」

「花隊精力永遠那麼充沛。」

曲值往後看了看，歎氣，「他哪是精力充沛，硬撐著而已。」

等到會議室沒人了，柳至秦才走到花崇面前，將一個密封玻璃水杯輕輕放在桌上。

水杯裡，漂浮著五朵淺黃色的菊花。

花崇抬起眼，「原來是你拿走了我杯子。開會前我到處找，都沒找到。」

「冤枉。」不知是不是夜深了的緣故，柳至秦單手虛撐著臉頰，看上去比平時懶散幾分，連聲音都帶上些許沙啞，「在新洛銀行時你接了電話就想走，如果不是我幫你把杯子收起來，現在它已經被銀行的打掃阿姨扔了。」

花崇拿起其貌不揚的水杯晃了晃，盯著裡面的菊花看了半天，「你幫我重新泡了一杯？」

「之前那杯的水都已經泡濁了。」

「泡濁了嗎？我沒注意到。」

「你的注意力都放在案子上了。」

花崇輕輕一撇唇角，「可惜還沒把凶手揪出來。」

「但我們正在一步一步接近真相。」柳至秦微偏著頭看花崇，「對了，花隊。」

「嗯？」

「怎麼會想叫我小柳哥？」

花崇一怔，旋即記起剛才開會時叫了聲「小柳哥」。

「你二十八，我三十一，我總不能像張貿他們那樣叫你『柳哥』吧，叫『小柳』又太老練了，只有老陳那種習慣裝格調的才叫得出口。」他玩著玻璃杯，「只好綜合一下，『小柳哥』我覺得叫起來還挺順口的。」

「是挺順口的。」柳至秦笑，「像個送快遞的小哥。」

「……那柳柳？」

「因為他們叫你花花嗎？」

花崇黑了臉。

柳至秦的笑聲很低很沉，「好了，新隊員還是不挑戰隊長的權威了。小柳哥就小柳哥吧，起碼還是個哥。」

花崇莫名感到心口有點癢，像是被什麼極輕的東西撓了一下。

「地鐵已經停了。」柳至秦唇角的笑還未消退，「花隊，今晚搭我的摩托車回去嗎？」

花崇擰開玻璃瓶的密封蓋，灌了幾口菊花茶，「我想去看看邱薇薇。」

柳至秦目光微頓，似乎既覺意外又感在情理之中，「我和你一起去。」

邱薇薇受到了嚴重驚嚇，目前正在洛城市第四人民醫院接受救治。花崇和柳至秦趕到時，她剛在鎮定劑的作用下睡著。

邱家沒有別的人了，邱國勇性格古怪，遇到事情便破口大罵，將鄰居得罪光了，此時邱薇薇躺在病床上，連個願意來照顧的街坊都沒有，還是派出所的女警陪在一旁。

醫生說這孩子可憐，剛送來時不停胡言亂語，精神瀕臨崩潰，一直念著「殺啊殺啊殺啊」，用了藥才稍微好一些。

花崇沒有進病房，透過門上的玻璃小窗往裡面看了看，轉身靠在醫院雪白的牆上，「邱大奎口口聲聲說愛女兒，我看他這個爸爸當得也不比他爸強。」

柳至秦站在門邊，「小女孩今後只能去孤兒院了吧。」

花崇想抽菸，打火機都摸出來了，才想起這裡是醫院，只得拿在手中把玩，「派出所和居委會會安排，去孤兒院也好，總比一個人留在發生過命案的家裡強。」

柳至秦的眼神有些空洞，張了張嘴，卻沒有繼續往下說。

倒是女警上來攀談了兩句，說派出所不會不管這孩子，一定會盡全力照顧。

花崇待女性一向溫和，柳至秦也彬彬有禮，見狀就下樓買了兩杯熱豆漿，一杯給女警，一杯給花崇。

聊著聊著，女警無意間提到了今天傍晚另一樁報到派出所的命案，花崇與柳至秦聽聞後俱是一驚。

接到花崇的催命電話時，陳爭正在跟韓渠吃串燒。

特警分隊的菁英大隊剛從北京回來，在公安部辦的全國特警聯訓中拿了好幾項冠軍，韓渠一高興就自掏腰包請全隊去大排檔胡吃海喝。本來還想叫花崇，但想到花崇正被案子搞得焦頭爛額，肯定抽不出時間，只好退而求其次，讓陳爭來當替補。

吃慣了山珍海味的刑偵分隊隊長還真的去了。

大排檔人聲鼎沸，陳爭對著手機吼了老半天才聽清楚花崇說的是什麼，酒頓時醒了，拿起外套就走，「你馬上回市局，我這就聯繫分局！」

◆

呂洋剛滿十八歲，高中還沒畢業，家住富庶的洛安區，父母都是國企高階主管，準備下半年就把他送去加拿大念書。

但他從小痴迷歷史，夢想當一名考古學家，三天兩頭與父母吵架，揚言絕不出國，平時經常蹺課，不是去洛城大學蹭歷史學院的課，就是去圖書館獨自啃厚重的史書，朋友都是在微博上結交的歷史迷。

最近，除了洛大和圖書館，他又多了一個常去的地方——位於洛西的貴族墓考古發掘基地。科考隊員們脾氣都不錯，也喜歡跟從四面八方趕去的歷史迷交流。呂洋去過一次後就上了癮，跟著科考隊員學了幾天考古知識，頭腦一熱就想試一試。

但隊員們脾氣好歸好，還是會講原則的，不可能讓一個外行去墓裡亂搞，萬一弄壞了文物，誰也承擔不起。

呂洋也不生氣，網購了一套發掘用的工具，居然自己跑去基地附近「練習」。他的想法很簡單——既然是貴族墓，那周圍一定也有值得發掘的東西，就算什麼也沒挖出來，那練習一下對往後參加考古也有好處。

科考隊員知道他在外面「練習」，但因為他沒有影響到正常的考古發掘，所以都睜一隻眼閉一隻眼，沒人去管。呂洋挖了數日，還真的挖出了「東西」——

一具尚未完全腐爛的女屍。

同時接到兩樁命案，富康區分局刑偵副局長張懷權衡了一番，先將邱大奎錘殺邱國勇的案子移交給了市局，打算親自查女屍案。哪知道半夜突然接到陳爭的電話，連案帶屍一併要了過去。

放下手機，張懷的睡意還沒徹底醒，迷糊地念：「上一個案子都還沒結，又來要……累、累不死你們。」

重案組的休息室不大，床也小，說是雙人床，但躺兩個身材嬌小的女性勉強可以，躺兩個一百八以上的男人就不行了。

花崇沒回家，在市局等著接收案子，柳至秦也沒回去。

半夜，分局的同事把案子轉過來了，花崇等到徐戡等人開始進行屍檢與理化檢驗才疲憊不堪地往牆上一靠。

「花隊。」柳至秦拍了拍他的手肘，「去躺一會兒吧。」

花崇洗了把臉，走路都在想案子，忘了柳至秦還在身邊。

他沒有蓋被子的習慣，在休息室睡覺時喜歡把被子當枕頭，迷迷糊糊間覺得枕頭被搶了，卻也沒有精力搶回來，後來又覺得有人幫自己蓋了被子，之後就沉入漆黑的夢中，什麼感覺也沒有了。

休息室裡沒開燈，外面的燈潑進朦朧的光亮，柳至秦蹲在床邊，目光描摹著沉睡之人的面容，不知過了多久，他才伸出右手，輕輕捏住對方的下巴。

◆

清晨，花崇一睜開眼，就看到一張近在咫尺的臉。

柳至秦側躺在他身邊，半個背懸在外面，一隻手虛扶在他的腰上，似乎再往外挪一挪就會連人帶被子摔下床去。

大約是因為剛醒來，腦子還不大清醒，花崇一動也不動地看著眼前這張稜角分明，卻又不失清雋細膩的臉——柳至秦的頭髮很短，額頭與臉型的比例正好，多一分顯得髮際線堪憂，少一分又少了幾許英氣；鼻梁和下巴的線條俐落灑脫，平時從側面看似乎過於鋒利，此時看來卻有種柔和之感；嘴唇很薄，抿在一起時，唇角勾著一個極淺的幅度，若不是靠得近，幾乎看不出來；眉眼還籠罩在睡意中，雙眼皮的細痕蔓延到眼尾，隨著走勢向上勾起，有幾分惑人的意思。

花崇輕輕伸出手，想要摸一摸柳至秦的眼尾——他自己的眼尾是輕微下垂的，這種眼型若是生在漂亮女人的臉上，那自然是錦上添花，微一垂眸便是楚楚可憐，引人憐惜，但是他是男人，還是人們眼中鐵血錚錚的員警，生著如此一雙眼就有些可笑了。

所以看到帥氣的眼尾便想摸一摸。

但手伸出去了，眼尾卻沒摸成。

柳至秦很淺眠，剛睡著沒多久，姿勢又實在不舒服，感到身邊有細微的動靜，立刻就醒了過來。第一眼，就看到花崇好奇的目光和伸過來的食指。

花崇不至於被嚇一跳，但心跳也反射性地快了半拍，連忙收回手指，撐著床墊坐起來，甩了甩頭這才清醒過來。

「花隊早。」柳至秦也撐起身子，長腿往外一挪，彎腰在地上撈鞋。

「你沒回去？」花崇有些不滿，這不滿主要是內疚作祟，「怎麼不和我說一聲？」

「嗯？留宿辦公室需要報告？」柳至秦的外套扔在一旁的椅子上，這時只穿了件深灰色的寬領棉質T恤，脊背躬出一個極具力量美感的弧度，衣角不經意地掀起，露出一小截纖瘦的腰線。

他穿好了鞋，回頭看花崇，眼中掠過淡淡的笑意。

「留宿不需要報告。」花崇從另一邊下床，「但休息室只有一張床，平時就我一個人睡。如果我知道你不回去，我起碼會往旁邊挪一挪，不至於讓你掛在床沿上。」

柳至秦眼角的笑意更濃，聲音溫溫的，像此時窗外溫柔的春陽，「這張床本來就小，是我擠到你了。」

「你都快掉下去了，還擠我？」花崇很快穿好鞋，起身披上外套，「下回要睡休息室，提前跟我說一聲，幫你留個位置。」

柳至秦似乎愣了一下，才笑道：「好，謝謝花隊。」

一大早坐在會議室一邊看屍體細節照，一邊聽屍檢報告顯然不是什麼愉快的事，尤其是那屍體嚴重腐敗，局部已經白骨化，令人作嘔的屍臭仿佛鑽出了螢幕。

張貿調來重案組不久，看到情況糟糕的屍體仍舊會生理不適，聽徐戡講了一會兒，剛吃的早飯全吐了。

比他晚調來的柳至秦卻沒什麼反應，盯著螢幕的同時還端起水杯，喝了口有些燙口的菊花茶。菊花茶是花崇的，原先花崇懶，如果沒有煮好的水就拿冷水沖泡。如今柳至秦接下了煮水泡菊花茶的任務，各泡一杯，照顧花崇的同時也不虧待自己。

短短一夜，經過在庫ＤＮＡ比對與失蹤人口查詢，屍源已經確定了。死者叫唐蘇，三十一歲，女性，未婚，生前是歐來國際學校常務副校長。

兩個月前，唐蘇的父母到派出所報警，稱女兒無故失蹤。年輕女子失蹤一直是社會關注度極高的問題，唐家亦有些背景，在洛城算得上是富庶之家，案子很快就被報到明洛區分局，此後尋找唐蘇的工作一直沒有停下來。如今從屍檢結果看，早在唐父唐母報警之前，唐蘇就已經遇害了，死亡時間初步推算在一月四日到一月五日之間。

「因為天氣及濕度原因，唐蘇屍體的腐敗速度較慢，軀幹、四肢仍能看出部分抵抗傷。致命傷位於顱骨。」徐戡神色凝重，「花隊，從顱骨損傷形狀來看，和徐玉嬌一樣，唐蘇也是被榔頭敲擊頭部致死。」

會議室響起一片議論聲，花崇已有心理準備，對這個結果倒不是很驚訝。

昨日從道橋路派出所的女警那邊聽說考古基地附近挖出了一具女屍，他第一反應就是會不會與徐玉嬌一案有關。儘管尚未看到屍體，憑空認為兩者有關非常牽強，但屍體被發現的位置太特殊，離考古基地和道橋路都近，而挖出屍體的男子又是個歷史迷。各種巧合湊在一起，他當即決定請陳爭將這起案子從富康區分局轉過來。

屍檢結果與死者身分證明，兩個案子的確可能有聯繫！

「但與徐玉嬌相比，唐蘇頭部的傷複雜許多。」徐戡繼續說：「凶手是從背後襲擊徐玉嬌，榔頭第一次砸下去，徐玉嬌就昏迷倒地，失去了反抗能力，錘擊傷全部位於後腦。但唐蘇整個腦部，包括面部都被榔頭擊打過，並且從全身的其他傷處來看，她與凶手有過扭打。」

花崇立即問：「既然有過扭打，那麼……」

徐戡搖頭，「花隊，我知道你想問什麼，但很遺憾，唐蘇十指指甲都被削掉了，指紋也被破壞了。凶手很小心，一定是被唐蘇抓傷，自己的皮膚組織留在了唐蘇的指甲中，才削掉了唐蘇的指甲。此外，唐蘇身體的其他部位沒有發現疑似凶手的脫落細胞。」

「唐蘇的雙腳完好。」花崇看著屍體局部圖，「那她的眼睛和陰部呢？」

「眼部已經腐爛，不過暴露在外的骨頭沒有被銳器所傷的痕跡，所以我推斷，凶手沒有用刀戳她雙眼的行為。」徐戡道：「至於陰部腐敗嚴重，沒發現精斑，也未發現避孕套潤滑油的成分，無法確定是否有生前或死後的性行為。」

花崇蹙眉，手指在下巴上無意識地蹭動。

「我這邊就是這些。」徐戡說。

「我們在現場採集到了幾十枚腳印，但都是新鮮腳印，沒有參考價值。此外，死者身邊沒有手機、包包、身分證、銀行卡一類的東西，懷疑是被凶手拿走了。」檢驗師李訓有些尷尬。接連兩個命案，他與檢驗科的其他人都沒在現場找到有助於破案的蛛絲馬跡，這雖然是因為凶手太謹慎，絕非他們的責任，但多少有些顏面無光。

曲值低聲道：「花隊，唐蘇和徐玉嬌都被錘擊腦部，都是有體面工作的富家女，被害的地方也比較近，手機和隨身包包均被拿走。但除了致命傷，其他傷處不大一樣，這能不能做併案處理？」

「先別併，去查唐蘇的人際關係，現實與網路兩方面都不要放過。」花崇說：「我去見見她的父母。」

◆

唐蘇失蹤兩個多月，唐洪與周英夫婦已有心理準備，得知愛女已經遇害，立即趕到市局。

唐洪在教育機關工作多年，位居高位；周英是洛城大學生物科學院教授，學術成就不低。兩人身著黑衣坐在偵訊室，面容憔悴，眉間淒苦，看得出前不久才哭過。

花崇向來不喜歡與受害人家屬見面，卻又不得不見面。往日與他一同面對受害人家屬的多是曲值，這次曲值帶著部分隊員前往歐來國際學校，坐在他旁邊的便成了柳至秦。

唐洪沉默地垂著頭，連目光都沒有動，回答問題的自始至終是兩眼通紅的周英。

唐蘇是兩人的獨生女，國中畢業後就去澳洲留學，之後又去英國生活了三年，二十五歲回國後，就在歐來國際學校就職。

這所學校是洛城出了名的出國預備學校，被不少人戲稱為貴族中學，能進去念書的絕對沒有窮人家的孩子——就算成績極好也不行。洛城的富人將兒女送入其中，每年繳納高額學費，為的不僅是讓孩子得到最優質的教育資源，同時也是為了讓他們接觸同層次，甚至更高層次的同學，為他們今後的人脈、事業奠定基礎。

歐來不求名師，但對教師們眼界、見識的要求卻非常高，聘請的教職人員一半負責教書，一半負責帶領學生遊學、做課題、開闊眼界。

唐蘇當年剛到歐來時，擔任的就是遊學指導老師。此後，因為唐洪、周英在教育界的關係，唐蘇迅速升職，二十九歲就成為歐來的常務副校長之一。

不過，在歐來掛著「副校長」名頭的人很多，不見得所有副校長都有實權。

「蘇蘇在事業沒有太大的進取心，她的工作是我和老唐打點的，如果早知道這會引起旁人的嫉妒，我們絕對不會這麼做。」周英眼無神采，萬分悲痛，「是我們害了她！」

花崇問：「嫉妒？您的意思是知道誰想害唐蘇？」

一直不言不語的唐洪咳了兩聲，提醒妻子：「沒有證據，不要胡說！」

「不是她，還會有誰？」周英看向丈夫，「蘇蘇是被人害死的啊！蘇蘇從小到大沒得罪過誰，不爭不搶，善良單純。除了她，誰會那麼恨蘇蘇！」

「這種話，妳在家裡說就行了，這裡是警察局，說話要講證據。」唐洪道：「蘇蘇走了，我也承受不住，但我們什麼證據都沒有，憑空出口只會添亂！」

「如果有什麼想法，麻煩兩位不要隱瞞，全部告訴我們，有沒有價值我們自會判斷。」花崇肅然道：「但如果你們不說，那重要的線索可能就會被放過了。」

周英小聲啜泣起來。

唐洪緊皺雙眉，「但我們沒有證據。」

「沒關係，證據我們自然會查。」回答他的是柳至秦。

周英看了看唐洪，沉默幾分鐘後，開始講述：「蘇蘇曾經有個很好的朋友，與她同齡，叫肖露。我們聽說，她全家都靠她一個人工作養活。」

◆

「唐蘇死了？」妝容精緻的女人帶著一身冷調香氣坐在偵訊室，修長的十指交疊，精心修剪的正紅色指甲在燈光下像熠熠生輝的名貴紅寶石。

她微彎起一邊唇角，不躲不避地與花崇對視，「唐蘇一死，你們就找到我這邊來，是她父母告訴你們——我是最有可能殺害她的人。對吧？」

花崇從容接下女人的目光，心中卻有些詫異。

這個名叫肖露的女人，與他想像的很不一樣。

在周英的形容裡，肖露斷然沒有此時這種安然不迫的氣場。相反，她可憐又可恨，鄙陋無趣，嫉妒那些生來就活得比她好的人。

肖露，出生於南方農村，父母皆在鄉下務農，有個小十歲的弟弟。她曾在國內某名牌大學英語系就讀，畢業後來到洛城，在一所重點國中任教，後以人才引進的方式入職歐來，與唐蘇是同一批到任的教師，關係曾經非常要好，多次到唐家做客。但唐蘇有背景，分到的工作輕鬆不說，工資也比肖露高不少。因為長輩的打點，唐蘇每年都往上升，而肖露家境貧寒，一直在底層當英語教師。

周英道，近幾年唐蘇偶爾會回家說肖露與自己疏遠了，幾乎不再說話。

「她嫉妒蘇蘇。去年暑假之前，她匿名舉報蘇蘇跟未成年男學生談戀愛。」周英說到這裡時，唐洪沉重地歎了口氣。

花崇問：「是誣陷還是事實？這個男學生是誰？」

周英有些慌亂，回避了前一個問題，「那孩子姓趙，事情發生後就出國了，早就和我們蘇蘇沒了聯繫。」

花崇心裡有了數，又問：「既然肖露是匿名舉報，你們怎麼知道是肖露舉報的？」

唐洪沒有隱瞞，「我認識歐來的創始人。」

花崇一笑，略感唏噓。

所謂的「匿名」，看來只是欺騙無錢無勢之人的說辭而已。

「這件事之後，蘇蘇和肖露就斷了往來。」周英往下說：「肖露一定是懷恨在心！她嫉妒我們蘇蘇很久了！員警先生，就是她害了蘇蘇！」

「和我沒有關係。」肖露聲線很冷，像瀰漫在她周圍的香水一般，「我殺害唐蘇？虧他們想得出來。」

「肖女士，妳最後一次見到唐蘇是什麼時候？」花崇問。

「去年十二月二十四號，平安夜。」肖露雙手抱胸，斜靠在椅背上，「學校搞聖誕活動，她帶學生上臺彈鋼琴。」

「你們沒有交流？」

「交流？我和她沒什麼好說，不是同一個世界的人。」

「今年一月四號、五號兩天，妳還有印象嗎？」

「四號、五號？」肖露哼笑，「原來唐蘇剛過元旦就死了，真可憐。」

花崇的食指在桌上輕輕敲了敲，「想得起來嗎，那兩天妳在哪裡？」

「我在雲南，西雙版納。」肖露回答得非常輕鬆，「耶誕節之後，我請了年假，二十六號的航班到昆明，之後去西雙版納，在那裡待了半個月才回來。機票資訊、酒店和景區監視器、通訊記錄，你們想查就請便。」

花崇讓柳至秦去核實肖露所言，見肖露自始至終勾著一抹冷漠的笑，又問：「可以聊聊唐蘇這個人嗎？」

「這是人際關係調查？確定是不是熟人作案？」肖露單手撐著下巴，「她死了兩個月，屍體到現在才被發現，現場肯定已經被破壞了，你們的痕檢屍檢無法確定凶手特徵吧？」

她。」

花崇笑：「肖女士知道得不少。」

肖露抿唇，「你們從我這裡得不到什麼線索。我說了，她與我不是同一個世界的人，我不瞭解

「不瞭解？但妳們剛入職時關係不錯。」

「同期入職，年齡相仿，都是女性，關係不錯很奇怪？」

「不奇怪。」花崇輕聲慢語，「妳說妳不瞭解她，但如果真的不瞭解，怎麼確定自己與她不是同一個世界的人？這在邏輯上似乎有些矛盾。」

「你們當員警的都喜歡談邏輯？」肖露輕哼一聲：「但是邏輯在我這裡行不通，我行事只憑情感。」

「那我這樣理解——剛到歐來工作時，妳認為唐蘇可能是妳的朋友，所以與她親近。之後經過一段時間的相處，妳漸漸瞭解她的性格、家世，認為這段友情難以為繼，與她劃清界線。這一切都是受內心情感驅使，是這個意思嗎？」

肖露臉上仍不見絲毫緊張，「員警先生，你這是想誘導我承認——我嫉妒她，對嗎？」

花崇虛瞇起眼。

「對，我是嫉妒她。」肖露婉聲笑道：「這世道，寒門難出貴子。我努力打拚三十年，費盡心思得到的東西對她來說卻是唾手可得，毫不費力。有句話是怎麼說的？有人出生就在終點線上。論能力，我比她優秀，比她有上進心，就連外表，她也比不上我。但和她相比，我仍然輸得一敗塗地。她不費吹灰之力就能成為副校長，過最光鮮閒適的生活，我呢？」

花崇盯著肖露的臉，捕捉對方表情的每一個細小變化。

「心理學上不是這麼說的嗎——人總是傾向於嫉妒自己熟識的人。唐蘇當年與我同職、同齡，在我對這個社會還認識不足的時候，她是我很好的朋友。我曾經天真地認為，只要我努力工作，一定可以活得很好。但是後來我才意識到，就算我已經從農村裡走出來，我也永遠趕不上她。差距是生來就有的，我拚命賺錢，用每月的工資還房貸、寄給鄉下的家人，每次拿到一份額外收入都高興得不得了。她和我不一樣，工資對她來講可有可無，她壓根不在意。我日日與她相處，在我省吃儉用寄錢給家人時，她讓國外的朋友買了香奈兒的限量手包。」

肖露說著自嘲地一笑，「換作是你，你嫉妒嗎？」

花崇正要開口，肖露又道：「算了，你是男人，不為難你回答這個問題。就說我自己吧——我當然嫉妒她，我最嫉妒她的時候，恨不得殺了她。但我問自己：妳殺得了唐蘇，逃得過員警先生們的追捕嗎？」

肖露輕笑：「我的結論是：逃不過。那我為什麼要為了她，葬送我好不容易拚到的前程？人各有命，命中註定她生在富貴之家，而我的父母窮困潦倒。我花了三十年才從原生家庭的貧窮中走出來，從最初難以提供房貸，到現在用得起高檔化妝品，每月攢一攢，能買一個她們看不上的、不那麼昂貴的名牌手包，每年休假時也能出去旅遊一番。這一切於我來說得之不易，當然倍加珍惜。」

肖露說著一頓，目光漸遠，「所以我嫉妒她，卻不會殺了她。那會弄髒我的手，弄髒我掙來的人生。」

這時，門開了，柳至秦俯身在花崇耳邊道：「肖露沒有撒謊，案發前後，她確實在雲南西雙版納，通話記錄、銀行流水也暫時沒發現異常。」

肖露瞇了瞇眼，「員警先生，我能離開了嗎？」

花崇站起身。

臨到離開偵訊室，肖露突然半側過身，笑靨如花，「唐蘇的父母惹人反感，但唐蘇本人是個傻白甜。」

花崇饒有興致地聽著，「所以？」

「如果她不是被謀財謀色，那麼她被殺的原因就只有一個……那就是遭人嫉妒。」肖露笑得更加燦爛，「比我更深的嫉妒。但很遺憾，這個人不是我，我也不知道這個人是誰。」

午後，市局對面巷子裡的餐館已經忙完一波，店裡空空蕩蕩。柳至秦點了幾份炒菜，舀來兩碗海帶排骨湯。

「肖露這女人還真是敢說。」花崇接過碗就喝，被燙得微皺起眉。

「小心。」柳至秦差點將碗搶回來，「剛舀的，放涼一會兒再喝。」

花崇放下碗，一邊玩筷子一邊等菜，「她的不在場證明非常充分，精神狀態、行為舉止也不像凶手。」

「我一開始就不認為她是凶手。」柳至秦說。

「嗯？」花崇筷子一頓，「為什麼？」

「她是女人。」

花崇略感不解。目前痕檢與屍檢均未就凶手的性別給出明確的判斷，唐蘇身上有多處掙扎傷，凶手並非很快將她制服，由此判斷，凶手可能是不那麼高大有力的男人，或者是女人。

雖然凶手手法殘忍，給人的第一個觀感應當是男人，但實際上，凶手是女人也並非不可能。

「花隊，昨天你跟老陳打電話要求把這個案子從富康區分局調來，不就是因為覺得這個案子與徐玉嬌一案有關嗎？」

炒菜上來了，柳至秦順了順盤子，又道：「你覺得兩個案子的凶手可能是同一人，而殺害徐玉嬌的凶手有姦屍行為。」

花崇明白過來，往碗裡夾了幾塊辣子雞丁，「那只是我的直覺。兩個案子確實有一些相似之處，比方說凶器都是家用榔頭、案發地相隔較近、凶手都非常小心、徐玉嬌和唐蘇兩人的階層和家庭背景也相似。不過凶手砸爛徐玉嬌的雙腳、挖眼捅耳的行為明顯具有儀式性，這種儀式性沒有反應在唐蘇身上。另外，唐蘇的陰部已經腐爛，沒有精斑和避孕套的潤滑油成分，判斷不出是否曾被侵犯。謹慎一點來看，暫時還不能肯定兩個案子是同一人所為。」

柳至秦說：「但我相信你的直覺。」

花崇的筷子一頓，抬眼看著柳至秦。

柳至秦又說：「你當了這麼多年刑警，我相信你的直覺。」

這一聲太溫柔，像寒冬臘月裡汩汩流淌的溫泉水。花崇愣愣地看著柳至秦瞳仁裡自己的倒影，半天才回過神來，笑道：「那你也太相信我了。」

柳至秦也笑，「我剛來，人生地不熟，老陳讓我跟著你，我不相信你還能相信誰？」

花崇咳了兩聲，暗覺這對話有些奇怪，連忙岔開，「在徐玉嬌的案子裡，我們設想過因妒殺人。剛才跟肖露一聊，我覺得這種可能性更大了。」

「肖露最後那句話很有意思。」柳至秦說：「但比她更嫉妒唐蘇的人是誰？」

入夜，重案組再次開統整會議。

「一月四號，唐蘇休假在家。」袁昊說：「她獨自住在明洛區的棲山居別墅區，我們查過監視器，她在一月四號下午三點離家，穿的正是屍體被發現時的衣服。她最後一次出現在監視器中是四號晚上八點二十一分，道橋路南裡巷一個攝影機拍到了她。我們調取了當天晚上道橋路的所有監視器，沒有發現她的同事、熟人，也沒發現形跡可疑的人。但道橋路的監視器大家都清楚，拍不到不證明沒有去。」

曲值接著道：「通過排查，我們瞭解到唐蘇性格溫和，在歐來沒有與人結過仇，唯一與她不睦的只有一個叫『肖露』的人。」

花崇點頭，「嗯，我已經見過了。」

「我回來之前，聽說你們查到了肖露的不在場證明？」曲值說。

「是，她當時在西雙版納度假，沒有作案時間。」

「那買凶呢？」

「下午我初步篩查過她的網路足跡、通訊記錄。」柳至秦說：「沒有異常，基本上可以排除買凶這個可能。」

曲值歎氣，「這案子很懸。」

「徐玉嬌的案子更懸。」張貿道：「剛才我去審邱大奎，問他榔頭之類的工具平時放在哪裡，他說放在窗外的木箱裡。我去看了，木箱確實在窗外，裡面亂七八糟地放了一堆工具。」

「平房的窗外？」花崇回憶一番邱家平房的結構，「那豈不是所有經過的人都可以取放榔頭？」

張貿說：「是啊！他說那箱子都擺外面好幾年了。」

花崇扶住額頭，一時間徐玉嬌和唐蘇兩個案子的疑點在腦中互撞。忽然，下午一個因為尷尬而被放掉的細節重新顯露出來。

他目光一緊，倏然看向柳至秦。

統整會議結束，隊員們散去，曲值沒走，攔下花崇繼續討論兩起案子的疑點。柳至秦看了看兩人，旋即起身出門。花崇以為他走了，不久又見到他回到會議室，手上還提了個附近便利商店的塑膠袋。

曲值快被一連串的「錘殺案」鬧瘋了，跟花崇抱怨回家打個瞌睡都夢見自己後腦勺被人開了瓢。柳至秦將袋子遞上去，兩人各自在裡面挑出愛喝的飲料。曲值拿了冰紅茶，花崇打開一瓶汽水，剩下一瓶礦泉水是柳至秦自己的。

曲值灌下半瓶冰紅茶，心情稍微平復了一些，抹了把臉打算回重案組辦公室，對柳至秦疲憊地笑了笑：「謝了啊，小柳哥。」

柳至秦一抬手，「沒事。」

待曲值離開，花崇一邊收拾桌上的資料一邊說：「怎麼走了又回來？」

柳至秦放下喝了一半的礦泉水，隨手拉開一張靠椅，「你不是有話想跟我說嗎？」

花崇抬頭，「嗯？」

「開會時你看了我一眼，那一眼有點特別。」柳至秦坐下，「我猜你可能有重要的事要跟我說，就沒走。」

花崇略驚。他的確有事要跟柳至秦說，但他沒有想到對方居然如此敏感。

柳至秦玩著瓶蓋，淡笑著說：「告訴我沒有白等。」又道：「不然就尷尬了。」

花崇也拉開靠椅坐下，與柳至秦隔了一人遠。

「我們倆不會是失散多年的兄弟吧？」花崇開起玩笑，「怎麼我看你一眼，你就知道我要跟你說事情？」

柳至秦說：「確認過眼神，是想聊天的人。」

花崇笑了兩聲，神色漸漸沉靜下來，「行了，不開玩笑了，開會時我想到一件事。」

「嗯。」柳至秦恰到好處地應了一聲。

「你說你一開始就不認為肖露是凶手。」

「對，因為你在刑偵一線幹了多年，見過各式各樣的案子，我相信你的直覺。」

又說到這裡，花崇再次生出些許奇怪的感覺，但沒像下午那樣轉移話題，而是問：「我的直覺是——徐玉嬌和唐蘇這兩個案子極有可能有聯繫，凶手說不定是同一人。」

「對。」

「你相信我的直覺，所以才認為肖露不是凶手。因為雖然徐戡無法確定唐蘇是否有遭到侵犯，但他可以肯定凶手對徐玉嬌有姦屍行為。」花崇說：「肖露是個女人，無法姦屍。」

柳至秦忽然皺起眉，似是想到了什麼。

「你也想到了，是嗎？」花崇問。

少傾，柳至秦沉聲道：「殺害徐玉嬌的不一定不是女人。」

「對！從一開始，我們的思維就被屍檢報告限制住了。」花崇敲著桌面，「徐玉嬌的陰道內有避孕套的潤滑油成分，凶手很謹慎，戴了套，沒有留下精斑，但戴套的一定是凶手的生殖器嗎？」

柳至秦說：「凶手可能在誤導我們。」

花崇眼神銳利，「是，凶手希望我們認為凶手是男人。」

◆

接到電話後，徐戡匆忙從法醫科趕來，聽完花崇的分析後，半天才道：「我知道當初解剖時察覺到的怪異感是怎麼回事了。」

「怪異感？」柳至秦問。

「花隊，你記得我跟你說過凶手在侵犯徐玉嬌的時候很溫柔嗎？」徐戡道：「凶手用榔頭砸爛了徐玉嬌的腿骨，再用刀把皮肉切下，還挖了徐玉嬌的眼睛和耳朵，手段殘暴，但是在侵犯徐玉嬌的時候，態度卻完全不同。」

「記得，當時我們就說過，這凶手不正常。」

「那不是溫柔。」徐戡說：「是敷衍！凶手的目的根本不是姦屍，而是在徐玉嬌的陰道裡留下避孕套的潤滑油，讓我們誤認為凶手是個謹慎的男人，以戴套的方式避免留下精斑！」

花崇揉著眉心，「那麼當時侵犯徐玉嬌的，可能是凶手手中的某種工具。有這種工具，再加上避孕套，凶手無論男女，都可以造成姦屍的假象。」

徐戡失落地搖頭，「抱歉，是我疏忽了。」

花崇在他肩上拍了拍，「別自責。至少到目前，在徐玉嬌一案裡，我們沒有發現有作案動機的女性嫌疑人，這個疏忽沒有造成嚴重後果。」

徐戡走後，柳至秦道：「我突然有種豁然開朗的感覺。」

「革命尚未成功。」花崇苦笑，「小柳哥，你可別飄[2]。」

「哪裡的話，你都沒飄，我怎麼飄？」

「我飄什麼？我一向沉得住氣。」

「我的意思是我比你高大，比你重，按物理規律來說，就算要飄，也是你先飄。」

花崇眼皮微跳，將柳至秦從頭到腳端詳一番，「你這是吐槽我沒你高。」

「冤枉。」

「喊『冤枉』不如說『汪汪』。」

話說出口才發覺不妥，花崇斜柳至秦一眼，「我開玩笑而已。」

2 飄：得意之意。

柳至秦並不生氣，「我知道。」

閒扯片刻，話又拉回了正題，柳至秦道：「查到現在，凶手可能是男人，也可能是有意誤導我們的女人。但我個人的看法是——凶手更可能是女人。」

花崇若有所思地交疊雙手。

「對唐蘇人際關係的排查還沒結束，無法確認她沒有得罪過人。但徐玉嬌那邊已經查得比較徹底，她從未與誰產生過矛盾，雖然在新洛銀行是個職位不低的經理，但存在感很低。」柳至秦說：「凶手不僅殺了她，還嚴重辱屍，應當是恨到了極點。徐玉嬌一個從不惹是生非、教養不錯的富家女，是做了什麼事會被恨成這樣？我們已經排除了很多可能性，剩下的除了『嫉妒』，我暫時想不到其他可能。」

「同性更容易嫉妒同性。」花崇說。

「對，在這個案子裡，如果遇害的是男性，那我傾向相信凶手也是男人。」柳至秦道：「普遍情況下，同性之間產生嫉妒的機率比異性之間高得多。一個窮困潦倒的落魄男人一般不會嫉妒一個美麗富有的女人，他嫉妒的對象往往是與他同歲，且多金、異性緣極好的成功男人。同理，一個在社會底層掙扎的女人，也很少去嫉妒一個有錢男人，她的目光會落在同齡，並且熟悉的女性身上，肖露就是一個現成的例子。」

花崇半撐著下巴，「照這個思路，在唐蘇一案裡，肖露有非常充足的動機。但她的不在場證明也很充分，你記得她離開之前說的話嗎？」

「記得，她說殺害唐蘇的人一定比她更加嫉妒唐蘇。」

「這句話我琢磨了很久，加上肖露說的其他話，我越想越覺得是一條值得一追的線索。」

花崇放慢語速，大概是因為疲憊，嗓音顯得有些沙啞，「肖露自稱嫉妒唐蘇，卻絕不會殺害唐蘇，因為她透過多年奮鬥，已經得到了想要的生活——雖然這生活遠遠無法跟唐蘇相比。她說一旦殺了唐蘇，自己的人生也就毀了，因為好日子來之不易，所以格外珍惜。最後她提到唐蘇是個『傻白甜』，認為凶手一定比她更加嫉妒唐蘇。小柳哥，你想到什麼了沒？」

柳至秦垂首不語。

花崇坐在一旁，沒有急著往下說。

「假設凶手的確抱有與肖露相似的嫉妒。」柳至秦謹慎地開口，「以肖露作為參照，凶手不擔心犯案後被抓住……不，凶手肯定擔心，否則不會小心至極地保護自己。」

「嗯。」花崇點頭。

「擔不擔心應該是相對的。」柳至秦糾正道：「凶手也會擔心被抓住，卻不像肖露那麼擔心，原因是……肖露已經拚到了想要的生活，但凶手沒有，凶手還陷在泥潭裡，可能是因為機遇，還可能……」

「還可能是因為家庭。」花崇說，「肖露出生於農村，老家的父母需要她養老，還有一個弟弟需要她提供學費和生活費。現在她的收入能承擔這筆開支，而她的父母雖然沒能在工作上幫助她，卻也沒有附在她身上『吸血』。可以說她已經走出來了，但凶手沒有，所以肖露『擔心失去』這個心理在凶手身上不成立。」花崇說。

「凶手心高氣傲如肖露，在職場上的能力可能也不輸肖露。」柳至秦跟著花崇的思路，「可是凶手還是沒能得到自己想要的。長此以往，凶手內心壓抑、不甘，徹底失衡，心理完全因為嫉妒而扭曲……」

「所以如果凶手也曾是唐蘇的好友，那麼凶手對唐蘇的嫉妒，會遠超過肖露。」花崇說：「所以肖露只敢放在心裡想一想的事，凶手卻做得出來！」

這一番碰撞的尾聲，兩個人都安靜了下來。

會議室只剩下稍急的呼吸與心跳聲。

花崇沒由來地想到了住在道橋路東裡巷的那位女白領。從她的著裝與打扮來看，在職場上，她也許是幹練的酒店經理，但回到家中時，她不得不面對老舊的平房，與歇斯底里的家人……

花崇甩了甩頭，一抬眼就撞進柳至秦的目光裡。

「我們今天推測得有點多，後面還得繼續找突破口。」柳至秦淡然地笑，「花隊，今晚還睡休息室嗎？」

「不了，得回去一趟，家裡的花再不澆水就要死了。」花崇說。

「那坐我後座好嗎？」柳至秦站起身來。

花崇這才想起自己憑空多了個鄰居。

在摩托車的轟鳴中，城市的燈光模糊成了黑夜裡的光河，而春天柔軟的夜風在耳邊呼嘯疾馳，竟也多了幾許淩厲之感。

花崇單手扶著柳至秦的腰，遵循著「不與駕駛員攀談」的原則，沉默地看著前方空曠的大道。

倒是柳至秦不安於靜，在風裡大聲喊：「花隊，你另一隻手呢？」

花崇下意識低頭一看，那隻沒扶著柳至秦腰部的手正扠在自己腰上。

……這姿勢，十分有搞行為藝術的潛質。

「抱緊，不然一會兒會掉下去。」柳至秦說。

花崇琢磨著「抱緊」兩字，索性將兩隻手都撤開了。

「嗯？」柳至秦回頭。

「看路。」花崇右手撐在身後，左手向前一指，「別看我。」

「小心掉下去。」

「掉？你技術這麼差勁，還敢載人？」

柳至秦放慢車速，「上馬路不是鬧著玩，花隊，你坐好。」

花崇想了想，重新扶住柳至秦的腰。

柳至秦問：「你還在家裡種花？」

「隨便種種，反正陽臺比較大。」

「種了些什麼？」

花崇「嗯」了半天，「不知道。」

「不知道？」

「洛城最大的花鳥魚寵市場就在離畫景社區一站的地方，我偶爾從那裡路過，覺得狗啊、貓啊、魚啊、鳥啊都挺好玩的，就隨手買了些花回來。買的時候，老闆有跟我介紹花名，但一回家我就忘了。」

柳至秦差點剎住車，「不是，花隊，你覺得狗貓魚鳥好玩，所以買了花？這邏輯不對吧。」

「狗貓魚鳥好玩是好玩，但我哪有那麼多時間玩。」花崇笑：「關愛小動物，不能保證能養好牠們，就不要把牠們接回家，有空去市場看看就好。」

「然後隨手買幾盆花回來？」

「嗯，花好養，養死了也不心疼。」

「……我剛剛還想誇你人帥心善。」

花崇在柳至秦腰上一拍，「那你倒是誇啊。」

柳至秦低聲笑，「下次想去市場，能約我嗎？」

「你想買小動物還是花？」

「買些綠植，降輻射。」

「噢對，你跟電腦打交道的時間長。」

柳至秦說：「那就這麼說定了。」

花崇歎了口氣，「得等案子結束才抽得出時間。」

「爭取早日破案。」柳至秦虛眼看著前方，「找出真凶，為被害人討回公道。」

不知不覺間，花崇已經雙手扶著柳至秦的腰。

他點點頭，目光堅定，「嗯。」

◆

棲山居是明洛區最高檔的別墅住宅之一，唐蘇家外拉著封鎖線，檢驗師們正在繼續昨日未完成的工作。

和徐玉嬌一樣，唐蘇也是未婚、獨居，但與徐玉嬌不同的是，她家裡時常有客人。不過在她突然失蹤之後，就只有周英和唐洪來過別墅，監視器一查下來，沒有什麼有價值的線索。

花崇和柳至秦一同去了書房，花崇在書架前踱步，柳至秦打開電腦。

唐蘇的書不多，大部分是英文書籍，不像徐玉嬌那樣有一整屋的歷史書，但歷史書也不是沒有。書房裡迴盪著極快卻不重的鍵盤敲擊聲，花崇不由得朝柳至秦看去，目光卻被電腦旁的一個相框吸引。

他走過去，戴著乳膠手套的手將相框拿起來。

裱在裡面的不是常見的人物照，而是畫質不那麼好的風景照明信片。

既然是明信片，背後就可能有字。既然被裝進相框放在書房最顯眼的位置，那一定是唐蘇很在意的東西。

花崇把相框翻面，想將明信片取出來，看看後面寫著什麼。恰在此時，柳至秦突然道：「花隊，你看這是什麼！」

出現在螢幕上的是微博關注列表。

花崇彎下腰，一手撐在桌沿，一手撐在柳至秦的椅背上，「這是唐蘇的微博？」

「對。」柳至秦將滑鼠挪到右上角，在名稱上圈了圈，「大唐小蘇，四年前註冊的帳號。」

因為命案現場沒找到手機，接案時間也短，昨天偵查員們只來得及查唐蘇實名電話卡的通話記錄，還沒查到網路痕跡上來，此時柳至秦打開她的家用電腦才找到她的微博帳號。

頁面停在關注清單上，花崇暫時沒看到唐蘇都發了些什麼微博，問：「她微博有問題？」

柳至秦滑動滑鼠，最終停在一個叫「長安九念」的用戶上。花崇眼瞼一張，心跳頓時加速。

「她們的微博，居然是互相關注的！」柳至秦說。

徐玉嬌即「長安九念」，粉絲人數超過五千。而唐蘇的網路名稱是「大唐小蘇」，粉絲數更多，有一萬兩千。

柳至秦起身讓花崇坐下，盯著頁面道：「看來她們都是旅行愛好者，唐蘇也喜歡發風景照。不過徐玉嬌只發風景照，唐蘇還曬了不少奢侈品。」

螢幕的光映在花崇的瞳仁裡，他眉心微蹙，一條一條往下看去。

當初剛接手徐玉嬌的案子時，他曾與曲值一起看過徐玉嬌的微博。但彼時各種線索紛繁，徐玉嬌的那些風景照與案子本身無法構成聯繫，看完只能得出這女人喜歡旅遊、喜歡拍照的結論。

但現在，情況徹底不同了。

唐蘇發微博的頻率比徐玉嬌高，因此粉絲也多出不少。不過唐蘇走的顯然不是網紅路線，應當只是日常記錄生活。她發的每一條微博都有圖，每一張圖都跟著一段心情。若要在這些照片裡找出一個共同點，那就是它們都是在國外拍攝的——連一份小小的甜點也拍自巴賽隆納街頭。

唐蘇的最後一條微博發於今年一月二日，她寫道：『**這裡頑皮而優雅，像個走出深閨的美婦，**

愛她，想她，迫不及待想再見到她。』

圖片是一座寧靜的南歐小城。

這條微博下有三十一條留言，除了最初幾條寫著「好美的地方」、「新年快樂」，之後的全是「小姊姊怎麼不上微博了？」、「出什麼事了嗎？」。

「徐玉嬌也來留過言，時間是二月十八號。」花崇念道：「我也去過這裡，對了，蘇蘇妳很久沒發微博了，還好嗎？」

「徐玉嬌根本不知道她失蹤的事。」柳至秦抱臂思索，「並且唐蘇自一月二號起就再沒有發過微博，徐玉嬌二月十八號才留言給她，可見她們的關係並不親密。」

「徐玉嬌留給唐蘇的言不多。」花崇繼續往下看，「這裡還有一條。」

去年六月三日，唐蘇發了一張摩洛哥老城的照片，熱評第一條正是徐玉嬌留的——「好漂亮！」唐蘇回道：『我明年還想去一次，妳呢？打算什麼時候去？』

徐玉嬌說：『不知道，請假好麻煩。唉，真想把工作辭了，但我爸媽說什麼都不准。』

『我爸媽也是！』唐蘇說：『非要弄個虛名職位把我框著，有什麼意義啊！不想工作，只想浪跡天涯！』

除了唐蘇與徐玉嬌的對話，這樓熱評裡還有四條其他人的評論。

『羨慕你們，想去哪裡只要請到假就行，而我，連出國的錢都沒有。』

『有錢真好！』

『我要是有妳們倆這麼富有，我還工什麼作啊！』

『希望下輩子我也投胎當個白富美！』

「她們確實認識，可能是旅行方面的同好。」花崇一邊看唐蘇的微博一邊說：「但她們的交流僅限於網路上，互相評論時提到過自己的職業和家庭，但說得很籠統，沒有說過所在的城市，微博上也沒有發過國內定位。」

「她們並不知道對方也生活在洛城。」柳至秦道。

花崇點開唐蘇發給別人的評論，快速瀏覽，發現其回覆內容十分單調，都是「好看」、「想去」之類的。再逐個點進這些博主的主頁，清一色全是旅遊博主。

「沒錯，唐蘇和徐玉嬌不知道與對方同在一個城市。」花崇指了指一條評論，「看，唐蘇問徐玉嬌住在哪個城市，近的話要不要『面基』，徐玉嬌沒有回覆。」

「你看看私訊。」柳至秦說。

花崇立即照做，搖頭，「沒有，她們沒有傳過私訊，不過會不會是刪了？」

「現在不方便查，我一會兒回去再看看。」

幾分鐘後，花崇推開鍵盤，「我們來梳理一下她兩人的共同點。」

「她們的微博互相關注，發布的內容幾乎都是旅行照。」柳至秦在書房裡踱步，「徐玉嬌發的大多是在國外旅行的照片，但也有國內旅行的照片，唐蘇的旅行照則全是在國外拍的。」

「徐玉嬌遇害時二十八歲，唐蘇三十一歲，她們年齡接近，都出生在富足、不給予她們任何壓力的家庭。」花崇說：「徐強盛是生意人，和妻子非常溺愛徐玉嬌，可以說是有求必應。唐洪周英夫婦是教育人，他們家算得上是書香門第，對獨生女唐蘇疼愛有加。徐玉嬌在新洛銀行的工作是徐強盛幫忙找的，這幾年形同掛著虛職，不在意工資，時常請假，出國旅遊花的是父母的錢。唐蘇在歐來國際學校的工作也是父母幫忙搞定的，唐蘇不希望升遷，當上那個所謂的副校長是父母出的力。」

花崇停頓片刻，看向柳至秦，「銀行客戶經理和國際學校常務副校長雖然是兩個完全不相干的職業，但對徐玉嬌和唐蘇來說，本質都是類似的閒職。」

柳至秦點頭，「工作是什麼不重要，工資拿多少也不重要，重要的是這兩份工作能給予她們一定的社會地位和社會歸屬感。如此一來，就算她們長期請假旅遊，名義上仍是有事業的女性。她們的父母養得起她們，但都不同意她們離職，看重的應當正是這份社會歸屬感。」

「沒錯。從這個方面來看，她們是同一類人。」

「生而富有，毫無家庭壓力，亦從不給自己壓力，活得無拘無束。花隊，你發現沒？她們連性格都有些相似。」

「嗯，教養很好，很難與別人產生矛盾，但與世無爭的原因是——她們都擁有，所以不在乎。」

片刻，柳至秦又道：「她們被殺害的方式一樣，都是頭部遭到鈍器打擊。且凶手在用榔頭擊打她們頭部時都帶著洩憤的情緒，否則不會砸那麼多下。另外，凶手在兩個現場都沒有留下具有指向性的痕跡，凶手很小心，運氣也不錯。不同的是，徐玉嬌的眼睛和耳朵被毀，雙腳被砸爛，而唐蘇則是十指被毀。」

「毀掉十指是因為唐蘇的指甲裡有凶手的皮膚組織，能提供ＤＮＡ線索。」花崇道：「這和砸徐玉嬌的雙腳不一樣，後者的儀式性太強了。」

「花隊，我認為這兩起案子可以併案。」

花崇抬起眼。

「凶手殺人的手法沒有改變，但心理明顯在『進步』。」柳至秦說：「我們假設唐蘇是第一個被害人，凶手殺死唐蘇時尚不熟練，做不到一擊斃命，期間與唐蘇發生了扭打，這才導致唐蘇面部的大量鈍擊傷和身體上的抵抗傷，之後凶手不得不以毀掉唐蘇十個指頭的方式，避免暴露自己的DNA。面對徐玉嬌時，凶手有了經驗，可能花了更長的時間做準備，不再像第一次那樣緊張，從後方發動攻擊，迅速制服了徐玉嬌。」

花崇默然點頭，踱了幾步後道：「在唐蘇一案裡，凶手在作案後將唐蘇埋在荒郊野嶺，並拿走了唐蘇的身分證、銀行卡、手機，這是為了拖延唐蘇被發現的時間。凶手殺害唐蘇時，考古隊的發掘工作還未開始。也就是說，那裡荒無人煙，唐蘇被發現的機率很小。就算後來唐蘇被發現，身邊沒有證明身分的東西，面部已經被毀，十指也沒有，查不了指紋，比對DNA也需要一定時間，凶手在盡一切可能阻礙我們查案。到徐玉嬌這邊就不一樣了，凶手沒有處理徐玉嬌的屍體，把身分證和銀行卡也留在了案發現場，拿走的僅有包包和手機。凶手的膽子大了，知道自己做得萬無一失，所以不怕我們查。」

「凶手甚至敢在屍體上留下具有儀式感的創傷。」柳至秦思索道：「也許在殺害唐蘇時，凶手就想這麼做了，但太緊張，生怕被人發現，只得在確認唐蘇已死後，匆忙挖坑掩埋。」

花崇蹙眉：「挖眼捅耳砍腳到底寓意著什麼？」

「我暫時猜不出來。」柳至秦搖頭，「不過花隊，如果我們剛才的假設全部成立，那麼如果不儘快抓到凶手，可能很快就會出現新的被害人。犯罪會令人上癮，尤其是對這種喜歡在受害人身上留下儀式感創傷的凶手來說。」

花崇目光一頓。

「凶手恨像唐蘇、徐玉嬌那樣的人，她們出生就有的東西對凶手來講是拚了命才能拿到，或者即便拚了命也拿不到的東西。」柳至秦聲線一涼，「唐蘇與徐玉嬌只是普通網友，互不認識，但凶手認得她們。」

沉默數秒，花崇說：「凶手藏在暗處，熟悉她們兩個人。她們在微博上展示的日常對其他人來說，只是漂亮的風景，對凶手來說，卻是無論如何也到不了的遠方。她們曬的照片對凶手來說有致命誘惑，凶手查到了她們一人是新洛銀行的經理，一人是歐來國際學校的副校長，繼而查到她們的家世，瞭解到她們的生活……」

柳至秦道：「這令凶手嫉妒到難以自拔。」

花崇撐著下巴，快速在書房走動，低聲自語道：「因妒……對，就是因妒！我們當時的猜測可能沒有錯，凶手的動機就是嫉妒，但我們的排查方向可能從一開始就錯了！」

柳至秦眼神沉斂，「嫌疑人不在她們身邊。」

花崇厲聲道：「對，在網路上！」

◆

市局刑偵分隊隊長辦公室——

陳爭聽花崇說完，點了根菸，抽至一半才道：「我同意併案，但不同意把偵查重點挪到網路上。」

花崇靠在沙發裡，「唐蘇一案另說，徐玉嬌的人際關係到現在已經查無可查，稍微有一點作案動機的人我們都查過一遍了，不在場證明很充分。」

「但單單看到別人在微博上炫富就連殺兩人，這種事情發生的機率太低了。」

「不是炫富。」花崇糾正道：「唐蘇有曬奢侈品的行為，但徐玉嬌沒有。她們的共同點不在於炫富引仇，而在於她們『不勞而獲』，生來就擁有凶手極度想要，卻又得不到的生活。」

「這話只能在我這裡說。」陳爭道：「別讓其他人聽到你說死者『不勞而獲』。」

「不是我說她們『不勞而獲』，是對凶手來講，唐蘇和徐玉嬌光鮮、自由、富有的生活是『不勞而獲』。」

「我明白你是什麼意思，你只是站在凶手的角度說出剛才那番話。但禍從口出知道嗎？『不勞而獲』這四個字從你嘴裡說出來，如果被有心人聽到，你知道自己會被說成什麼樣子？」陳爭彈掉菸灰，「在看好戲的人眼裡，你說死者『不勞而獲』就是你重案組隊長花崇本人的意思，誰管你是不是站在凶手的角度。想踩你的人有一萬種本事顛倒黑白，混淆是非，整不死你。」

花崇知道陳爭是為自己好，不跟他爭，抱了個拳笑道：「老大教育得是，屬下不再亂說。」

「嘴上不說，心裡說不定怎麼罵我。你就跟你特警分隊的老隊長韓渠一樣，沒事就愛給我惹麻煩。」陳爭擺了擺手，眉間皺得死緊。

這陣子上面催著破案，他成天跟老傢伙們周旋，心裡悶得要死，在下屬面前又要裝得雲淡風輕，一切盡在掌控，裝久了也煩，一聽到花崇說要改變偵查方向，在網路上尋找凶手的蛛絲馬跡，頓感頭痛欲裂。

網路追蹤不比現實查案，執行起來障礙頗多。任何一樁案子一旦牽涉網路，可能就需要其他省的兄弟部門配合，流程繁多，後續麻煩事更是一堆接著一堆。況且目前並不能確定凶手的動機，花崇的分析有一定的道理，但沒有足夠的證據作支撐。

「兩邊我都不會放過。」花崇正色道：「陳隊你放心，我會繼續安排人手調查唐蘇的社交關係，對道橋路的摸排走訪也不會放鬆。至於網路這一塊，我想交給柳至秦，他是行家。」

陳爭神色緩和了一些，「我倒是把他忘了。聽說你們一拍即合，相處得不錯？有你的啊，花兒，把公安部來的哥們兒也吃得死死的。」

花崇笑了笑，「新同事的迎新會都被耽誤了，我跟他們說好了，案子一破，就幫柳至秦開迎新會，到時候……」

「我買單。」陳爭想也不想就說。

第五章　明信片

「唐蘇和徐玉嬌共同的微博好友有二十三人，這二十三人都是女性。從微博的內容看，她們和唐、徐一樣，都是旅行愛好者，其中六人還是美妝博主，但粉絲都不多，不是行銷號。」柳至秦嫌辦公室太吵，在休息室擺了張小桌子，此時正靠在沙發裡，腿上放著一台筆記型電腦，「我查過她們所在的城市，都不在洛城。」

「是目前不在，還是一直不在？」花崇問。

「目前不在，以前也沒來過。她們中的十一人定居國外，其餘十二人至少今年內沒有到過洛城，相信與唐、徐的案子無關。」柳至秦說：「另外，我查到共同關注唐蘇和徐玉嬌的有七十四人，對這些人的篩查還未結束，目前還沒查到誰在洛城生活。一會兒我拿到他們的詳細資訊後，再跟你彙報。」

花崇看著螢幕上像天書一樣的代碼，突然問：「你沒有走官方途徑？」

「那樣效率太低了。」柳至秦搖頭，「和互聯網企業打交道很麻煩。如果是當地、同省企業還好說，他們在一定程度上會配合警察機關查案，但微博不在洛城，也不在函省。我們現在需要查的東西既多又紛雜，並且拿不出強而有力的證據。正常情況下，互聯網企業會以保護用戶隱私的理由拒絕配合，所以要用一些非常規的手段。一旦有了眉目，我們再走官方途徑。」

花崇懂了，輕輕拍了拍柳至秦的肩，「這是你的老本行吧？」

「差不多吧。」柳至秦笑了笑，「對了，花隊。」
「嗯？」
「幫我倒杯水好嗎？」
「白開水還是菊花茶？」
「還是白開水吧。」柳至秦說：「你不肯煮水，我不想喝涼水泡的菊花茶。」
一刻鐘後，花崇將用滾水沖泡的菊花茶放在休息室的小桌子上。
柳至秦：「咦，太陽打西邊出來了？」
「誰說我不肯煮水？」花崇隔空點了點頭，「涼了再喝，別燙到。」

重案組兩條線並行，對唐蘇、徐玉嬌現實中人際關係的排查沒有停下，但越是查得深，組員們就越發感到鑽進了死胡同。
「沒有人有疑點。」曲值癱在座位上，雙手抱著冰紅茶，雙眼無神，「這凶手怎麼就這麼會藏呢？」
「唐蘇和徐玉嬌的包包、手機至今還未找到，桑海和邱大奎自始至終不承認徐玉嬌的死與自己有關。」張貿說：「至於榔頭和水果刀上的血，不管怎麼問，他們的答案都是『不知道』。花隊，我覺得他們不像是裝的。」
「那唐蘇和徐玉嬌真的是遭網路上的陌生人嫉妒啊？」曲值說著拿出手機，看自己有沒有在動態上炫過富，有的話趕緊刪掉，「這凶手的心理也真夠陰暗的，這點屁事就殺人，不會有精神病吧？

你說要是今後我們逮到人了，人家開個精神病鑑定，那豈不是可以脫罪？」

「兇手沒有精神病。」花崇摸著下巴道：「清醒得很。」

「那倒是。」曲值說：「反偵察意識這麼強，不可能有精神病。對了，小柳哥那邊查得怎麼樣了？」

「還在查。」花崇站起來，「我出去一趟。」

「去哪裡？」曲值捂著瘦脹的腰，齜牙咧嘴地喊：「我跟你一起。」

「你休息吧，別把你那個老腰忙到折了。」花崇略一抬手，「我再去徐玉嬌家裡看看。」

案件發生後，徐玉嬌家中就再未住過人，連徐強盛夫婦也只在警方的陪同下來收拾了一些徐玉嬌的東西。

花崇戴上鞋套，直接上了二樓。

徐玉嬌的電腦已經被帶走，技偵當初徹底查過一次，一無所獲，目前電腦由柳至秦保管。

書房還是上次來的樣子，花崇在書櫃前站了許久，拉開櫃門，將放在裡面的歷史類書籍一本一本拿出來。

他也不知道能否在這間書房裡發現什麼，但如今案子陷入僵局，能查的都已經查了，剩下的只有死者的網路關係。可即便如此，也不可能將寶都壓在柳至秦一人身上。若是柳至秦也鎖定不了嫌疑人，那麼這兩起案子就真的成了懸案。

這種事絕對不能發生。

柳至秦說得沒錯，犯罪會讓人上癮。

從凶手在徐玉嬌身上做的那些儀式感極強的洩憤行為來看，凶手非常享受虐殺這個過程，並且從中得到了無以倫比的快感。唐蘇的死亡時間是一月四號，徐玉嬌則是三月十四號，間隔是兩個月零十天。按照上癮規律，凶手下一次動手的時間間隔不會超過兩個月又十天，凶手也許正急切地尋找下一個獵物。

到底是誰！

花崇坐在地上，翻完一本書又翻另一本。徐玉嬌的閱讀習慣很好，應當非常愛惜書，從來不折角，用的書籤精緻漂亮，每一張都不同。

「每本書配一張書籤？」花崇歎了口氣，繼續搬書櫃裡的其他書。

突然，一本放在最上面的書掉了下去，倒扣在地上。花崇彎腰撿起，書頁簌簌作響，一張比書籤寬大的紙片滑落在地。

是一張明信片。

花崇蹲下，眉間輕輕一蹙。

那明信片的正面是蘇州山塘街，背面寫著三行字：

To九念

第一次到山塘街，好喜歡這裡啊。片片寄給我們九小念，祝好！

立志走遍全中國的星星

花崇捏著明信片一角，心跳驀地快起來。

寄信人署名「星星」，稱徐玉嬌為「九念」，只可能是徐玉嬌在網路上認識的朋友。

之前張貿等人已經查得很清楚了，徐玉嬌從不與同事、親朋好友聊網路上的事，即便是她的父母也不知道她的網路名稱叫「長安九念」。

這個「星星」知道徐玉嬌的位址，並在山塘街寄送旅行紀念明信片給徐玉嬌，應當是與徐玉嬌互粉的網友。

而唐蘇的書桌上，裱在相框裡的也是一張風景明信片。當時花崇正想打開相框，看看背面寫的是什麼，卻被柳至秦的一句話打擾，之後就忘了這件事。

那張明信片的正面不是蘇州山塘街，是一片沒什麼特色的山林，花崇一時無法判斷那是哪裡。現在徐玉嬌的家裡也出現了風景明信片，這兩者之間是否有什麼關聯？

花崇將山塘街的明信片放在桌上，明信片的地址欄上只寫了徐玉嬌的住址，寄信處是山塘街的一家時光郵局，從郵戳上看，寄信時間是四年前的九月二十四日。

四年前的監視器紀錄早就被刪除了。

花崇拿起手機，打給柳至秦。

『花隊。』柳至秦的聲音有些失真，似乎比面對面說話時少了幾分笑意。

「查一查徐玉嬌的互關好友中有沒有一個ID裡有『星』的人。」花崇想了想，又道：「如果改過ID，還能不能查出來？」

『能，包在我身上。』

掛斷電話，花崇繼續在書架上翻找。

上次來的時候看得不仔細，這次才發現，不少書裡都夾著風景明信片。

徐玉嬌似乎是將它們當做書籤使用。

花崇將找到的明信片整齊地放在桌上，一共有十四張，它們從天南海北來到洛城，寄給一個名叫「九念」的女孩。

那麼唐蘇相框裡的那一張，說不定也是網友寄的。

正想著，手機響了。

『我查到了，「從不流淚的星星醬」，女性。』柳至秦說：『她與徐玉嬌的互動不少，微博上還曬了徐玉嬌寄給她的禮物。她曾經在微博上徵集網友的地址，說是要寄明信片，徐玉嬌傳過私訊給她，告知家裡地址。』

花崇抿下唇角。

『不過。』柳至秦頓了頓，『這個女孩在兩年前已經去世了。』

「去世？」員警的本能令花崇頓時警惕起來，「死因是什麼？」

『突發性腦中風。她本名周晨星，堯市人，病逝的時候才二十五歲。她的家人在她的微博上發了訃告，評論裡有徐玉嬌的留言。』柳至秦問：『花隊，你讓我查她，是發現她和案子有什麼關係嗎？』

花崇拉開靠椅坐下，目光落在一桌的明信片上，「我會打電話給你，是因為我在徐玉嬌的書櫃裡找到了周晨星從蘇州山塘街寄來的明信片。既然她知道徐玉嬌的家裡地址，那我猜，作為網友，她們的關係應當不錯。而且她的署名是『立志走遍全中國的星星醬』，這個『立志走遍全中國』讓我有些在意，所以立即讓你查她。不過後來我還找到了另外十三張風景明信片，這十四張裡有九張來自國內景點，五張來自國外，看樣子都是徐玉嬌的網友寄的。和這些明信片放在一起，山塘街這一張就不具備特定性了。」

柳至秦沉默了幾秒，『花隊，我好像知道你為什麼在意「立志走遍全中國」了。』

「嗯？」

『實現願望可以帶給人無窮的喜悅與成就感，但是願望落空呢？』柳至秦道：『「走遍全中國」這個願望落空的同時，看著昔日寄送明信片的友人無拘無束地環遊全世界，是什麼心情？』

「正常人的心情當然是羨慕，然後繼續過自己的生活。」

花崇有些驚訝——在處理一個案件時，他習慣將許多紛雜無頭緒的線索全都搜集起來，但並不會立即去想這些線索與案子有什麼深層關係。周晨星的「走遍全中國」令他在意，這種在意可以說是出自職業本能與敏感。但至少目前，他還來不及思索箇中緣由。

柳至秦幫他想了。

『而我們要找的嫌疑人註定不是正常人。』

花崇靠在椅背裡，「我好像抓到一點眉目了。」

話筒裡傳來極輕的笑聲。

花崇覺得有像羽毛一樣的什麼撓在耳膜上。

他挺直腰背，清了清嗓子，「我把這十四張明信片的背面拍照傳給你，你先看看能不能找到寄信人對應的微博。我看過郵戳時間，都是四年前寄送的，說明四年前徐玉嬌她們圈子流行以寄送明信片的方式交流感情。」

『好。』柳至秦問：『你繼續留在徐玉嬌家？』

「我一會兒再去唐蘇家看看。記得嗎？我們上次去的時候，她的書桌上擺著一個相框，放在裡面的也是一張風景明信片，和徐玉嬌家裡的這些是同個類型。」花崇說：「但徐玉嬌將明信片當做書籤，隨手夾在書頁裡，似乎不是很珍惜。而唐蘇把那張放在相框裡，每天都能看到，說明那是張對她而言很重要的明信片。」

『花隊，你觀察真仔細。』柳至秦說。

正聊著案子，突然被誇讚了一句，花崇一愣，還未來得及接話，又聽柳至秦笑道：『向花隊學習。』

花崇幾乎看見柳至秦輕笑著做了個敬禮的動作。

放下手機後，他出了幾秒鐘的神，心裡驀然有種難以捉摸的感覺。

與柳至秦相處不算久，並未見過對方做類似的動作，但方才想像起來卻毫不費力，好似在很久之前，柳至秦就笑著向他敬過禮。

似曾相識，卻又難以追溯。

他眉間深鎖，下意識閉上雙眼。

◆

唐蘇的別墅與徐玉嬌的兩層小洋房一樣，還保持著原貌。花崇拿起相框，凝視許久，完全看不出明信片中的山林有什麼特殊之處。

少傾，他將相框翻了過來，小心翼翼地拆開背面的擋板，將明信片拿了出來。

To蘇蘇

北邙山喔，我自己拍的，好看嗎？

拍得不太好，角度選了老半天，終於找到個好角度，但是數位相機實在拍不出效果。

妳什麼時候去北邙山呢？期待妳拍的漂亮照片！

我第一次出門旅遊，暫時還去不了太遠的地方，羨慕妳已經看過那麼多風景。

祝平安順遂，心想事成。

By一顆芹菜

花崇翻來覆去，將明信片上的內容看了幾遍，低聲自語道：「北邙山？」

若論自然風光，北邙山在國內的名山中排不上名號，名氣遠遠比不上五嶽，卻因為風水極佳，葬有多位帝王而成為歷史文化名山，吸引了不少沉迷古事的遊人。

但據花崇所知，北邙山並未經過系統開發，遊人不能以買票入山、坐擺渡車乘索道的方式遊玩，如果想進入山中，只能找一個合適的方位徒步進去。

明信片的構圖說不上好，畫質也非常一般，看得出這位叫做「一顆芹菜」的寄信者並非專業攝影人士，但她——從字跡和語氣裡判斷，寄信者應當是女性——站得夠高，大約是攀登到了某座山峰的頂端才拍下這張照片。

花崇放下明信片，打開唐蘇的書櫃。

若唐蘇像徐玉嬌一樣，也有收寄風景明信片的習慣，那麼家裡應當不止這一張。但將書櫃翻了個遍，花崇也沒有找到其他明信片。

「只有一張？」花崇後退幾步，片刻後拿出物證袋，將明信片放了進去。

「你去哪裡找來這麼多明信片？」李訓晃著物證袋。

「那一袋放著，暫時不急著查，先看這一張。」花崇把在唐蘇家裡拿到的北邙山明信片遞上去。

李訓一看，「這不是郵政發行的。」

「對，是自己拍照印製的。」花崇指了指郵戳，「能不能查到是在哪裡印製的？指紋資訊還提取得出來嗎？」

「淘寶上有很多訂製明信片的店鋪，不好查。」李訓皺著眉，一想到檢驗科在這次的案子裡基本上沒出什麼力，就咬了咬牙，「給我點時間，我想辦法。」

花崇在他肩上拍了拍，笑道：「儘量查，別有壓力，還有我們其他人。」

這時，有人敲了敲檢驗科的門，朝裡面一揚手，「花隊。」

花崇一見是柳至秦，旋即再跟李訓交待了幾句，轉身道：「來了。」

「寄明信片給徐玉嬌的人，我在微博上找到了帳號，都是女性，不在洛城。」柳至秦邊走邊說，「她們有的近期與徐玉嬌還有互動，有的已經兩年多沒有登入過微博了。這些人裡，只有三人同時也關注唐蘇，不過唐蘇沒有關注她們。」

「效率真高。」花崇說：「我以為至少明天早上你才會給我結果。」

「那太慢了。」柳至秦說：「男人該快的時候還是得快。」

花崇斜了他一眼，「把你自豪的。」

「不開玩笑了，正事要緊。」柳至秦一頓，「寄明信片給徐玉嬌的人裡，有個叫夢尉的女孩，她的明信片是從東北伊春寄來的。」

花崇一回憶，「嗯，秋天的五花山。」

「我跟她瞭解了一下她們寄送風景明信片的規矩。」

「你聯繫她了？」

「隨便聊聊，她目前定居日本，曾經與徐玉嬌關係不錯。」

花崇捕捉到了關鍵字，「曾經？」

「網友嘛，沒有現實生活中的牽絆，聯繫少了，自然而然就會疏遠。不過到現在她們還互相關注著，她還問我『九念』很久沒有發微博了，是不是出了什麼事。」柳至秦推開重案組辦公室的門，讓花崇進去，又道：「她告訴我，旅行愛好者互相寄送明信片是三四年前很流行的事。到了一個地方，在當地的創意小店或者郵局買上十幾張，甚至幾十張明信片，拍照發在微博上，讓想要的網友私訊地址，數量有限，手快就有，手慢則無。」
花崇不大能理解，「也就說在發微博之前，她們根本不知道對方的真實資訊？」
「對啊。」
「陌生到這種程度，為什麼還要寄明信片？」
柳至秦想了想，「我們可以理解為年輕女孩的浪漫？」
花崇認真思索一番，搖頭，「我好像理解不了。」
柳至秦忽然淺淺地笑了一下。
「你笑什麼？」花崇問。
「花隊，我剛才只是說我們可以將『寄明信片給素未謀面的朋友這種行為』理解為年輕女孩的浪漫，沒說請你代入自己去理解啊。」柳至秦說：「你又不是年輕女孩。」
花崇：「……」
柳至秦清了清嗓子，「要不然我們還是繼續聊案子？」
花崇在自己額頭上不輕不重地拍了一下，「凶手極有可能是以這種方式得知了被害人的住址，進而查到真實的身分資訊。」
「沒錯。不過我覺得，雖然這十四人有徐玉嬌的地址，但嫌疑人不在她們之中。第一，她們與唐蘇沒有什麼交集。第二，除了周晨星已經去世，其他十三人家境都不錯，目前既有體面的工作，也有優渥的生活。」
花崇拿過柳至秦幫忙泡好的菊花茶，默不作聲地聽著。

「此外，微博上現在還能找到徐玉嬌傳給她們的私訊。」柳至秦說著敲了敲鍵盤，「嫌疑人非常狡猾，就算有自信不會被我們找到，也絕對不會冒險。一旦我們開始查網路這一塊，最先注意到的一定是知道受害人真實身分、真實住址的人。凶手如果既沒有刪掉當年徵集位址的微博，也沒有處理掉私訊，甚至仍舊出現在徐玉嬌的互關列表裡，那顯然不符合凶手表現出來的性格特徵。」

「那如果凶手刪掉了微博，也處理掉了私訊，雙向取關徐玉嬌，你能查出來嗎？」花崇一說完，就意識到這問題實在是強人所難。柳至秦是精通網路沒錯，但在沒指定目標的情況下，要尋找那些已經刪除的資訊簡直是比大海撈針還困難。

「只要在網路上存在過，就必然會留下痕跡。」柳至秦卻是一臉輕鬆，「查是一定能查出來。對了，花隊，唐蘇家那張明信片你帶回來了嗎？」

「已經交給檢驗科了。」花崇點頭，「那張比較特別，是自己拍照印製的，可能會提供一些線索。」

「自己拍照印刷？那寄信地點是？」

「離北邙山不遠的鄭市。看樣子寄信的『一顆芹菜』在那裡生活過一段時間，做好明信片後寄給了唐蘇，郵戳上的時間是四年前的五月二十三日。你查一下，看ID裡有『芹菜』字樣的人在不在唐蘇的微博好友裡。」

聞言，柳至秦神色一緊，連忙看向電腦。

「怎麼了？」花崇問。

「如果這張明信片也是以夢鼾所說的方式寄送，那麼唐蘇應該在微博上以評論或者私訊的方式提供收信位址給人過，但我記得……」

「她的微博上沒有類似記錄？」

「她沒有發送過收信位址給任何人！」

◆

夜色在不同的地方投下不同的影子，即便是在同一座城市裡，繁華鬧市區、寧靜富宅區、敗落老房區的黑夜都是不一樣的。

道橋路路燈破敗，幾處明幾處暗。住在這裡的人能享受到的娛樂非常單調，年輕人打輸贏幾十塊的麻將，上了年紀的人守著電視看又臭又長的連續劇。

時間的腳步匆匆向前，冷感的高樓、別具一格的藝術中心、配套設施完善的生活社區是時間給予這座城市的禮物。但這裡，卻似乎被時間所遺忘。否則生活在這裡的人為什麼還像上世紀一樣，以最無聊的方式打發時間？

陰暗潮濕的小巷裡，陰溝的臭味與小孩子的哭聲混雜在一起，讓忙碌了一天，匆匆歸家的女白領分外煩躁。

孟小琴神色疲憊地踩過汙水，腳上那雙在外忙碌了一天也沒有弄髒的高跟鞋終於在此時被濺上汙泥。

她躲不過這片發臭的汙水。

她的眉眼落在一片陰影裡，看不真切。

老話說，眼睛是心靈的窗戶。而此時，她的眼中卻分毫沒有光彩。

東裡巷的老房子沒幾處隔音，各家各戶都以最大的音量放著老掉牙的狗血婆媳劇。

電視裡的貧賤夫妻為生活而歇斯底里。

看電視的人暫時忘了沒交的水電費、被老鼠啃瘸的老桌椅、碗裡餿掉的鹹菜，為別人杜撰的悲歡離合掉幾滴可笑而荒唐的淚。

每次聽到那些既酸又雷的臺詞，孟小琴都會起一身雞皮疙瘩。

她聽著那些臺詞長大，因為她的母親只會癱在家裡的那張爛皮沙發上，年復一年地一邊打瞌睡一邊看著，聊以消磨最不值錢的光陰。

走到自家門口時，孟小琴又聽到了家裡的電視聲。她拿出鑰匙，手卻頓住了。

不想進去，不想回到那個糟糕透頂的家。

但偌大一個洛城，除了這處醜陋鄙俗的地方，哪裡都不是她的棲身之地。

許久，她歎了口氣，將鑰匙插入鎖眼裡。

◆

柳至秦看著螢幕，突然道：「寄信時間是四年前的五月二十三日，但我記得……」

花崇立刻反應過來，「唐蘇的微博帳號是四年前的十二月才註冊的！」

柳至秦半瞇起眼，「兩個可能。第一，這個『一顆芹菜』是唐蘇現實裡認識的人。第二，唐蘇曾經還有一個微博，『一顆芹菜』是她上一個微博裡的朋友。」

「第一種可能排除。」花崇道：「這個人如果與唐蘇在現實裡認識，我們早就查出來了。」

「那就是唐蘇曾經還有一個微博。」

「能不能查到？」

柳至秦神色微凝，食指在唐蘇的筆記型電腦上敲了敲，「這台電腦是去年的新品，上網痕跡我已經看過，她沒有在上面登過『大唐小蘇』以外的帳號。想要查到這個帳號，剩下三個途徑，一是找到她上一個電腦，二是去她公司和她父母家的電腦碰碰運氣，三是找到知道她另一個微博的人。」

「聯繫企業呢？」

「四年前還沒有實行實名制。」

花崇深吸一口氣，「我馬上去安排人手。」

柳至秦點頭，「花隊。」

「什麼？」

「我現在覺得這個『一顆芹菜』嫌疑很大。凶手很聰明，假設『一顆芹菜』就是凶手，那麼毫無疑問，凶手是利用唐蘇中途換過微博這一點，將自己隱藏在網路背後。我們只知道凶手寄過明信片給唐蘇，卻很難查到這四個字的背後到底是誰。凶手似乎對網路安全有一定的瞭解，說不定還非常瞭解。兩個凶案現場，手機都丟失了，那裡面一定有什麼資訊是凶手不能讓我們知道的。」

花崇似在思考，緩慢道：「一旦我們知道，就能順藤摸瓜，將凶手從網路中揪出來。」

「是！」

「手機追蹤不到，凶手應該是在案發後就立即將手機處理掉了。」花崇抬眼：「網路這方面，你是行家，你覺得留在手機裡的是什麼？」

「通話記錄可以排除，那個無需找到手機也能查，大眾的實名社交網路同理。如果我是凶手，我會透過無線網路在被害者的手機裡植入病毒，要不然構架一個可以發送資訊的小型區域網，或者只起到監視被害者的作用。」柳至秦說完看了看花崇，解釋道：「這不是什麼高深的事，對網路安全有一定瞭解的人都做得到。」

花崇圍著辦公桌踱了兩圈，「如果是監視的話，這倒是能解釋一個問題——唐蘇和徐玉嬌平時的正常生活路線不包括道橋路，而道橋路的監視器缺失，兩公里以外的考古基地更是荒郊野嶺，凶手在這兩個地方行凶，風險比在其他地方小得多。唐蘇和徐玉嬌一到這個區域，凶手恰好就出現了，凶手知道她們的行蹤。」

「徐玉嬌為什麼會出現在道橋路，原因桑海已經說了。」柳至秦道：「但是唐蘇為什麼會在一月四號去考古基地，這點我想不通。」

「雖然不像徐玉嬌那樣喜歡歷史，但她肯定也對歷史、考古感興趣。」花崇說：「不然不可能將北邙山的明信片放在書桌上。」

「隱性歷史愛好者？」

「可以這麼說。」

「但考古隊是春節之後才開始進行發掘工作，就算唐蘇對歷史感興趣，也不應該一月四號就跑去啊。那時那裡根本沒人，她想提前去挖些什麼出來？」

「別忘了，那個墓不是現在才被發現，既然業內專家知道，歷史愛好者知道也不奇怪。」花崇說：「不過我倒是很好奇，唐蘇去那裡是想幹什麼。是她突然想去，還是有人刻意引導。」

「如果是有人刻意引導，那我剛才的猜測就很合理了。」柳至秦一笑，「以種植病毒的方式構建小型區域網，在唐蘇的手機裡留下一條訊息，我們無法追查到這條訊息，除非找到唐蘇的手機。」

花崇低聲道：「所以凶手才必須處理掉手機……」

「我盡全力查。」柳至秦語氣緩了緩，帶著笑意，「我們一定可以破案。」

「等等！」花崇抬起手，「我想到了另一種可能。」

「嗯？」

「你剛才『搭建區域網』的假設在理論上確實成立，對你來說也很輕鬆，但是對凶手來說呢？」

柳至秦下巴微揚，若有所思。

花崇小幅度搖頭，「小柳哥，你可能高估凶手了，凶手不一定能像你一樣輕鬆搭建那個區域網。退一萬步講，如果凶手真的搭建了，唐蘇憑什麼相信陌生人憑空留在手機裡的訊息，受引誘趕去案發現場？普通人在看到手機裡的『可疑訊息』時，正常的反應難道不是詢問周圍的人？就算不這樣，也會『估狗一下』吧？但唐蘇都沒有。」

柳至秦沉默了半分鐘，緊皺的眉頭鬆開，顯然是被說服了，「我站在自己專業的角度想問題，確實想得太偏了。沒錯，僅憑莫名其妙出現在手機裡的訊息就落入凶手的圈套，這不符合邏輯。花隊，你想說的另一種可能是不是是——小眾的、非實名的社交網站？」

「對！」花崇道：「可能是一個交流歷史的小眾程式，只供移動設備瀏覽，所以我們在唐蘇、徐玉嬌的電腦上都沒有發現瀏覽痕跡。凶手會拿走她們的手機，可能正是因為曾在上面對唐、徐兩人做過什麼引導，凶手不能讓我們發現這一點！」

柳至秦撐住額角，「如果這個『據點』存在，那麼有個人一定知道。」

「發現女屍的事我、我都已經交代了，完全沒有隱瞞。」呂洋清瘦高大，卻駝著背，額髮半遮住眼睛，雙手絞在一起，看上去很緊張。

但這種緊張並不奇怪。

「今天請你來一趟，是想向你瞭解另一件事。」花崇說，「聽說你很喜歡歷史，志向是從事考古？」

呂洋眼睛亮起來，抬眼看了看花崇，嘴唇輕微抿動——是年輕人聽到感興趣的事時的本能反應。但他的興奮並未持續太久，眼裡的光彩亦漸漸暗淡下去。

「喜歡是喜歡，但我父母說學歷史沒用，考古既辛苦又賺不到錢，與死人打交道也很晦氣……」呂洋小聲說：「他們不允許我學歷史，要把我送出國學金融。」

「但你好像沒有放棄？」柳至秦問。

呂洋既忐忑又有點得意，聲音高了一些，「嗯！我一有時間就會去基地跟陳哥他們學習！」

花崇與柳至秦互看一眼，呂洋口中的陳哥應當是考古基地的工作人員。

「他們教了我很多東西，比我一個人去圖書館和上網看資料有用多了。」說到考古，呂洋開始滔滔不絕。

「上網？」花崇問：「平時上哪些網？都是歷史類的嗎？」

「當然！我從來不把時間浪費在無關的玩樂上，我和那些崇尚享受生活的人不一樣，和我父母也不一樣，我……」

花崇打斷，「具體是哪些呢？我想瞭解瞭解。」

呂洋驚，「你也喜歡歷史？」

「沒有你那麼精通。」花崇投其所好，「不過確實感興趣。」

呂洋連忙將自己的寶藏網站貢獻出來，每說一個，還附贈一大段關於該網站的介紹。

「只有這些嗎？」花崇將網站名稱都記了下來，「這其中有沒有哪個是只能在手機或者平板上使用的？」

呂洋想了想，「你是說『華夏年輪』？那個比較小眾，資訊也不多，零零散散，有用的很少，有些人不愛交流學術，就愛在上面亂聊。我平時不怎麼使用，聽說就是個小工作室搞的，做得很爛，經常卡當，我下載安裝之後沒多久就刪了。怎麼，你們對它感興趣？」

「呂洋說得沒錯，這網站確實做得不好，難怪用戶這麼少。」柳至秦下載安裝好「華夏年輪」，「我詳細查一查。花隊，你等會兒要出外勤嗎？」

「我有些問題要問邱大奎。」花崇說。

身為重案組的隊長，即便網路這邊已有進展，花崇也不敢完全將砝碼壓在網路上。與柳至秦交待幾句後，他就直奔偵訊室。

那把混有徐玉嬌血跡的家用榔頭疑點太多，如果邱大奎確實不是徐玉嬌一案的凶手，那必然是凶手有意嫁禍。之前邱大奎情緒失控，曲值等人半點線索都沒問出來，而他陷在唐蘇的案子裡，也分不出精力好好與邱大奎聊一聊。如今已經把事情都交待下去，該親自從邱大奎這裡尋找突破口了。

「那把榔頭一直放在窗外的工具箱裡，我真的不知道誰拿過。」邱大奎憔悴了許多，自首時眼中的精光成了一片灰敗，整個人死氣沉沉，像一棵旱季裡行將乾枯的樹木。

他錘殺邱國勇是典型的「激動殺人」，而他此時的狀態也完全符合激動殺人者在事後數日的特徵。

花崇一眼就看出來，他在後悔。

也許是想到了邱國勇九惡裡的一分好，也許是想到了孤苦無依的邱薇薇，也許是想到了自己一敗塗地的人生。

但世界上哪有後悔藥。

「哪些人知道你習慣把工具箱放在外面？」花崇問。

「我哪知道啊？」邱大奎垂頭喪氣，「以前那個箱子是放家裡的，後來偶爾有人來借扳手電鑽之類的，尤其是電鑽，這個不是每家每戶都有。我家老頭……邱國勇脾氣太怪了，別人到我們家，如果不是還錢，他就不高興，我開門拿工具給別人，他就在屋裡大聲叫罵，還說什麼別人把我們家的門敲壞了，得賠。這種事我懶得和他爭，別人來借東西，我也不能不借，後來乾脆就把箱子放在窗戶外。那裡正好有個小平臺，誰要用電鑽就來拿，用完放回來就是了，幾年下來也沒弄丟過。」

「回憶一下，你跟什麼人結過仇。」

「我能和什麼人結仇？我根本不敢惹事，能忍都忍了，忍不了的……唉！」

忍不了的，已經殺了。

「那邱國勇……」

話未說完，花崇就意識到這是個毫無意義的問題。

如果說邱大奎因為懦弱而不敢得罪人，邱國勇就是將整個道橋路都得罪遍了。

「他？」邱大奎乾笑，「員警同志，你還不如問我他沒有得罪過誰呢。」

花崇明白這是一句揶揄，沒當真，隨口道：「哦？誰？」

邱大奎卻當真思索起來，幾秒後悻悻然道：「算了，不說這個。」

花崇聽出蹊蹺，「你想到了誰？」

邱大奎道：「唉，就住在東裡巷巷口的那一家人，你們上次不是去他們家取過什麼證物嗎？就那家。」

花崇腦中立即閃過那家大女兒的身影，「說詳細一些。」

邱大奎眨眨眼，「員警同志，你不是問邱國勇得罪了誰嗎？怎麼突然又……」

「我好奇心旺盛，不行嗎？」花崇嘴上輕鬆，心頭卻不然。

邱國勇對誰都一副「欠著穀子還了糠[3]」的態度，為什麼獨對東裡巷那一家人不一樣？

取凶器那天發生的事歷歷在目，花崇不認為那家人能讓邱國勇改變一貫的態度，除非……

3 欠著穀子還了糠：忘恩負義之意。

「這件事有點、有點那個什麼。」邱大奎咳了幾聲，尷尬地搓著手，「那家人有個女兒，比我小幾歲，從小成績就很好，讀書的時候是我們那個小區所有小孩子的榜樣。我們呢，基本上都是聽著她考了多少分長大的。」

「她叫什麼名字？」

「孟、孟小琴。」

花崇突然警惕，「琴？哪個琴？」

「鋼琴的琴。」邱大奎有點緊張，「她是個挺好的女孩，雖然長相算不上特別漂亮，但有本事，穿職業套裝的時候還是挺有氣質的，我們都說她是『氣質美人』。不過可惜的是，她都三十歲了，還沒嫁出去。」

花崇一聽「琴」，就反射性地想到了「一顆芹菜」，冷靜一想，又覺得自己大概是過度敏感了，畢竟「琴」與「芹」雖然讀音一樣，但意思完全不同。

若單論發音一樣，柳至秦的「秦」也一樣。

他接著問：「邱國勇為什麼對她家不一樣？」

「以前，我是說以前啊，邱國勇想和孟家攀親。」邱大奎抓著頭髮，給自己找臺階下，「孟小琴那麼優秀，小時候成績好，考進了重點國中，高中三年學費、生活費全免，後來去北方念大學，聽說也沒花一分錢，每年還寄錢回家裡。畢業後沒兩年就回洛城了，工作找得好，在五星級酒店當管理職。唉，不止邱國勇，還有一些住在我們那裡的人也想跟她家攀親。」

「邱國勇是隨便說說，還是真的去攀了？怎麼個攀法？」

「去、去了吧。」邱大奎更加尷尬，支支吾吾的，臉都紅了，「但我沒那個心思，小莉不在了，我只想好好把薇薇撫養大。為了這件事，邱國勇罵了我很多次，說孟小琴會賺錢，年紀也大了，女人年紀大了沒人要，我有機會。但我還不清楚我自己有幾斤幾兩嗎？孟小琴是外面那個世界的人，有本事有氣質，就算暫時沒有嫁出去，也輪不到我。而且她家情況複雜，有個好吃懶做的弟弟，國中畢業後一直在家閒著，快三十了吧，從來沒工作過。她爸媽嫌貧愛富，巴不得把她嫁給當官的、有錢的，怎麼會接受我？邱國勇每次去套近乎都被擺臉色，回來對著我罵一頓。」

「孟家罵他，他回來罵你？」

「他不敢得罪孟強和陳巧啊，他覺得以後還有機會攀親。」邱大奎捏著手指，「對了，孟強、陳巧就是孟小琴的爸媽，她弟弟叫孟俊輝。孟俊輝這小子，不是個好東西！」

花崇順著話問：「為什麼這麼說？」

邱大奎尷尬地捏了捏手指，「別人家的事，我其實也沒有立場說，而且我以前也遊手好閒過，和他也、也就半斤八兩，但我起碼沒拖累我姊——我是說如果我有姊姊的話。」

「孟俊輝拖累孟小琴？」

「可不是嗎！他一個男人讓一個女人養，算什麼？孟小琴的確有贍養父母的義務，但他只是弟弟，年富力足，憑什麼也讓孟小琴養啊？」

「孟小琴一人工作，養他們全家？那擔子挺重的。」花崇想到了同樣養著全家的肖露。

但肖露並未與父母住在一起。聽肖露的意思，自家父母在鄉下其實也有收入，弟弟還小，尚在念書，今後並非沒有出息。以她目前的收入，能夠改善老家父母和弟弟的生活，也能令自己相對富足。原生家庭雖然讓她無法像唐蘇、徐玉嬌一樣自出生就含著金湯匙，但現今也沒有多拖累她。

孟小琴呢？

「何止是重！很多街坊都說，孟家是要榨乾大女兒去供小兒子。」邱大奎憤憤不平，「孟小琴小時候是讓孟俊輝救回了命，但我要是有個姊姊，我姊出了事，我肯定也會救，怎麼還能討一輩子的債呢！」

「什麼？孟俊輝救了孟小琴的命？」

邱大奎說，有一年夏天天氣熱得嚇人，孟小琴帶孟俊輝去河邊游泳，結果因為水性不好，差點溺死，關鍵時刻是孟俊輝拚命把孟小琴救上來的。也不知是嗆了不少水，還是本就營養不良，後來孟俊輝身體一直不太好。

孟強和陳巧本就偏心小兒子，至此以後更是心疼孟俊輝，有任何好處全都給孟俊輝，孟俊輝不要的才給孟小琴。而孟小琴也知道自己的命是弟弟救回來的，不僅不吃醋，自己也全心全意地對孟俊輝好。

孟俊輝算是被溺愛長大的，只念完國中，就過上了「啃姊」的生活。

「如果我是孟小琴，我早他媽不管那個家了！」邱大奎總結道。

大約是因為不久前才與柳至秦說到了「一顆芹菜」，花崇聽著「孟小琴」三個字，就老是想到「一顆芹菜」。這令他略感不安，又有種什麼東西即將浮出水面的感覺。

「邱國勇曾單獨與孟小琴接觸過嗎？」話題再度回到邱國勇身上，花崇問，「有沒有起衝突？」

「這我真的不清楚。」邱大奎搖頭，「孟小琴工作很忙，早出晚歸，週末也很少休息，按理說邱國勇沒有單獨接觸她的機會。」

◆

天又黑了，檢驗那邊尚未查出結果，整個科室都在加班。重案組這邊，眾人也仍在忙碌。

花崇走出辦公室，獨自靠在走廊的牆上。

孟小琴，孟小琴。這個名字就像咒語一般，在他腦子裡揮之不去。

夜已經很深，他抽出一根菸，叼在嘴裡，沒有點燃。

在道橋路的排查幾乎可以說沒有進展。邱大奎堅稱沒有殺害徐玉嬌，那麼必然有人將徐玉嬌一案的凶器榔頭悄悄放在窗外的工具箱。但住在周圍的居民卻說，近期沒有看到可疑者出現在邱大奎家附近。

花崇閉上眼琢磨。

會出現這種情況，無非兩種可能：第一，凶手隱藏得極好，運氣也好，確實沒有人看到凶手；第二，居民們在撒謊，在集體包庇凶手。

花崇搖搖頭，很快排除第二種可能。集體犯罪的案例不是沒有，但非常罕見，道橋路居民不存在集體犯罪的動機。

深夜的走廊很安靜，花崇離開倚靠的牆壁，開始來回踱步。

有沒有第三種可能？

有人看見了凶手，卻沒有意識到？

花崇腳步一頓，居民們的回覆充斥於耳間。

「沒看到什麼可疑的人，真的沒看到。」

「邱大奎家的那條巷子來來往往都是人，可疑的人？沒有沒有！」

「員警先生，你真是為難我這個老婆婆了，上下過路的都是街坊，我可不能隨便亂說。」

如果凶手正是長期生活在道橋路的人，那凶手經過邱大奎家，對周圍的居民來說，就根本不算什麼稀奇事！

花崇心跳加快。

徐玉嬌一案同理，當時居民們也說十四號晚上沒注意到什麼可疑的人出現。

老街坊從面前經過，當然不是可疑的人！若凶手真的是土生土長的道橋路居民，那一些疑點就能解釋了。

凶手非常熟悉道橋路的小街小巷，知道哪些監視器早已損壞，哪些尚在運作。凶手謹慎地避開了所有攝影機，又或者並沒有避開——凶手出現在攝影機裡是合理的。凶手熟悉邱家，也熟悉邱家附近居民的生活習慣，甚至熟悉荒地，凶手知道不會有人去荒地，尤其是晚上，在那裡殺死徐玉嬌根本不會被人發現。凶手也知道什麼時候將凶器丟進邱大奎的工具箱不會引起懷疑，就算警方開始排查，也不會有暴露的風險……

花崇深吸一口氣，目光深邃而複雜。

道橋路東裡巷，陳巧惡聲惡氣地喊：「妳能不能做點事？回來就關在屋裡盯著電腦，電腦有什麼好看？家裡這麼多事不做，妳是有多金貴啊？那麼金貴，趕緊嫁個有錢人當少奶奶啊！我生妳有什麼用！妳給我馬上出來，把妳弟換下來的衣服拿去洗！」

孟小琴疲憊地打開臥室門，穿著洗得泛白的舊T恤，兩眼無光，頭髮鬆散地搭在肩上，全無白日工作時的幹練與氣質。

「好。」她梳了梳頭髮，輕聲道。

陳巧繼續念叨：「不是我說妳，女人光鮮不了幾年的，妳看看妳現在這樣子，三十歲的女人有哪個要？妳嫁不出去怎麼辦？妳弟怎麼辦？」

孟小琴蹲在地上，將孟俊輝換下來的衣服一件一件放進盆裡，正要站起來，孟俊輝從浴室裡出來，將手裡的布料往孟小琴臉上一扔，嬉笑道：「謝了啊，姊。」

孟小琴避開，那布料掉在盆裡，是一條剛換下來的內褲。

「愣著幹什麼，趕緊去洗！」陳巧催道。

孟小琴閉上眼，將滿目絕望、仇恨、痛苦關在眼底。

她的世界，生來就是黑色的。

第六章　華夏年輪

一聽花崇要去見孟小琴，曲值剛喝的冰紅茶就噴了出來，「不是吧？花隊你懷疑她？她和這案子有什麼關係？」

「現在還不好說，接觸了才知道。」花崇斜曲值一眼，「怎麼，你很關心她？」

「關心群眾不是應該的嗎？」曲值一邊擦桌子上的水一邊不解地問：「怎麼懷疑到她身上去了？她這女孩滿好的啊。我們上次不還說過嗎？她這種家庭出身的女孩在社會上打拚到現在的位置很不容易，不知道吃了多少苦。」

正因為很不容易，吃了太多苦——這些話花崇沒說，只道：「行了，知道你關心她，我例行跟群眾瞭解情況而已。檢驗科在查我從唐蘇家裡帶回來的明信片，你看著點，有什麼發現趕緊通知我。」

曲值心下嘀咕：你不是和小柳哥變連體兄弟了嗎，怎麼有事還讓我通知？

嘴上問：「小柳哥不在？」

花崇往休息室的方向看了看，聲音不自覺放輕，「他這幾天都通宵忙碌，剛睡。對了，你們動靜小一點，讓他多睡一會兒。」

曲值嘿嘿笑，「老花啊，我怎麼就沒見過你這樣關心過我？」

「放你的狗臭屁。」

「真的！你沒有！你對小柳哥噓寒問暖，對我棍棒相加！」

「誰承包了你夏天的冰紅茶？誰過年送你限量版聖衣神話？」

「你能別剛說完『狗臭屁』，又說『冰紅茶』嗎？」曲值嚎：「不知道冰紅茶是我的生命之泉嗎！」

花崇擺手，「去去去，好好工作，爭取早日破案，逮到凶手了，你想要多少生命之泉我就買多少給你，我讓你用生命之泉泡澡。」

曲值也就嘴上討人嫌，鬧了一會兒就準備做正事了。花崇收拾好東西快步走出辦公室，不一會兒又折返，手裡提著一個便利商店袋。

休息室的窗簾很薄，擋不住春天上午的陽光。柳至秦背對窗戶躺在床上，大半張臉埋在枕頭裡，睡得似乎不太安穩。

花崇輕手輕腳走到床邊，將剛買的皮蛋瘦肉粥和滷雞蛋放在小桌子上，本想立即離開，雙腳卻鬼使神差地站定。

目光與春光一同落在柳至秦身上，大腦就像突然停止了運作，周圍的一切聲響都漸漸停歇。片刻，花崇小幅度地甩了甩頭，抬眼看著那單薄透光的窗簾，像來時那樣悄無聲息地踱出門外，輕輕帶上了門。

待門外的腳步聲消失，柳至秦睜開眼，眼裡有些因熬夜而生的紅血絲。

他撐著床沿坐起來，盯著房門發了半天的愣才收回目光，看到了一旁小桌子上放著的便利商店袋子。

一瞬間，他的眼神變得有些複雜，眉間輕微皺起，繼而沉聲歎息。

「花崇。」他悄聲自語：「你到底……」

後面的話，消逝在靜謐的空氣中。

◆

花崇跟陳爭要車，順道遞了個申請。

「休息室的窗簾太薄了，秋冬季節還好，春夏根本遮不住光。我想換副厚一點的，要不然就再加一層。」

陳爭挑起一邊眉毛，「稀罕了，我去年說要換窗簾，你們個個嫌麻煩，怎麼今年跑來跟我要窗簾？難道今年的太陽比去年的刺眼？」

花崇面不改色，「你不關心氣候趨勢嗎？新聞裡說了，今年夏天可能創近十年的高溫記錄。我未雨綢繆，提前為兄弟們做打算。」

陳爭把車鑰匙拋給花崇，笑道：「你還會看天氣預報？是誰以前說只有老幹部才會看天氣預報的？」

「誰？我記得是你。」花崇一臉無辜，「走了，辦案去了。」

陳爭沒事時老愛和他閒聊，此時卻沒這閒工夫，正色道：「花兒，不能讓凶手再次犯案，明白嗎？」

花崇腳步一頓，沒有回頭，「放心。」

午後，B.X.F 酒店寧靜閒適，一間茶室門扉輕掩，孟小琴正熟練地沖製普洱茶。

花崇坐在她對面，微笑看著她的動作。

「今天不是偵訊，是問詢，對吧，花先生？」孟小琴將精巧的圓形玻璃杯捧到花崇面前，笑容得體。

「看來孟女士很清楚偵訊與問詢的區別。」

「一定是問詢。」孟小琴撫弄著茶具，「不然我們不會坐在這裡。」

花崇品一口茶，放下茶杯，「邱大奎家的事，妳已經知道了吧。」

「我很遺憾。」孟小琴眉間有幾許淡然的悲憫，「我很小就認識邱大奎，他……」

說到這裡，孟小琴頓住了。

「他？」花崇問。

「抱歉，剛才本來想說『他是個好人』，但似乎不太合適。」孟小琴尷尬地笑了笑，「不管他有什麼苦衷，不管邱國勇做了多過分的事，殺人都不是可取的手段。他已經不能算是『好人』了。」

「邱國勇做過過分的事？」花崇說話慢悠悠的，「妳似乎很瞭解他們家的情況？」

「說不上瞭解。不過大家都住在道橋路，彼此家裡有什麼事，偶爾也能聽到幾句。」孟小琴從容道：「邱大奎也不容易，很小就沒了母親，孩子出生不久，妻子也走了。邱國勇不會為人處世，脾氣糟糕，周圍街坊不喜歡邱國勇，讓邱大奎和他女兒也連帶遭人白眼。」

「那妳呢？」花崇問。

孟小琴微怔，似是沒聽懂，「我什麼？」

「妳怎麼看邱家父子？」

「我與他們接觸不多。」孟小琴目光往下一瞥，像意識到了什麼，很快抬起眼，「我平時工作很忙，少有機會見到他們。他們家的事，我也是回家之後聽我父母講起才知道的。」

花崇平靜地與孟小琴對視，話家常似的道：「邱大奎說妳是道橋路的名人，追妳的人可不少。」

孟小琴眼睫顫了顫，露出矜持、羞赧以及些許自得的神情，「沒有的事。」

花崇話裡真真假假，「不要謙虛，邱大奎說了，妳優秀、有本事，特別會賺錢，誰如果能討到妳當媳婦，下輩子打光棍都願意。」

孟小琴輕微蹙眉，「他這麼說？」

「對啊。殺邱國勇這件事他已經後悔了，說自己糊塗，喜歡妳很久，卻來不及跟妳告白。」

孟小琴唇角小幅度地扯動，眼瞼下垂，一時沒有答話。

花崇自始至終盯著她，過了幾秒，問：「反正我今天也來了，孟女士，如果妳有什麼話想對他說，我可以代為轉達。」

孟小琴立即搖頭，臉上的笑容像一副生硬的面具，「沒有，我和他確實不熟，我只是為他的行為感到遺憾而已。」

花崇停頓片刻，話鋒一轉，「上次我們到妳家取物證，和妳父母、弟弟產生了一些誤會，他們之後還在生氣嗎？」

「那件事實在是不好意思。」孟小琴歎氣，「我父母沒受過什麼教育，弟弟也不懂事，給你們添麻煩了。」

「是我們給你們家添了麻煩。」花崇笑著，「其實我今天來，還想跟妳瞭解一下荒地女屍那個案子的情況。」

「那個案子什麼時候能破呢？」孟小琴分毫不亂，「聽說考古基地那邊前幾天也發現了一具屍體，是個小夥子無意間挖出來的。道橋路的鄰居們說，受害者都是年輕女性，說不定有殺人魔在我們這一區遊蕩。我工作忙，經常加班，這陣子走著夜路，心裡很忐忑。」

「放心，我們一定會逮到凶手，還大家一個安寧的生活環境。」花崇打著官腔，「不過現在關於凶手的線索很少，我們只能撒大網，各處排查，我今天不就來找妳了嗎？」

孟小琴不解，「我能幫上什麼忙嗎？」

「嫌疑人將某個物證藏在你們家後牆的磚縫裡，我們現在有兩個推測，一是嫌疑人找到你們家純屬隨機行為，二是嫌疑人是有意為之。」花崇語氣誠懇，擔憂而認真地看著孟小琴，「前者暫且不論，如果是後者……孟女士，妳和妳的家人最近有沒有和什麼人產生過節？」

孟小琴蹙眉沉思，半晌後道：「我自己沒有，但我父母和弟弟是什麼情況，我就不太清楚了。您知道，我在家的時間很少。」

「那他們秉性如何？」花崇雙手交疊，「妳可以簡單跟我描述一下，我稍有瞭解就行。」

「唔……」孟小琴沉默一陣，「抱歉，我實在想不出他們與道橋路的其他居民有什麼不同之處。我猜，嫌疑人找到我們家，應該是隨機行為吧。」

「妳的意思我可不可以理解為——妳父母的行事方式正是道橋路居民的典型行事方式？」

「可以。」

「那我再問一句。什麼是道橋路居民的典型行事方式？」

孟小琴眼色一深，隱約露出幾分鄙夷與厭惡。

花崇注意到她的手指不安地絞在一起，但這個小動作並未持續太久。

「就是富不起來的人的通病吧。」孟小琴略顯無奈道：「膽小怕事，斤斤計較，害怕付出，盼望一朝暴富，喜歡抱怨，習慣性推卸責任，見不得別人過得比自己好……」

花崇一下子就想到了那四位在汙水溝邊八卦徐玉嬌與邱家媳婦的婦人。

孟小琴與花崇目光相觸，瞳孔一縮，似乎將剩下的話咽了下去，難堪地笑了笑，「我的父母就是那樣，無知小民。不過他們也沒做什麼傷天害理的事，平時接觸的人不多，一直在道橋路生活，應該沒與外面的人產生什麼瓜葛。所以我覺得，嫌疑人選擇我們家只是隨機而已。」

花崇點點頭，看似自語，「那嫌疑人有沒有可能就居住在道橋路？」

孟小琴頸部的線條微不可查地一緗。

花崇假裝沒有看見孟小琴的失態，輕鬆一笑，「對了，妳平時有什麼愛好嗎？」

「愛好？」

大約沒想到花崇會突然換話題，孟小琴的眼神有些茫然。

「女孩子多多少少都有些愛好吧，逛街、收集漂亮小玩意兒什麼的。」

孟小琴眸光輕輕一黯，苦笑：「工作太忙，回家只想睡覺，沒有精力想其他事。」

「那倒是。」花崇讚許道：「趁年輕多拚一拚，你們五星級酒店經理的工資高，幹幾年就可以買房了。噢，說起這件事我想起來了，打算什麼時候搬出道橋路呢？」

「這……」孟小琴略顯不悅，「花先生，這和案件沒有關係吧？」

「當然沒有。該瞭解的我已經瞭解了，剛才就是閒扯了兩句。現在這個社會，大家最關心的不就是房子、車子、錢、房子嗎？」花崇笑道：「私事不方便回答沒關係。」

孟小琴手指收緊，別開視線，「我們家暫時還沒有買房的打算。」

「這樣啊。」花崇起身，看了看錶，「不好意思，冒犯了。時間好像差不多了，妳得開始下午的工作了吧？」

孟小琴也站起來，唇角是揚著的，但眉間的黯然卻沒有立即消去，公式化地笑著：「以後有什麼需要我做的，儘管聯繫我。」

◆

回市局的路上，花崇一邊開車一邊梳理孟小琴剛才的反應，車開得很慢。快到市局時，手機突然響了，「柳至秦」三個字在螢幕上一閃一閃。

他接起來，「怎麼了？」

『花隊，你在哪裡？什麼時候回來？』

「馬上就到，發生什麼事了？語氣這麼急。」

柳至秦道：『我發現那個寄北邙山明信片給唐蘇的人了。』

「這就是『一顆芹菜』的微博？」花崇迅速趕回市局，路上走得太急，出了些汗，此時已經脫掉外套，襯衫的衣袖挽到了手肘。

螢幕上，是一個頭像全黑，名字為「hqudyxkfmkaidhe」的用戶主頁，其關注、粉絲、貼文數均顯示為零，背景為初始默認背景，看不出任何資料。

「怎麼找到這個微博的？」花崇問。

「唐蘇經常用她書房的那台筆記型電腦訪問這個主頁，上面的痕跡很容易提取。」柳至秦在鍵盤上敲擊數下，一串代碼在螢幕上閃過，「平均每週一次，只去看一看，不留言，也不傳私訊，最後一次訪問是去年十二月三十一號。h——我們暫且叫這個用戶為h——註冊的時間是七年前，清空微博的事件發生在四年前。」

「四年前？具體是什麼時候？」

花崇警惕起來，「一顆芹菜」的北邙山明信片正是四年前寄給唐蘇的，而唐蘇目前的微博則註冊於四年前的十二月。

「徹底清空是九月二十三號，不過之前陸陸續續也刪了不少關注和微博。但即便在後臺刪除了，上網痕跡也無法完全抹除，我暫時還無法大規模復原，不過在已刪除的私訊裡找到了一個用戶傳送的收信位址。你看，就是這一條。」

「函省洛城市明洛區棲山居C區九棟，這不是唐蘇的家嗎？」

「對，結合私訊裡的其他對話，我可以確定這個叫『海潮驟逝』的用戶就是我們一直在尋找的，唐蘇以前的微博帳號。」柳至秦說：「這條含有地址的私訊傳送時間是四年前的五月十九日，而明信片上的郵戳時間是五月二十三日，所以這一定是h在微博詢問哪些人需要明信片時，唐蘇傳過去的。」

花崇沉思數秒，「我看看『海潮驟逝』的主頁。」

「在這裡。」柳至秦敲著鍵盤，「我已經去看過了，她微博發得不少，最後一條發自四年前的十二月二號，九天之後，她就註冊了新帳號。」

「為什麼要換帳號？」花崇走了兩步，「h在九月清空微博，唐蘇十二月註冊新帳號，這其中有什麼關聯嗎？」

「可能只是忘記用戶名稱和密碼了。她在新帳號的某一條評論裡說，自己以前有個帳號，一直是自動登入，後來換了設備，就死活都登不進去了。四年前還沒有實行實名制，如果單是忘記密碼還好，連註冊信箱也一併忘記的話，那確實不太好找回。」

花崇回到桌邊，單手撐在桌沿，「沒有實名制，是不是就沒辦法確定這個h在現實中的身分？」

「確實如此，不過我已經鎖定了h當年的登入IP。」

花崇眼前一亮，「在哪裡？」

「就在洛城。」柳至秦笑了笑，「再具體一點，在洛城市富康區道橋路。」

「花隊，製作這張明信片的廠商找到了！」李訓急匆匆地從檢驗科跑來，進門時險些與張貿迎頭相撞。

「慢一點，訓哥。」張貿扶了他一把，「高興成這樣，中彩券了？」

「去去去！花隊呢？」李訓急不可耐。

「跟小柳哥在隔壁會議室聊案……」

李訓拔腿就跑，「砰砰砰」砸著會議室的門，興奮至極，「花隊！花隊！花……」

門從裡面打開，花崇站在門邊，亦很是激動，剛才柳至秦的發現讓他吃了一顆定心丸——網路這條路沒有走錯！

「花隊，你看！」李訓一把將報告塞進花崇懷裡，「製作明信片的廠商找到了！就是這家！『一顆芹菜』沒在網路上尋找訂製賣家，她是在當地找的小作坊！」

花崇翻閱著報告，看得非常仔細。痕跡鑑定是一門枯燥而有趣，且必不可少的技術，專業的檢驗師能透過一張明信片的用紙、油墨、裁剪等細節確定出自什麼機器，找到製作這種機器的廠商，再從銷售記錄中找到下家，最後鎖定是哪一家印刷工作室。

翻到報告的最後一頁，花崇的手頓住了，眼中的光一縮，「這張照片是……」

「是印製這張明信片的工作室提供的！照片裡的這個人，是不是就是那天我們在東裡巷遇見的女人？」

聞言，柳至秦也趕了過來。

照片是傳真列印的，不太清晰，但已夠判斷正是孟小琴本人。

花崇既興奮又不解，「她怎麼會拍這種照片？」

照片裡的孟小琴比現在看上去青澀，一身戶外裝，剪著短髮，沒有化妝，對著鏡頭抿唇而笑，眼中的欣喜難以掩飾。她像拿扇子一樣捧著十來張印好的明信片，旁邊站了三名笑得開懷的年輕人。

「他們是這個小作坊的老闆，剛畢業的大學生，歷史愛好者。」李訓說：「四年前，他們看中了北邙山的旅遊潛力，合夥在北邙山腳下的頭山鎮開了一家類似慢速郵局的小店，賣自製紀念品、飲品，也接受客人訂製。這個人說……」

李訓指了指照片中左邊的第一位男子，「他說，她是最早光臨他們小店的顧客之一，所以取貨那天，大家一起和做好的明信片合了照。」

「但她為什麼沒有在這個店寄明信片？」柳至秦問：「如果是從這家店寄出，明信片上應該有這家店的地址。」

「這我就不清楚了。」李訓說。

「很好理解。她急於寄出這些明信片，頭山鎮偏僻，從這家店寄的話會耗費更多時間。」花崇說：「做完明信片，她的假期差不多也結束了，得回歸工作，於是親自帶著明信片搭大巴到鄭市，在那裡投寄明信片，最後乘飛機或火車回到洛城。」

「不過我還有很多事想不通。」李訓一心撲在痕檢技術上，對案件本身的瞭解並不深，「這張明信片和徐玉嬌、唐蘇的死有什麼關係嗎？照片上的女人為什麼會寄明信片給唐蘇？就算寄了明信片，也無法說明什麼吧？」

「關係大了。」花崇輕笑一聲，拍了拍李訓的肩，「熬夜了吧？眼睛像哭過似的，趕緊去休息，這次你們檢驗科幫了大忙。」

李訓長舒一口氣，精神一上來，哪管有沒有熬夜，眼睛就算像哭過，那也是亮堂堂的，「休什麼息啊，案子都沒破。我回去待命，有事隨時叫我。」

李訓一走，花崇立即將重案組尚在市局的組員叫到會議室，並讓曲值去B.X.F酒店請孟小琴。

曲值是真的沒想到孟小琴與案子有關，但花崇找到的明信片、柳至秦鎖定的IP地址、檢驗科核實的印刷資訊已經證明孟小琴與唐蘇的關係非同一般。

「我中午已經和孟小琴聊過，但是那時我沒有她認識唐蘇或者徐玉嬌的證據。」花崇握著一支筆，一邊說一邊在筆記本上寫寫畫畫，「她的一些反應不大正常。」

柳至秦心領神會：「她很冷靜，看上去完全不緊張？」

「對，她太冷靜了。」花崇道：「我好歹是個重案刑警，去她工作的地方問她案子相關的事，雖然是穿便衣，但也不該一點壓力也讓她感覺不到吧？普通人面對刑警，多少該有些心理波動，但她沒有，很公事公辦的態度，這不正常。」

「我聽說上次你們去她家取物證，她催促過你們儘快找到凶手？」柳至秦問。

花崇眼尾一揚，知道對方又和自己想到同一件事了，「加上今天，她已經兩次強調『她工作很忙，經常很晚才回家，擔心也被凶手所害』了。這很刻意，給人一種很積極站在被害人一方的感覺。而且她說自己很忐忑，這一點我沒看出來，就好比一個人說自己很努力，但是『努力』只停留在口頭。」

「這你們都看出來了？」張貿驚訝，「去取物證時我也在，我怎麼沒注意到那麼多？」

「當時線索零散，沒人會懷疑孟小琴。」花崇說：「我是後來梳理線索，才漸漸發覺她的反應不合常理。」

「我也是。」柳至秦輕聲道。

「再來，我跟她提到了凶手將某個物證藏在她家磚縫裡的事，並告訴她有兩種可能——凶手隨機，凶手有意。」花崇繼續道：「她竟然能理性地和我分析，得出『凶手是隨機選擇在她家藏物證』的結論。」

「她自己可能沒注意到在這裡邏輯錯亂了。」柳至秦說。

張貿聽傻了，「什麼邏輯錯亂了？什麼意思？你們慢一點，我沒聽懂！」

「凶手把物證藏在你家的磚縫裡，你的第一反應難道不是忐忑、恐懼、不安？」花崇問：「我是故意提到『隨機』和『有意』兩種可能，目的就是要看她的反應。正常人一定會害怕、疑惑，這導致的結果就是認為凶手有意選擇自家。就算不那麼害怕，也不會第一時間和我理性分析，判斷凶手選擇了她家是隨機行為。這種『理性』很刻意，但她自己察覺不到，所以剛才小柳哥才說她邏輯錯亂。她告訴我們她很害怕，但真正害怕的人，更會選擇『凶手有意』這一個可能，並疑神疑鬼地思考自己和家人到底得罪了誰。」

張貿搓著頭髮，「花隊、小柳哥，你們太厲害了。」

柳至秦看了花崇一眼，很淺地笑了笑。

「但她的冷靜沒有保持到最後。」花崇往下說，「後來我們說起道橋路居民的典型性格特徵，她突然變得激動，字句之間，我能感覺到她對家人、鄰居的不滿，甚至是嫌惡。那種情緒是出自本能的爆發，好像在這之前已經長時間地壓抑在心頭。而此後，我問她有什麼興趣愛好，她的神情一下子就黯淡了，目光也跟著挪開，不願意與我對視，似乎這個平常的問題對她來說極難回答。我再故意提到工資、收入，問她什麼時候打算和家人一起買房，她的表情又變得窘迫、難堪，其中不乏憤怒。」

「她不願意聊這些。」柳至秦道：「對她來說，這些可能都是她難以啟齒的傷疤。」

張貿：「我還是無法想像是她殺了唐蘇。」

「不要將主觀情緒、個人好惡帶進案子裡。」花崇說：「她有作案動機。」

◆

「花先生，我們中午剛見過面。」孟小琴被帶到市局刑偵分隊，看似從容地微笑，唇角的線條卻隱約有些僵硬，「我記得您說過該問的都已經問了，怎麼突然又把我叫到警局來？」

花崇開門見山，「前幾天有人在洛西考古基地附近發現一具女屍，妳知道的。」

「是，挖出屍體的地方離我們道橋路很近，很多人都在議論。」

「那妳知道她姓什麼名誰嗎？」

孟小琴眉間輕微一擰，似乎正在快速思考這個問題。

幾秒後，她說：「我聽人家說，死者姓唐。」

花崇不發一語地看著她。

唐蘇的屍體發現至今，警方並未對外公布唐蘇的姓名，但連日調查，唐蘇的姓實際上已經被部分的人所知。孟小琴住在道橋路，知道死者姓唐並不奇怪，她若是否認才顯得可疑。

很明顯，她剛才擰眉思考的並非「死者叫什麼」，而是「該不該說出死者的姓名」。思考的結果，無懈可擊。

但思考本身，卻疑點重重。

花崇又問：「只知道她姓唐？」

「你們……」孟小琴說著，看了看花崇和坐在另一邊的柳至秦，「你們這是懷疑我做了什麼嗎？道橋路有人去看過屍體，但我工作很忙，白天不在家，除了死者是位年輕女性、姓唐之外，其他都不知道。」

柳至秦問：「那妳認識一位叫『唐蘇』的人嗎？」

聽到那個名字時，孟小琴瞳孔驟然一緊，慌亂的神色盡數落在花崇眼中。

「我……」她放在桌下的手緊緊拽在一起，手心出汗，似乎正用盡全力讓自己冷靜下來。

「不認識。」半分鐘後，她說。

「我再問一遍。」花崇說：「妳認識死者唐蘇嗎？」

孟小琴咽了兩次唾沫，脖頸的線條收緊。

「員警先生，你們什麼意思？」孟小琴聲線一提，「我與案子毫無關係，你們這麼逼問我沒有任何道理。」

「孟小琴，妳認識唐蘇。」花崇拿出兩個物證袋，一併往孟小琴面前一推，「不僅認識，四年前，妳還寄過一張自製的北邙山明信片給她。」

偵訊桌上，擺著從唐蘇家相框取來的明信片，和頭山鎮小作坊提供的孟小琴的照片。

孟小琴的神情一瞬間變得驚異至極，恐懼與詫異全凝結在眼中。她捂住嘴，手指不停地發抖，肩膀亦一起一伏。

「妳認識她。」花崇說：「明信片上的『一顆芹菜』就是妳。」

孟小琴眼眶突然泛紅，眼中盈滿眼淚，難以置信地看向花崇，顫聲道：「唐、唐蘇就是『蘇蘇』？就是『海潮驟逝』？她、她就是被害者？」

柳至秦瞇起眼，神色凝重。

「我不知道！」孟小琴說著抬手扶住額頭，不停搖頭，淚水順著臉龐滑落，大滴大滴落在桌上，「居然是她……怎、怎麼會是她！」

花崇察覺到了異樣，卻只能繼續往下問：「妳在明信片裡寫著『蘇蘇』和她的家裡地址，但不知道她叫唐蘇？」

「她沒有說過她的姓名。」孟小琴擦著眼淚，深呼吸幾口，像是在消化突如其來的噩耗，「我們幾年前在微博相識，她的ID叫『海潮驟逝』，我很喜歡她拍的照片，與她聊了幾句後因為很投緣，就互相關注了。她告訴我她叫『蘇蘇』，那時我們都叫她『蘇蘇』。我不知道她姓唐，也不知道『蘇』是她真名中的一個字，還是單是網路名稱。我已經很久沒有與她聯繫過了，真的沒想到她會、她會被人……」

孟小琴又開始抽泣。

那悲戚的模樣讓人覺得她不僅是為朋友的遭遇而感到悲傷，亦是害怕同樣的慘劇發生在自己身上。

但這一幕看在花崇眼裡，卻非常詭異。

得知一個早已失去聯繫的網友去世，正常人的確會震驚，繼而悲傷，但情緒激動到當場落淚、聲線顫抖的，卻少之又少。

更何況，這是警局。

花崇問：「妳寄送明信片給唐蘇時，就知道妳們同在一座城市。既然妳們很投緣，在那之後都沒有約出來見面嗎？她呢？她知不知道妳也在洛城？」

孟小琴呆坐片刻，似乎勉強整理好了心情，搖頭，「我沒有告訴過她我也在洛城，當然也沒有見過面。」

「為什麼？妳送她明信片，她沒有回禮？」

孟小琴咬著唇，眼中迅速掠過一種近似怨恨的暗光。

「沒有，我、我……我不敢告訴她我也在洛城，她沒有寄明信片給我過。」

「據我所知，四年前互相寄風景明信片很流行，既然妳寄給她了，她沒理由不寄給妳。」花崇問：「妳為什麼不敢告訴她妳和她都在洛城？」

「我很自卑。」孟小琴的聲音忽然變得出奇平靜，「我一看她的住址，就知道她是有錢人。她住在棲山居，是洛城有名的別墅區。我呢，我住在道橋路，洛城最落後的地方。網路就像一面濾鏡，我躲在後面，可以掩藏我的出生、家世，可以和像蘇蘇那種住在別墅裡的人做朋友，但是回到現實中，沒了那面濾鏡，我就只是個住在道橋路平房裡的窮女人。」

孟小琴歎氣，苦笑，「我不敢告訴她我的地址，更不敢和她在現實裡見面。員警先生，你們知道嗎？自卑其實是另一種自尊，我實在是沒有勇氣撇開網路的偽裝，去見她這樣的人。」

「妳在明信片裡寫到，北邙山之行是妳第一次出門旅遊。」花崇道：「後來呢？還去了什麼地方？」

「沒有了。」孟小琴低下頭，沉默幾秒才開口：「後來我工作越來越忙，根本抽不出時間旅行。而且即便是窮遊，花的錢也不少，我手頭並不寬裕。」

「四年前妳刪掉了微博，還把微博名稱改為一串意義不明的字母。為什麼？」

孟小琴垂著頭，眼睛被額髮與睫毛的陰影擋住，「也沒有什麼特別的原因。玩微博其實很浪費時間，我又忙，久而久之覺得沒意思，就刪了微博、關注、粉絲，後來沒再上過。」

「妳知道唐蘇換過微博嗎？」

「不知道，自從我不再玩微博後，就沒再聯繫過以前的網友。」孟小琴抬起眼，看向花崇：「我不知道你們為什麼會懷疑我，我寄明信片給蘇蘇已經是四年前的事了。僅憑這張明信片，你們就認為我與她的死有關？我跟她無冤無仇，為什麼要殺她？」

花崇不為所動，「今年一月四號晚上，妳在哪裡？」

孟小琴咬著下唇，苦笑，「兩個多月前的某一天，讓你們回憶，你們記得起來自己當時在哪裡嗎？」

「那好，不說兩個多月前，就說前不久。」花崇又問：「三月十三號，週五晚上，妳在哪裡？」

「我下班後就回家了。」孟小琴眼神躲閃，鼻尖上的汗珠在燈光下異常明顯，「一直在家裡。」

「有誰能夠證明？」

「我的家人。」

「家人」兩字，孟小琴發音極輕，幾乎是用氣音說出來的。

◆

「搜查令已經申請下來，曲值帶人去孟小琴家了。」

花崇有些唏噓，當初剛開始查徐玉嬌的案子時，重案組就去過一次孟家，但那次僅是依桑海的說辭從磚縫裡取出刀具。

露臺風很大，他抽出一根菸，點火點了半天沒點燃。

柳至秦擋在他身旁，攏起右手擋住風，「孟小琴很狡猾，曲副隊不一定能搜出關鍵證據。」

「你確定是她了？」花崇吐出白煙，虛眼靠在欄杆上。

柳至秦也靠著欄杆，「案子查到現在，我沒發現比她更有疑點的人。花隊，你發現沒？從我們拿出明信片後，她就開始『演戲』。」

「從我拿出北邙山的明信片和頭山鎮小作坊裡的合照開始，她的情緒就徹底變了。」花崇抖了抖菸灰，「她在竭力隱藏某種恐懼。」

柳至秦說：「她反應很快，而且很會演戲。看到明信片和照片時，她的第一反應明明是震驚與不解，但她居然很快就將這些強烈而矛盾的情緒轉化為悲傷。」

「悲傷得過了頭。」花崇說，「她的肢體語言和神態都說明，她非常緊張。這點我覺得很奇怪，中午我去見她時，她根本不是這種狀態。」

「但不得不說，她的應變能力很強。」柳至秦道：「要是換一個人，恐怕根本沒辦法像她那樣迅速開始演戲。她那些震驚、驚恐只能用誇張的悲傷壓下去。」

「她好像完全沒想到我們找到了明信片。」花崇思索，「但那是她送給唐蘇的東西，我們找到並不奇怪，她為什麼會那麼驚訝？好像這一切徹底出乎她的意料，是她的計畫裡絕對不該有的一環。」

「這點我也想不通，但這恰好說明了這張明信片就是破案的關鍵。在我們注意到這張明信片時，就已經拿到了最重要的鑰匙。而且刪微博這件事，一定不像她說的那麼簡單。」

「我們以前不是討論過嗎？凶手不擔心我們排查被害人的人際關係，因為無論怎麼查，都查不到凶手頭上來。」花崇抖了抖菸灰，「孟小琴剛才的反應給我一種感覺——她認定這張明信片早就不存在了，即便存在，我們也不會查得這麼細，順著發現她與唐蘇在網路上的關係。反過來思考，只要我們發現這張明信片的祕密，她就會暴露，所以她剛才才會那麼失態，並且不得不以誇張的悲慟去掩飾那種失態。」

「如果她這麼想，就有兩個可能。」柳至秦分析道：「第一，她認為唐蘇已經丟掉了這張明信片。第二，唐蘇雖然沒有丟，但明信片放在一堆不起眼的物品裡，我們就算看到了，也絕對不會留意。在這兩種可能之下，她都能如願以償隱藏自身。但事實上，唐蘇不僅沒有丟掉明信片，還把它裝在相框裡，放在書桌上。」

「唐蘇很在意這張明信片，或者說唐蘇在意的不僅是明信片，更是孟小琴。」花崇看著鋼筋水泥構築的城市輪廓，喃喃自語，「孟小琴為什麼篤信這張明信片早就不存在了？」

「孟小琴剛才說了一句話，她很自卑。」

「嗯？」

「她會不會認為，自己那一張明信片無足輕重？」

花崇撐著下巴，「已經過去四年，她誤以為唐蘇早就扔掉了這張明信片。由此一來，她唯一留在唐蘇那邊的痕跡也被抹得乾乾淨淨。」

「所以她才會自信地認為不管我們怎麼查，都查不到她身上。」

說到這裡，花崇的手機突然響了起來。

「我去一趟醫院。」掛斷電話後花崇說：「邱薇薇哭鬧不止，差點從病房的窗戶跳出去。」

◆

花崇趕到醫院時，醫生已經幫邱薇薇注射了鎮定劑。小女孩缺乏生氣地縮在床上，兩眼無光，眼皮紅腫，臉上的淚痕尚未乾去。

「她的情況很不好，完全不配合治療，一直哭鬧說想見『爸爸』和『爺爺』。」醫生說：「這幾天精神越來越差了。」

「她想見『爺爺』？」花崇皺眉，「她不知道邱國勇已經……」

「她知道，都知道。但她有時候神智不太清醒，想不起家裡發生的慘劇。」醫生一頓，試探著問：「孩子年齡太小，精神上又受到極大的創傷，如果沒有家人陪護在旁，恢復起來會非常困難。花隊，有沒有可能讓她見見邱大奎？」

花崇當即搖頭，「不行。」

醫生倒也理解，歎了口氣，「孩子造孽啊。這家人真是……算了，不說這個了。花隊，我這裡還有件事得跟你說。」

「您講。」

「邱薇薇經常念著『蘋果』，護士起初以為她想吃蘋果，但幫她削好了她也不理。後來我猜她說的可能是蘋果手機或者平板電腦，但問過她好幾次，她都不吭聲。你們如果在她家裡找到一個 iPhone 或者 iPad，要不是特別重要的物證就幫她拿來吧。小孩子都喜歡這些東西，給她消磨消磨時間也好。」

「蘋果？」花崇略一回憶，並不記得曾在邱大奎家找到過 iPhone 和 iPad。

「我去跟她聊聊。」花崇說。

邱薇薇低頭摳手指，不言不語，像個安靜的布娃娃。

花崇搬了一張椅子坐在床邊，嘗試與邱薇薇說話，邱薇薇半點反應都沒有。

過了十來分鐘，花崇拿出自己半舊不新的蘋果手機晃了晃。

邱薇薇睫毛一顫，目光頓時亮起來，細聲細氣地「啊」了一聲，怯懦地伸出手，想拿，卻又不敢。

她眨著眼，小心翼翼地看向花崇。

「想要它？」花崇的語氣前所未有地柔和，再次晃了晃手機。

邱薇薇點點頭，畏懼又可憐的模樣引人心頭泛酸。

花崇深吸一口氣，問：「薇薇喜歡蘋果？」

「喜歡。」邱薇薇聲音很小，比蚊鳴還細。

花崇替手機解了鎖，遞到邱薇薇手裡，又問：「為什麼喜歡？」

邱薇薇在手機螢幕上點了點，「我也有一個，春節前爺爺買給我的。」

花崇一驚，邱國勇會買 iPhone 或者 iPad 給邱薇薇？這……

邱薇薇盯著手中的 iPhone 看了很久，卻沒有點開任何一個應用程式。她抬起頭，用力吸了吸鼻子，將 iPhone 還給花崇，乞求道：「叔叔，你能不能把我的蘋果還給我？」

「叔叔沒有拿薇薇的蘋果。」花崇說：「告訴叔叔，蘋果在哪裡？」

「在、在楊小歡家裡。」

邱薇薇說完就哭了，花崇耐著性子再詢問，才知道在案發之前，她將邱國勇買的 iPad 借給了一位叫「楊小歡」的同學，這個楊小歡也住在道橋路。

難怪之前搜查邱家時沒有發現。

「叔叔一定會幫薇薇找回來。」花崇輕輕拍了拍邱薇薇的頭，幫小女孩擦乾眼淚，心中仍是不解。

邱家沒有多少值錢的東西，邱國勇自己用的是幾百塊的老人機，邱大奎用的雖是智慧型手機，但也只是幾千塊的低端機。

邱薇薇所說的 iPad 如果真的是邱國勇所買，那在邱家毫無疑問算是「奢侈品」。可照邱大奎的說法，邱國勇在錢上從來都是斤斤計較，這些年與街坊鄰居會發生糾紛，多數也是因為爭那幾塊幾毛錢。這樣的人，會花「大錢」買 iPad 給孫女？

「謝謝叔叔。」邱薇薇怯生生地說：「那是爺爺送給我的禮物，爺爺說很貴，千萬不能弄丟，丟了會打我。」

花崇想，這倒是邱國勇會說的話。

邱薇薇輕聲啜泣，「爺爺很壞，他走了，不會再打我了。但是、但是……」

後面的話花崇沒聽清楚，邱薇薇哭得越來越厲害，醫生不得不暫時將花崇請出去。

離開醫院，花崇第一時間打電話給道橋路派出所，讓所裡派巡警去楊小歡家裡取邱薇薇的 iPad。還未交待完，手機裡又傳來新來電的提醒音。

是柳至秦。

花崇不得不長話短說，結束與派出所的通話，立刻回撥給柳至秦。

『花隊，有新發現！』柳至秦的聲音比平時多了一絲興奮，『唐蘇和徐玉嬌是被人引誘到案發現場的！』

◆

孟小琴的父母、弟弟已經被請到刑偵分隊，重案組的隊員正在分別向他們瞭解情況。

「她在家裡啊，還能去哪裡？」孟小琴的母親陳巧慫眉慫眼地瞄張貿，枯燥乏味又貧乏困窘的生活在她的神情裡刻下無法抹去的鄙陋與一驚一乍，「哎呀！難不成她惹了什麼麻煩？這不關我們的事啊，我不知道她在外面做什麼。」

張貿非常不願意面對這位婦人，她可以說是道橋路一個誇張的縮影，那裡的一切陋習與低劣在她身上成倍放大，似乎靠得近一點，都能聞到一股難以形容的惡臭。

「妳仔細回憶一下，今年孟小琴有沒有哪一天晚上下班回家之後，又獨自外出。」

「這我哪記得清楚啊？記不得了，記不得了，你們不要問我這個老婆婆，我一輩子沒做過虧心事，孟小琴幹了什麼，你們去問她。」

「這一家人也算是『不是奇葩不聚頭』。」張貿從偵訊室裡出來，恰好碰見趕來幫忙的徐戡，兩人湊在一起聊了一會兒，都不禁唏噓。

「陳巧一口一個『不關我的事』，孟強一問三不知，孟俊輝東拉西扯，總結下來就是一句話——孟小琴的事，我們不知道。孟小琴攤上這種家人，還真是……」

後面那個詞徐戡沒說，但張貿知道，他想說的是「可憐」。

重案組的刑警不會可憐嫌疑人，但法醫的心終究柔軟不少。

張貿抹一把臉，正準備回重案組辦公室，忽見花崇匆匆忙忙地跑上樓。

「呂洋上次提供的名叫『華夏年輪』的網站，我在上面找到了唐蘇和徐玉嬌的發言。」柳至秦將自己的手機遞給花崇，「有人在去年十二月二十九號發過一篇文，聲稱可以帶人去洛西貴族墓，回應寥寥無幾，只有四條是詢問『如何帶』的。透過IP及設備查詢，唐蘇正是這四名回應者之一。三月九日，同樣的主題貼文再次出現，這次的回應裡有徐玉嬌。我已經將發文者與唐蘇、徐玉嬌的私訊全部抓取出來了，一月四號、三月十三號，她們正是被這名發文者騙至道橋路的。」

「那發文者呢？」

「發文者使用國外『肉機』隱藏了真實IP。」柳至秦一頓，「花隊，和我們預料的一樣，凶手已經有了新目標。」

「洲盛天城市場部經理？」花崇盯著螢幕，「她就是凶手的下一個目標？」

「很有可能。」柳至秦點頭，「羅湘，三十歲，酷愛旅遊，微博上全是出境遊風景照。時間有限，我只查到她是萬喬地產老闆的侄女，身分雖然是萬喬旗下洲盛天城的經理，但只是掛職，並不管事。她的年齡、喜好，甚至是家庭條件都與唐蘇、徐玉嬌相似！唐蘇還關注了她，但她沒有關注唐蘇。」柳至秦說著打開羅湘的微博，「看，她有三萬粉絲，比唐、徐兩人多得多，微博內容也更加豐富。我猜，在時間與經濟上，她比唐、徐更加寬裕。」

「她也喜歡歷史？」花崇滑動滑鼠，迅速瀏覽，漸漸皺起眉頭，「她不像是對歷史感興趣的人啊。」

「這一點她與唐蘇、徐玉嬌不一樣。」柳至秦說：「她只是喜歡旅遊而已。」

花崇灌了幾口水，沉默半晌，「如果連她都成了凶手的目標，那就說明，在連續殺害兩人後，凶手的心理已經發生了極大的變化。凶手越來越扭曲，急切地想在殺人中汲取快感，最初擬定的殺人條件被放寬，目標是否對歷史感興趣已經不再是凶手的條件之一。」

「還有一種可能。」柳至秦補充道：「現實給予凶手的壓力越來越大，凶手漸漸承受不住，必須以殺害唐蘇這一類的女性來緩解。因為短時間內找不到，所以羅湘這種不太像的也成了目標。」

花崇一掌拍在桌上，緊皺起眉。

「凶手在微博上窺視目標，卻不敢用微博聯繫目標。目前凶手只有一種途徑誘騙受害者，那就是通過『華夏年輪』。而羅湘不愛歷史，不可能出現在『華夏年輪』裡，所以凶手暫時只能躲在暗處觀察她，而無法立即採取行動。但如果給凶手時間，凶手一定有辦法像誘騙唐、徐一樣誘騙羅湘。」柳至秦語氣一緩，「好在現在我們已經控制了孟小琴，她不可能再去害羅湘。」

花崇眸光一縮。

他與柳至秦不同，柳至秦認定孟小琴就是凶手，控制孟小琴便等於控制了凶手。但他是重案組的隊長，不得不考慮更多可能，並做最壞的準備。

萬一凶手另有其人，那這個羅湘豈不是仍處在危險中？

柳至秦似乎看出了他的心思，將另一台筆記型電腦推過來，從容地道：「花隊，剛才忘了說，我是復原了孟小琴電腦上已經刪除的痕跡，才發現羅湘是她的下一個目標。另外，通過痕跡復原，我還發現她曾長期瀏覽『大唐小蘇』、『長安九念』這兩個微博。」

花崇不由得睜大眼。

柳至秦繼續道：「她能刪除痕跡，我就能復原痕跡。她會用『肉機』當跳板，我便可以從她的電腦查起，找到她在『肉機』上留的後門。她就是那個在『華夏年輪』上隱藏真實的IP發文，引誘唐蘇和徐玉嬌的人，我已經拿到了證據，凶手不會是其他人！」

花崇頓覺血液翻滾，激動得莫名其妙。

柳至秦那台加裝了特殊系統的電腦上閃動著看不懂的代碼，不知正運行著什麼程式。他曾經將槍與子彈作為自己的武器，而對柳至秦來說，武器是電腦與萬千程式。

突然，柳至秦站起身來，笑道：「花隊，查到羅湘時我就在想，我們可能與這案子有些緣分。」

花崇回過神來，「嗯？」

「那天晚上，我們不就是在洲盛天城旁邊遇見的嗎？」柳至秦說：「聽說今年底，新的購物中心就會開業了。」

花崇想起來了。當時柳至秦還說過，建築修築之時是最有魅力的。

「先不說這個。」花崇咳了兩聲，「你為我梳理一遍詳細情況。」

柳至秦眸光不易察覺地一深，旋即道：「行。」

「花隊，監視器調出來了。」袁昊風風火火地趕到重案組，「三月十三號，孟小琴晚上八點十一分離開B.X.F酒店，九點三十二分出現在道橋路東裡巷的監視器裡，這個時間與她平時的下班時間出入不大。我問過張貿了，現在沒人說得清在徐玉嬌遇害的時間段裡，孟小琴在哪裡，她沒有不在場證明。另外，一月四號的監視器查不到，但我們在她工作的酒店打聽到一件事。四號這天，她以感冒發燒為由，在下午兩點左右請假離開。」

花崇問：「請假？有記錄嗎？」

「有！孟小琴的同事說她極少請假，共事多年只見過她通宵加班，沒見過她早退請假，所以記得特別清楚。」袁昊說，「對方還找了當時的病假單給我們看，上面有孟小琴的簽名，時間確實是一月四號。唐蘇遇害時，她也沒有不在場證明！」

第七章　渴望成為飛鳥的青蛙

「那天我生病了，頭痛得很，咳嗽不停，非常影響工作，只能請假。」孟小琴坐在偵訊室，兩眼木然，臉色蒼白，眉宇間有種強撐出的氣勢，「你們可以查我的健保卡。離開酒店後，我去附近的藥店買了一百來塊的藥，都是治療感冒發燒的。」

「據妳的同事說妳工作多年，幾乎沒有請過假。」花崇說。

「是。酒店工作壓力大，又忙，請一次假得花更多的精力補回來。」

「這次既然病到需要請假的地步，為什麼不及時去醫院？」

孟小琴眼尾的餘光落在桌沿，幾秒後苦笑：「醫院？員警先生，去一次醫院得花多少錢你知道嗎？如果是住院還好，報銷的比例大，但感冒發燒不用住院，進去稍一檢查，就是幾百上千。我自己在藥店買藥也能治，何必進醫院被宰？您去過我家，現在肯定也調查過我家人了，應該知道我家就靠我一個人工作賺錢，花幾百上千去醫院治感冒，我捨不得。」

花崇不為她的訴苦所動，「買了藥之後，妳去了哪裡？」

「我回家了，睡到晚上。」

「誰可以證明？」

「我的家人。」

「是嗎？但他們的記憶力似乎不太好，記不得具體某一天發生的事了。」花崇問：「還有別的證人嗎？」

「這……」孟小琴苦惱道：「您讓我去哪裡找別的證人？」

花崇直勾勾地盯著她的眼，語氣一變，「孟小琴，既然妳知道我們已經調查過妳的家人，那妳應該也知道，我的隊員去過妳家、B.X.F 酒店，而妳的手機、電腦已經在我們手上了。」

孟小琴唇角輕微抖了一下，目光斜向下方。

「都到這個份上了，妳還不願意說實話？」

「我……我不知道你在說什麼。」

「那妳知不知道，網路上的一切痕跡只要曾經存在過，就一定會被發現？」

孟小琴清秀的眉緊擰，面部線條陡然變得非常僵硬。

「妳很聰明，懂得使用『肉機』當跳板，用的還是國外的『肉機』。根據『肉機』追蹤真實 IP 是門技術，我猜，妳可能沒有想到我們重案組新來了一位專門對付『肉機』的網路安全專家？」花崇說得很慢，一邊說，一邊觀察著孟小琴的反應。

她的臉色更加蒼白了。

「『華夏年輪』，聽說過嗎？」花崇問：「或者我該問妳，『華夏年輪』用得還順手嗎？」

孟小琴眼中的驚懼再也壓抑不住，深藏其間的恨意順著目光傾瀉而出，覆蓋在臉上的面具頃刻間四分五裂。

「連殺唐蘇、徐玉嬌兩人後，妳竟然這麼快就在微博上鎖定了新的目標。看到她們痛苦死去，會給予妳超乎想像的快感，成為妳生活裡唯一的喜悅，是嗎？」

「我沒有！」孟小琴喊道：「你胡說，我沒有殺人！」

「妳家裡有兩台電腦，一台是桌上型電腦，在妳弟弟孟俊輝房間裡，供他上網玩遊戲，另一台是筆記型電腦，由妳隨身攜帶，用於辦公和處理私人事務。」花崇說：「這兩台電腦和妳的手機，我們都已經查過了。」

「那又怎樣？我不知道什麼『華夏年輪』！你們搞錯了！」

花崇靠在椅背上，睨著孟小琴，「對，妳的筆記本和手機都很『乾淨』，除了工作相關的資料，什麼都沒有。妳弟弟的電腦上倒是有不少亂七八糟的東西，不過和我們追查的案子沒有關係。」

孟小琴神色稍霽。

花崇：「在與我見面之後，妳將筆記型電腦和手機上所有對妳不利的東西徹底清掉了吧？」

孟小琴已然冷靜，「這只是你的猜測，猜測也能成為證據？」

「當然不能。」花崇笑了，「但妳似乎忘了，我剛才說過，我們這裡新來了一位網路安全專家。」

孟小琴瞳孔緊縮，汗水從額角淌下。

「妳用『肉機』訪問『華夏年輪』，並在那裡發文誘導唐蘇與徐玉嬌，以『帶路』尋找文物為藉口，誘使她們深夜由道橋路前往考古基地。在殺害她們之後，妳拿走了她們的手機並銷毀，因為若是將手機留在現場，我們會立即發現『華夏年輪』。這個網站很小眾，妳抱著僥倖心理，認為我們不會查到它上面去，即便查到了，妳的那些『肉機』也能為妳打掩護。」

花崇句句緊逼：「當妳察覺到我們注意到妳，有可能查妳的上網痕跡時，妳及時刪掉了手機以及『華夏年輪』上的訪問記錄。妳對網路安全瞭解不少，起碼比我多，我就不知道要怎麼做才能把兩邊的訪問記錄全部刪掉，頂多只會刪除自己手機上的痕跡。」

孟小琴胸口小幅度起伏，頻率越來越快。

「不過妳刪除掉了也沒有用，我的人已經將它們全部恢復了。」說著，花崇按亮手機，朝向孟小琴，「另外，我們與『華夏年輪』的運營方聯繫上了，他們承諾會配合我們調查此事。」

偵訊室裡的空氣如凝固了一般。

幾分鐘後，花崇十指交疊，身子往前一傾，「如果妳覺得這還不夠，我還可以告訴妳一件事。」

孟小琴仍是一言不發，似乎正拚命掩飾慌亂。

可她繃緊的脖頸出賣了她。

「妳時常訪問唐蘇與徐玉嬌的微博，為了以防萬一，每次都是以國外『肉機』作為跳板。最近，妳開始頻繁訪問另一名女性的微博，她正是妳的下一個目標。」花崇說：「在處理『華夏年輪』上的記錄時，妳把筆記型電腦也清得乾乾淨淨。妳以為啟動『肉機』、留下『後門』的痕跡已被永久抹除，但它們目前已經被我們抓取到了。現在，妳還想否認與唐蘇、徐玉嬌之死的關係？」

孟小琴的神情逐漸變得猙獰，繼而又被冷漠取代。

「證據呢？」她說，「我殺了她們的證據呢？」

◆

重案組所在樓層的露臺，花崇將菸與打火機拋給曲值。

「現在證據鏈不完整，邱國勇死無對證，凶器又正好出現在邱家，孟小琴想以此將自己摘出來，不算難事。」花崇手指夾著菸，面目冷峻。

就在不久前，面對從筆記型電腦、手機以及網路上提取、恢復的記錄，孟小琴承認自己這些年來多次在微博上窺視唐蘇和徐玉嬌，並在「華夏年輪」裡與她們搭上線，邀請她們前往洛西尋找文物。

「不經許可就拿走文物是犯罪行為，我當然不敢直接與她們聯繫。她們富有，家裡也有關係，萬一出了事，家人給錢打通關係就沒事了，我哪行？所以我只能以『肉機』當跳板，在『華夏年輪』那種非實名制的小地方約人。」

「我沒有殺人，一月四號那天我甚至沒有看到唐蘇。我們約定晚上十點五十分在道橋路一裡巷碰面，但她根本沒有出現。」

「找她？怎麼找？既然她沒來，我一個人肯定不會去洛西。我回家看她的微博，沒動靜，後來又聽說她失蹤了。我很害怕，料想她也許遇到了什麼事。」

「為什麼裝作不認識唐蘇？員警先生，她的屍體都已經被你們找到了，死亡時間是和我約好的那天，換做是你，你敢坦坦蕩蕩地承認——我認識她，是我把她約出來的？不過我也是輕視你們了，不知道你們重案組裡還有能夠隨意恢復、抓取痕跡的高手。」

「徐玉嬌是我後來約的，她是唐蘇的朋友，我看過她們在微博上互動。在『華夏年輪』裡談好之後，我們約定在邱家後面那片荒地見面。從那裡出發去洛西是一條直路，不需要七彎八拐。但我到的時候，看到邱國勇正在用榔頭砸一個女人的頭。我沒見過徐玉嬌，但那個時間點出現在荒地的女人，肯定是徐玉嬌。」

「我掉頭就跑，邱國勇沒有發現我。」

「員警先生，人不是我殺的。我的確有引誘她們去洛西拿文物，但我絕對沒有殺人。兩次約人都發生這種事，我也很不是滋味，覺得簡直是中了邪。可她們的死不關我的事，要怪只能怪這世道不好，窮人日子沒辦法過了，只能搶劫富人吧？說不定唐蘇也是邱國勇殺的，手機啊、包包啊還有其他值錢的東西也許都被他藏起來了。」

「孟小琴的話漏洞百出，精神狀態也很不正常。」花崇說：「但現在麻煩就麻煩在邱國勇已經死了，她編造的謊言沒有當事人來揭穿。」

柳至秦補充道：「最糟糕的是，作為凶器的榔頭在邱家，其他證物下落不明。」

「現在必須找到孟小琴嫁禍邱國勇的證據。」花崇按揉著眉心，聲線一低，「但既沒有目擊證人，又沒有監視器，怎麼找？」

「孟小琴說『說不定其他值錢的東西被邱國勇藏起來了』，這句話有點奇怪啊。」柳至秦緩慢踱步，「她在暗示我們邱國勇那裡還有什麼東西，難道她不止是把榔頭放在邱家，殺害唐蘇時也曾經把什麼具有指向性的東西悄悄放在邱家？」

「邱家已經被我們翻遍了，除了那把榔頭，哪裡還有什麼可疑的東西。」曲值歎氣。

「等等！」花崇突然道。

柳至秦：「花隊？」

花崇頓覺一股惡寒從腳心往上竄。

邱國勇買了一台 iPad 給邱薇薇，他哪來的錢？

假設孟小琴那句話當真，她的確把某件屬於唐蘇的物品暗自放在邱家，而這件物品被邱國勇拿去換了錢，並用這筆錢買了一台 iPad，那麼只要找不到這物品是孟小琴放在邱家的證據，邱國勇的嫌疑就幾乎坐實了。

「花隊，怎麼了？」柳至秦又問。

「邱薇薇有一台 iPad，今年一月，邱國勇買給她的。」花崇將在醫院聽來的事複述一遍，曲值一拳捶在欄杆上，狠聲道：「操，邱國勇哪有錢買 iPad，肯定是掉進孟小琴的圈套了！」

「那被邱國勇賣掉的是什麼？」柳至秦邊思考邊說：「手機與包包肯定不是，唐蘇當時還帶著別的東西，而我們不知道？」

「很有可能。」花崇臉色不大好看，「曲值，你帶人去唐洪、周英家，再跟他們核對一下唐蘇有沒有丟失什麼物品。另外，與 B.X.F 酒店協調，讓他們配合我們搜查孟小琴留在酒店內的物品。如果孟小琴把唐、徐的包包藏在酒店，我們必須把它們找出來！」

「是！」

「我去一趟孟小琴家。」花崇又道：「我想再去找找突破口，順便去道橋路派出所取邱薇薇的 iPad。」

「我跟你一起吧。」柳至秦說。

「你……」花崇回頭一瞧，「要不然你回去休息一下？這陣子你最累，天天熬夜，眼睛都紅了。」

柳至秦輕笑一聲，「不要緊，網路已經查得差不多了，剩下的由技偵接手。案子要緊，我現在也沒什麼睡意，陪你一起去吧。」

的確是案子要緊，花崇沒有堅持，立即與柳至秦一道前往道橋路。

◆

孟小琴的家與道橋路其他屋舍沒什麼區別，廚房和廁所光線昏暗，牆壁斑駁，天花板上浸著水漬，客廳也稱不上亮堂，擺放著年代久遠的沙發和木桌，吃飯的桌子滿是油汙，比外面蒼蠅館的桌子還不堪入目。

唯一乾淨的是孟小琴的臥室。

被子疊得整齊，書桌收拾得整潔，花崇拉開一扇櫃門，只見裡面整齊地掛著女士衣裝。

孟小琴應當是個十分注重個人衛生與儀表的人。

「如果我是她，在這種家裡生活三十多年，說不定會瘋掉。」柳至秦站在另一個櫃子前，目之所及，是按順序排好的歷史類書籍。

「她活得太壓抑，最終不得不爆發，卻選擇了錯誤的方式。」花崇合上櫃門，「她不幸，所以見不得別的女孩幸運。只有親手毀掉這種幸運，才能讓她內心好過一點。」

「她恨她的家庭，卻去報復其他家庭。」柳至秦搖搖頭，「心理扭曲者的內心真是讓人難以捉摸。」

花崇聞言，突然停下了手上的動作。

柳至秦看向他。

「你說得對，她最該恨的是她的出生。」花崇皺眉，「但是她選擇殺害的卻是徐玉嬌、唐蘇，選擇嫁禍的對象是邱家。至今，她還沒有對她的父母、弟弟做出什麼。」

「血濃於水？剪不斷的親情？」話一出口，柳至秦就感到一陣可悲。

孟小琴的家人面對警方的問話時，第一反應都是撇清與孟小琴的關係，完全不關心這個女兒到底惹了什麼麻煩，只一味地強調「我們什麼都不知道，你們去找她，不要找我們」。

「孟小琴沒有對她的家人動手，可能是因為即便殺了他們，也無法從中得到滿足感吧。」花崇說。

「嗯？這是什麼理論？」

「我猜，她最怨恨的是『不公平』。這讓她越來越扭曲，長此以往，她或許想扭轉這種『不公平』。」花崇說：「唐蘇和徐玉嬌不是出生得好嗎？她就要毀掉她們，以此來撥正命運的『不公』。而殺掉家人，則無法讓她體會到類似的成就感。」

柳至秦想了想，「歪理。」

花崇聳肩，「誰說不是呢？繼續找吧，從來沒有完美犯罪，做過的事或多或少都會留下證據，只是我們暫時還沒發現而已。」

半小時後，柳至秦蹲在壁櫃邊，手裡放著一個打開的塑膠小盒。

「花隊！」

花崇趕去，目光頓時一緊。

放在塑膠小盒裡的，竟然是一根微捲的毛髮。

花崇拿出鑷子，小心地將毛髮夾了起來，「從粗細長短來看，可能是陰毛。」

「什麼？她為什麼將一根陰毛收在這裡？會不會是……」

「毛囊還在，能查出ＤＮＡ。」花崇合上塑膠小盒的蓋子，「走，回去做比對。」

來歷不明毛髮的出現讓重案組有了精神，而ＤＮＡ比對結果，又為眾人潑了一盆透心涼的冷水。

那根毛髮與被害人無關，是從孟俊輝身上脫落的。

張貿表情糾結，「孟小琴怎麼會收集她弟的那個毛？她不會是有病吧？」

曲值從偵訊室回來，煩躁地將筆錄往桌上一拍，「她說他們姊弟情深。」

「我操，太噁心了吧！再情深也不能收集那個毛吧？」

「她是想嫁禍給孟俊輝。」花崇沉聲道。

「啥？」張貿喊。

「下一次作案時，她會嫁禍給孟俊輝。」柳至秦說：「她並非不恨她的原生家庭，並非不恨她的親弟弟，但她一直忍耐，現在已是忍無可忍。」

「她已經有了新的目標，她想透過這一根毛髮，在第三次作案時將前面兩樁案子全部推給孟俊輝。」花崇緊蹙雙眉，「所以她才將孟俊輝的毛髮藏起來。」

徐戡搖搖頭，「她可能不知道，我們可以分辨脫落很久與新鮮脫落的毛髮。如果第三起案件發生，而死者身上出現了這根毛髮，我們能立即查出它並非當場脫落，那麼案子就會充滿疑點。」

「對，這反倒會讓她暴露，畢竟不是每個人都能輕易拿到別人私處的毛髮。」花崇道：「她以為自己很聰明，做的卻是多餘的事。」

柳至秦沉思，旋即看向花崇，「嫁禍邱家算不算多餘的事？」

「算。如果她不那麼做，我不會那麼快懷疑到她身上。」

辦公室陷入一陣沉默。

完美犯罪絕不存在，凶手自作聰明，越希望掩蓋犯罪痕跡，就越有可能適得其反。

天網恢恢疏而不漏，但如何才能找到決定性的證據？

須臾，花崇站起來，嗓音因為疲憊而顯得沙啞，「大家先休息……」

「花隊！」

袁昊突然衝了進來，手裡拿著花崇帶回來的 iPad，因為跑得太急，險些摔跤。

花崇扶住他，「什麼事這麼急？」

「花隊！」袁昊的興奮難以言表，「你、你看這是什麼！」

◆

三月十三日晚上，邱大奎在幫邱薇薇做完次日要交的紙帆船後，因為實在疲憊，早早就關燈睡覺了。邱薇薇卻因為對漂亮的紙帆船愛不釋手，始終無法入眠。

午夜，她輕手輕腳地從床上下來，捧起放在書桌上的紙帆船，借著窗外昏暗的路燈看了又看。

邱大奎不算心靈手巧的人，也不是一位合格的父親，但這紙帆船是他用心做出來的，邱薇薇很珍惜。明天就要把紙帆船交給老師了，班上的男同學野蠻得很，萬一紙帆船被誰弄壞了怎麼辦？

邱薇薇擔心地想著，秀氣的眉越皺越緊。

幾分鐘後，卻又咧嘴笑了起來。

今年春節前，爺爺邱國勇帶她去市中心的商場買了一台 iPad。

她老早就想要 iPad 了，可以玩遊戲，也可以看動畫，班上最有錢的同學劉峰峰就有一台。

但她不敢跟邱大奎要，她知道家裡並不富有。

可有一天，脾氣不好又極度摳門的爺爺居然樂呵呵地問她：「快過年了，薇薇想要什麼新年禮物啊？」

「iPad！」她脫口而出。

「愛帕？那是什麼？」邱國勇問。

她小聲解釋，說很貴，也不是很想要。

邱國勇竟然答應要買給她。

拿到心愛的 iPad，邱薇薇心花怒放。邱國勇似乎也很高興，和她一起玩了一下午，之後卻又不高興了，叮囑她千萬不要弄丟，不然揍她。

「不會的，薇薇一定會保管好。」她說：「謝謝爺爺！」

黑漆漆的屋子裡，邱薇薇從抽屜裡拿出 iPad，準備幫紙帆船拍幾張照。這樣就算明天紙帆船被調皮的男同學弄壞了，自己也能在相冊裡看到。

可是家裡太黑了，從外面透進來的光根本不管用，拍下來的照片很模糊。

邱薇薇不敢開燈，害怕吵醒爺爺。爺爺性格太古怪了，雖然偶爾很好，但動不動就發火，還經常打人。

猶豫片刻，邱薇薇換上外出的衣服，拿好紙帆船和 iPad，動作極輕地打開門。

她想去對面巷子，借路燈的光芒拍紙帆船。

夜已經很深了，家家戶戶都關了燈，全都睡了，路上一個人也沒有。但邱薇薇從小在這裡長大，一點都不害怕，以前還一個人出來看過星星。

她蹲在一個角落，那地方正好能看到自家的門。那裡光線其實也不怎麼樣，但是比家裡好多了。最重要的是，那裡夠隱蔽，應該不會被爸爸和爺爺發現。

她想，只要自己動作快一點，拍完後溜回去就行了。

一張，兩張，三張……

拍了十來張，邱薇薇終於滿意了。

照片裡的紙帆船，像從驚濤駭浪中起飛，飛向了廣闊的天空。

現在，這些照片經過精細化處理，正排列在重案組一台電腦的螢幕上。

照片拍到了一個女人迅速將一把榔頭放進邱家工具箱的所有過程。雖然在整張照片裡，她只是一個非常小的背景，且模糊不清，但透過技術處理之後，她的側臉、她手上握著的榔頭已經再清晰不過。

正是孟小琴！

◆

看到照片的一刻，孟小琴臉頰蒼白如紙，眼中強撐起的神采頃刻間消逝無蹤，整個人像失去了最後的支撐，迅速頹敗下去。

曲值和袁昊在偵訊室緊盯著她，『孟小琴，坦承吧。』

孟小琴的肩膀猛烈顫抖，喉嚨發出含糊的聲響，唇角不停抽搐，許久才堪堪抬起頭，張了半天嘴，啞聲道：『是我……是我幹的。』

「對她來說，明信片是第一次『沒想到』。在她的犯罪計畫裡，從最開始就排除了明信片的存在。她沒想到唐蘇還保存著那張明信片，更沒想到我們會以明信片作為突破口，所以當她看到了作為物證的明信片時，震驚得難以自控。但她的反應極快，立即開始演戲，企圖撇清關係。」柳至秦看著監視器：「我恢復她在網路上的痕跡，是她的第二次『沒想到』，但她仍在掙扎。」

「但這次，鐵證如山，她已經無法掙扎。」花崇說。

孟小琴慘澹地笑了笑，『在我坦承之前，請你們先回答我一個問題。』

曲值：『什麼？』

『你們從哪裡找到我當年寄給唐蘇的明信片的？如果沒有這張明信片……』

「她還在糾結這個問題。」花崇說。

「當然。」柳至秦道：「這是破案的關鍵。」

『在唐蘇家裡發現的。』袁昊說：『從紙張、印刷找到了製作這張明信片的店家，經過鑑定，上面的筆跡屬於妳。』

孟小琴乏力地搖頭，目光空蕩蕩的，『後面的事已經不重要了，一旦你們拿到這張明信片，早晚會查到我。我想知道的是，你們為什麼會找到它，為什麼會注意到它。』

曲值略感不解，『勘察現場是我們的職責。』

孟小琴撐住額頭，近乎自語：『是嗎……她還留著這張明信片？可是為什麼啊……』

「我去一趟。」花崇說。

門被推開時，孟小琴仍在低喃，彷彿不肯相信是明信片將自己從藏身之處揪出來。

花崇拖開一張靠椅坐下，直視著她，「孟小琴。」

「嗯？」孟小琴抬起頭，茫然與絕望浸透了每一個表情。

「唐蘇將這張明信片放在相框裡，擺在她的書桌上。」花崇說：「雖然現在已經無法向她問為什麼了，但我猜，她很珍惜這張明信片，很珍惜與妳的友情。」

孟小琴的瞳孔急速收縮，僵在座椅上，分秒後開始劇烈發抖。

「怎麼可能！」她嘶聲道：「你騙我！」

「否則我為什麼會找到它？為什麼一找到它就覺得蹊蹺，立即著手調查？」

「不可能！絕對不可能！不是真的！」孟小琴抓著桌沿，昔日的風度與氣質消逝無蹤。

花崇看著她，就像透過她，看到了她那歇斯底里的母親。

她恨她的原生家庭，恨她的母親。

如今，她卻比她的母親更加低劣。

曲值最不喜歡聽犯罪嫌疑人講動機，在他看來，坦白罪行已經足夠了，多餘的言語都是為犯罪行為找理由。但犯罪就是犯罪，絕不會因為凶手活得有多慘而改變。

被害人難道不慘？

他離開偵訊室，花崇卻留了下來，從頭到尾，聽孟小琴講完了整個慘劇。

孟家很窮，但貧窮不是最可怕的，最可怕的是貧窮帶來的狹隘、鄙陋、齷齪、無知。

孟小琴是孟家第一個孩子，因為是女兒，所以從出生起就被陳巧嫌惡。孟強和陳巧都是道橋路毛線廠的工人，吃大鍋飯，每天上兩三小時的班，下班後就無所事事，亦不思進取。後來毛線廠倒了，孟家沒了經濟來源，而陳巧又生下第二個孩子孟俊輝，孟小琴就成了家中多餘的人。

孟強和陳巧在毛線廠混吃等死十幾年，沒有本事，懶惰而愚蠢，壓根找不到新的工作。為了生活，孟強開始在外面打零工，陳巧閒在家中帶孩子。

孟小琴小時候很少吃到肉，因為肉都是孟俊輝的。

她至今記得，當年自己眼巴巴地看著弟弟啃排骨，小聲地求陳巧也讓自己吃一塊。陳巧在碗裡挑了半天，找出一塊只掛著零星肉皮的排骨。

她眼裡放光，已經很滿足了。

可是還來不及接過排骨，孟俊輝突然將排骨搶了過去，「媽，我還沒吃飽！」

陳巧立即道：「乖乖，你吃，你吃啊，吃不夠，媽媽下次再做。」

孟小琴委屈地「啊」了一聲，眼淚都快流出來了。

陳巧不耐煩地看著她，「啊什麼？沒看見妳弟弟還沒吃飽嗎？」

孟俊輝得意洋洋地啃著排骨，隨手將吐在桌上的骨頭往孟小琴碗裡一扔，「姊，妳吃這個吧。」

孟小琴用力搖頭。

她的確想吃肉，但也不能啃別人啃剩的骨頭。

她又不是狗！

陳巧不高興道：「吃啊！妳還嫌棄妳弟？妳弟乾乾淨淨的，他吃過的排骨妳就不能吃？」

孟小琴胃中作嘔，跑去屋外接連乾嘔。

那時她還不到十歲，仇恨就已經在心中投下陰影。她恨孟俊輝，恨陳巧。

但他們，卻是她的家人。

後來酷夏難耐，孟小琴與孟俊輝一同去河邊游泳。孟小琴水性不好，孟俊輝救了她一命，為此還因嗆到進了醫院。

她從此揹上卸不下的心理負擔，將自己連同孟俊輝的人生一併扛在肩上。

從小到大，她的成績都很好。考上市立重點國中和北方那所名牌大學時，她曾經覺得知識能夠改變命運。只要她再努力一些，將來一定可以走出貧窮的道橋路，過上像模像樣的生活。

但現實卻給了她沉重的一棒。

原生家庭限制了她的眼界、她思考事情的方法。她從來不敢冒險，因為一旦失敗，就會一無所有。她發現自己比不過室友和同學，她們的優秀並非僅是成績，而她，只有成績。

大三，成績不再是考量一個學生是否優秀的指標。她的很多同學開始嘗試創業，或是在外面接專案，但她受困於從小的生活環境，不敢尋求改變。

她的同學不理解她的狹隘，她也無法理解他們接受失敗與失去時的坦然。

貧窮讓人不敢冒險，不敢惹事，甚至不敢犯錯。

小時候，孟強會因為她出門沒有關掉電閘而讓她在門外跪了整整一夜，原因只是——妳不關電閘，萬一燒起來了怎麼辦？我們只有這一間房子，燒掉了，我們全家啥都沒了！

她曾經與室友聊過這件事，室友們震驚得無以復加。

「開玩笑吧？怎麼可能有這種事？」

「我家的電閘從來不關。」

「關電閘是應該的，但不關也不至於跪一個晚上吧？小琴，妳太誇張啦。」

那些從小過得富足的同齡人永遠無法理解她，以及她父母的小心翼翼，如同她永遠不能像她們一樣豁達、有拚勁。

貧窮已經在她身體裡生了根，不是念書考上好大學就能將根扒掉的。

知識的確改變了一些人的命運，將來也會改變更多人的命運。

但對她孟小琴來說，知識只讓她更加絕望。

如果從來不曾被叫做「才女」，不曾向上看，不曾與那些優秀富足的人一同生活、學習，一輩子留在道橋路，絕望或許不會那麼沉重。

周圍都是熱衷於家長裡短的窮人，沒有對比，就沒有那種如墜深淵的窒息感。

她就像一隻坐井觀天的蛙，別的蛙看到天空是小小的一個圓，便認為天空只有那麼一丁點大。她卻覺得不對，天空肯定不會像井底一樣小。

於是她想上去看一看，只看一眼就好。

一步一步，她拚命往上爬。

終於有一天，她從狹窄潮濕的井底爬到了井口。

天空是那麼遼闊，藍天白雲間還有翱翔的飛鳥。

她也想像飛鳥一樣。

她為自己打氣：我已經從井底爬上來了，為什麼不能再努力一些，去天上看看呢？

她高高躍起，奮力奔向嚮往多年的天空，從那裡俯視，見到了無邊無際的天地。

但她忘了，那些飛鳥能自由自在地飛翔，享受這片大地的美景，並非因為像她一樣努力，而是因為生來就有一雙翅膀。

而她，沒有。

她與那些富裕同齡人的區別，大約就像井底之蛙與空中飛鳥。

因為沒有翅膀，她在躍至頂點的時候急速墜落，重重跌回井底，摔得遍體鱗傷。

這一趟「天空之旅」如同現實的悶棒，不費吹灰之力便將她打回原形。

——不是飛鳥，就不要做飛鳥的夢了。

大四時，陳巧催她回洛城。她知道是為什麼，他們害怕她這棵「搖錢樹」跑了。

陳巧不斷在電話裡說：『我們把妳養這麼大容易嗎？妳畢業後就給我回來，在洛城找個工作，順便照顧妳弟……』

大學四年對孟小琴來說並不好過，她的人際關係不差，卻不得不面對自己與那些優秀同學與生俱來的差距。

所以畢業後，她像逃難一般回到洛城。

天生窮困，那些富有、灑脫的人刺得她渾身發痛。

她找到了 B.X.F 酒店的工作，薪水不錯。陳巧與孟強想要將她榨乾，孟俊輝更不是省油的燈，但那時她還保留著些許樂觀，偷偷藏了一筆私房錢，打算休年假時去北邙山旅行。

北邙山是她一直想去的地方，她念書時喜歡歷史，看了不少史書與名人傳記，對「風水靈地」北邙山非常嚮往。

其實，她也想去另外的地方，比如西藏、內蒙、東北，甚至是國外。她在微博上關注了許多旅遊博主，看他們拍攝的照片、寫的旅行心得，很是羨慕，但去那些地方得花很多錢，她還沒有存夠。

於是第一次旅行，她選擇了還未被圈為收費景點的北邙山。

她一路走，一路拍照，在北邙山腳下的頭山鎮住了幾日。

那是她人生裡最快樂的一段時光。

頭山鎮裡新開了一個小作坊，可以印製明信片，她與幾位店主很聊得來，訂製了十幾張明信片，想寄給在微博上認識的朋友。

網路是個好東西，貧窮與不堪被藏了起來，志同道合的人聊著共同喜歡的事物，多聊幾次便成了朋友。

「海潮驟逝」是她交到的朋友之一。那女孩自稱「蘇蘇」，喜歡歷史，也喜歡旅遊。

她時常去看「海潮驟逝」的微博，知道這女孩去過許多地方，羨慕又佩服。

彼時，羨慕還未演變為嫉妒。

得知她要去北邙山後，「蘇蘇」說：**『真羨慕妳！我也好想去北邙山看看，一直沒有機會。妳多拍點照，一定要寄明信片給我啊！』**

被人要求，被人索禮，她萬分開心。

那一年，寄明信片給網友的風潮盛行。她學別人的樣子拍照發微博，讓需要的人將位址傳給她。

「蘇蘇」第一個傳來地址，語氣雀躍，很期待的樣子。

她這才知道，「蘇蘇」與自己生活在同一座城市裡。

看著私訊裡的地址，她莫名有些失落。

沒想到「蘇蘇」住在洛城最高檔的別墅區，而自己……

落差感突然出現，她努力說服自己不要介懷。但「蘇蘇」問她的地址，說下次也寄明信片給她時，她卻無法坦蕩地回覆。

做一般網友就好了。她的自卑令她無法在現實中面對唐蘇。

旅行歸來，她以為還有下一次，陳巧卻大發雷霆，說她只知道自己逍遙，不管家人死活。

那短暫的假期就像一個支離破碎的夢，現實仍如巨石一般壓得她喘不過氣。

為了多賺一些錢，她拚命工作，晚上回到家，還要幫孟俊輝洗衣服。

時間被無限壓榨，上網的頻率少了許多，更沒有什麼時間看歷史方面的書籍。唯有睡前滑一滑微博，看看關注的博主們都發了哪些漂亮的旅行照。

最初，她的心態還算平和。但漸漸地，看著別人無所顧忌地旅行，而自己卻陷在原生家庭的泥潭中，連花兩千塊去一趟北邙山都被陳巧罵「狼心狗肺」。

那些光鮮亮麗的照片慢慢變得刺眼，而後又變成一把把銳利的刀，直往她心頭刺。

她不敢看，卻又管不住自己的手。

所有的博主裡，她最在意的就是唐蘇。

這個富有的女人與她同在一座城市，與她年齡相仿。她有一個如拖油瓶一般的家，唐蘇卻出自知識分子家庭，一個人住著一套別墅。

她羨慕得要死。

那一年，唐蘇開始頻繁地出國旅遊，微博上時常更新外國的風景照。

她越看越不是滋味，放下手機，整夜失眠。

她無數次問自己，憑什麼？

憑什麼她們生來富有自由，我卻生在這樣的家庭？

有一次唐蘇從法國回來，拍了一堆高檔化妝品發在微博上，讓大家留地址，還特意標註了她，說別人留不留都無所謂，她一定得留。

『芹芹，妳送了我明信片，我沒什麼能回禮，這些小玩意兒妳隨意挑，我寄給妳！』

那天，孟小琴在工作上被為難，不停低聲下氣地向客人道歉，回家又被陳巧數落，幫孟俊輝洗了放了幾天的內衣褲。疲憊至極地躺在床上，打開微博就看到唐蘇的訊息。

那條微博是上午發的，已經有了許多回覆。

有人在評論裡說：『蘇蘇太好了！人家送妳一張明信片，妳就送人家化妝品！幾毛錢和幾千塊的區別啊！妳想要哪裡的明信片，我也寄給妳！』

孟小琴頓覺諷刺至極，扔掉手機，倒頭就睡。

網路曾經是她的避風港，但現在網路也淪陷了。她沒有回覆唐蘇，更沒有私訊地址，反倒是開始刪微博、刪關注，最後將微博徹底清空，發誓不再登入。

但事實上，她仍然會去看她們的微博，看她們輕鬆美好的生活，就像一個陷於沼澤的人無望地看著高高在上的星空。

不久，唐蘇因為換了設備而忘記用戶名稱和密碼，弄丟了以前的微博。

孟小琴保存了她的新微博，仍舊時不時去看一眼。

此後，孟小琴的所有旅行計畫都泡了湯，北邙山之旅，竟是最後一次出遊。

吸血鬼一般的原生家庭、強度極大的工作環境，日復一日，年復一年，孟小琴心態逐漸扭曲，就像中了蠱一般仇恨起那些同齡、熱愛旅行的富有女性。

這種嫉妒，在一次偶遇唐蘇之後，漸漸發展成了犯罪。

那天，唐蘇與友人到B.X.F酒店用餐，訂的是位置最好的包廂，一頓飯就花了好幾萬。

孟小琴偶然聽到她們閒聊。

其中一人問：「這次妳又要去哪裡逍遙啊？」

唐蘇說：「北非。」

「國內是沒有吸引妳的地方了。」

「不會啊，國內我也有很多地方沒去過呢。」

「那妳怎麼不去？」

「唔，趁年輕，還是先去國外吧。」唐蘇說：「國內景點以後有的是機會。」

「呿，妳就是看不起國內的景點吧！」

「哪有！」

「妳以前說想去那什麼北什麼山，怎麼不去？」

「北邙山啦！」

孟小琴立即警惕起來。

唐蘇說：「北邙山現在還沒開發，以後開發了我再去。」

「藉口！妳就是嫌那裡是荒郊野嶺。不過要我說，不去也好，本來就沒什麼看頭，沒錢的人去窮遊過個癮就算了，妳去湊熱鬧幹什麼？時間精力有限，當然得去更值得看的地方嘍！」

包廂裡傳來一陣笑聲，孟小琴聽不下去了，轉身離開。

之後唐蘇說了什麼話，她無從知曉。那天剩下的幾小時，她過得恍恍惚惚，異常失落。

原來她唯一一次旅行的目的地，在這些富人眼中只是不值得一去的荒郊野嶺。

到了晚上，這種失落成了冷森森的仇恨。

她本來不知道唐蘇長什麼樣子，也不知道說話的女人是唐蘇，晚上看到唐蘇的微博，才知今天接待的富家女正是唐蘇。

唐蘇發了飯桌上的照片，還曬了自己剛做的指甲。

她記得那惹眼的紅指甲，記得唐蘇的每一句話。

原來自己真的是一個笑話。

那張北邙山的明信片算什麼？唐蘇根本不稀罕。

唐蘇曾經跟她說自己很想去北邙山，如今想來，這大約是一句說過即忘的客套話。

她卻當了真。

閉上眼，她用力捶著自己的胸口，喃喃自問：「為什麼你們可以過得那麼好？我做錯了什麼？我為什麼會生在這種家庭？」

老天爺不公平，我可不可以讓它變得稍微公平一些？

那個夜晚，她心裡第一次生出殺意，天亮之後，卻又將殺意壓了下去。

她還有自己的生活要過。

但這之後，她不再用真實IP窺視唐蘇的微博，而是抓了不少「肉機」作為跳板。她很聰明，網路安全技能一學就會。

四年的時間裡，她一直默默關注著唐蘇的一舉一動。

從二十七歲到三十一歲，唐蘇過得越來越好。同樣的年齡，孟小琴的生活卻越來越糟糕。她的妒火愈加旺盛，直至燒光了理智。

她急切地想要毀掉這個幸福的女人，仿佛這樣才能糾正老天爺的不公。

她在「華夏年輪」上與唐蘇搭上話，承諾要帶唐蘇去洛西拿文物。

一月四號晚上，她在荒無一人的郊外用榔頭殺死了唐蘇。在捶爛對方頭顱時，她感受到了前所未有的快感。

老天爺，你不是不公平嗎？我教教你公平！

她擁有那麼多，而我一無所有，那就讓她也像我一樣吧。

人死了，不就是一無所有了嗎！

孟小琴挖了個洞，將唐蘇埋進去，事後回味，卻覺得做得不夠好。

她還沒有挖掉唐蘇的眼睛與耳朵，讓唐蘇不能看不能聽；也沒有毀掉唐蘇的雙腳，讓唐蘇再也不能環遊世界。

她想，應該再殺一人。

徐玉嬌是唐蘇的網友，也是位無憂無慮的白富美。孟小琴曾經看到她們在微博上抱怨，說什麼工作是家裡硬塞的，根本不想幹。

孟小琴冷笑，她多麼想有一份父母硬塞的清閒工作啊！她多麼想有一個富有和美的家庭、慈愛明事理的父母！

為什麼人總是那麼不知道珍惜？

她用同樣的辦法將徐玉嬌騙去道橋路，在邱大奎家附近的荒地殺了這位「小公主」。

這一次，她有了經驗，不僅完成了在唐蘇身上未能完成的儀式，還故意將避孕套的潤滑油留在徐玉嬌的陰道內，以此誤導警方。

最後，她將從邱大奎家偷來的榔頭清理乾淨，並在縫隙中留下徐玉嬌的血，自以為神不知鬼不覺地將榔頭放回邱家窗外的工具箱。

嫁禍給邱家，已經不是第一次了。

殺掉唐蘇後，她將唐蘇包包裡的一串項鍊扔在邱家門口。她知道，邱國勇一定會去撿。

但她無論如何都想不到的是，邱國勇在賣掉這條項鍊後會買 iPad 給邱薇薇，而邱薇薇會在三月十三日躲在巷子裡拍紙帆船，將自己也拍了進去。

這叫什麼？因果報應？

她對邱國勇倒也說不上多恨。邱國勇很麻煩，總是跑來糾纏，想將她與邱大奎湊成一對。

她怎麼看得上邱大奎呢？

選擇作案工具時，她第一時間就想到了邱家的榔頭。能嫁禍給邱國勇最好，就算不能，也能隱藏自己。中途居然還冒出一個桑海，正好當做第二個冤大頭。

自從殺害了徐玉嬌，孟小琴發現自己上了癮。這就像吸毒一樣，她迫切地想要找到下一個目標。

那天孟俊輝將內褲扔給她，她取下一根附著其上的陰毛時，想：這一次，就一箭雙雕吧。

但她還沒有來得及行動，員警就出現了。

她不知道員警為什麼會發現自己，直到看到了那張北邙山的明信片。

她震驚難掩，不明白這張明信片為什麼還會存在。

唐蘇不會珍惜這種毫無價值的禮物——孟小琴總是如此對自己說：要嘛就是已經扔掉了，要嘛是放在哪個角落，絕對不會引起員警的注意。

唐蘇去過那麼多地方，有那麼多禮物，怎麼可能留下這張明信片？

「我猜，是因為唐蘇一直很想去北邙山吧。」柳至秦將溫熱的茶水遞給花崇，「當年寄明信片那麼盛行，唐蘇卻只留了地址給孟小琴，說明北邙山對她來說是特別的。但就像她跟朋友所說，北邙山現在還沒有開發，想等開發之後再去。她也許很羨慕孟小琴，有說走就走、去莽莽大山的勇氣。她跟徐玉嬌不同，徐玉嬌大學就曾徒步墨脫，她卻是個乖乖女，去的都是硬體設施完善的景區。」

「北邙山是她的念想，所以她一直將孟小琴寄的明信片放在書桌上。」花崇捧著水杯，盯著裡面舒展開來的花朵，「她想謝謝孟小琴，所以打算寄從國外帶回來的化妝品給孟小琴，卻不知道這種舉動深深傷害了孟小琴脆弱的自尊心。」

「孟小琴時常窺視唐蘇，她不知道唐蘇也偶爾會去看一看她那早已捨棄的微博。」柳至秦倚在桌邊，「唐蘇大概直到死，也不知道當年那個寄北邙山明信片的女孩怎麼突然消失了。」

花崇歎了口氣，「人好像真的很難從原生家庭裡走出來。孟小琴剛才跟我說，電視裡那些明星親子節目，很多人看到的是明星的孩子多可愛、多聰明、多有禮貌，她看到的卻是階級與貧富差距。她說——你看到那些孩子優秀，感歎自己周圍的孩子為什麼不可愛，這難道是孩子的錯？有錢人家的孩子從小所受的教育就不一樣，眼界、見識自然不一樣，而窮人家的孩子成天就聽著父母為幾十塊錢吵架，因為忘了關電閘被罰跪，逐漸變得自卑、膽小、鄙陋，就像她和道橋路裡長大的其他孩子一樣。孟小琴沒有走出來，殺了兩名無辜的女性。邱大奎也沒有走出來，殺了自己的父親。」

「可也有人走出來了。」柳至秦說：「比如肖露，我看她現在就過得挺好。」

「人與人之間，總是不一樣的。」

柳至秦沉默片刻，「花隊，你是在可憐孟小琴嗎？」

花崇一愣。

「曲副隊說，他最不喜歡聽嫌疑人的自白，三分真話，七分狡辯。」柳至秦道：「花隊，你卻聽她說了很久。」

花崇淡笑，「只要是我經手的嫌疑人，我都會聽他們講為什麼要殺人、有什麼難處。」

柳至秦略顯不解，「但任何難處與痛苦都不是殺人的理由。」

「可殺人的事件已經發生了，不是嗎？」

柳至秦微皺著眉，若有所思。

「我聽他們講述，並非想要與他們感同身受，為他們開脫。」花崇說：「你和曲值的想法沒有錯——任何痛苦都不是殺人的理由，他們沒有一個人是無辜的。」

「可是，」花崇話鋒一轉，「他們因為某種痛苦而殺人也是事實。儘管我們無法接受，覺得荒誕、不可理解，但我們不得不承認，世界上確實有一些心理極其扭曲的人，他們幹得出正常人不會幹的事。用你上次的話來說，就是這些人的心已經被毒所侵蝕，會因為很多我們難以理解的原因殺人。如果我不是刑警，那我肯定懶得去瞭解他們的心態轉變。但我是刑警，而且是重案組的隊長，我必須嘗試著瞭解他們的心理。這倒不是可憐他們，而是今後若是遇到相似的案子，說不定我能更早發現破案的蛛絲馬跡。人性最複雜，見多了，思路才能拓得更寬。」

「人性……」柳至秦沉吟，「比如邱國勇嗎？」

花崇也想到了這個人，「是啊，邱國勇也算是一個例子吧。他這輩子幾乎都活在別人厭惡的眼神裡，同樣，他也厭惡許多人。他愛錢，可以說視財如命，孟小琴料定將唐蘇的首飾扔在他家門口，他會撿去偷偷賣掉換成錢。可是誰會想到，他用這筆錢買了一個對他們家來說極其昂貴的 iPad 給邱薇薇？」

「邱薇薇是他唯一的孫女，那時候又快過年了。」柳至秦輕聲道：「也許是一時衝動，想要疼一疼邱薇薇吧。事後他好像就後悔了，覺得不該買。」

「對，但正是這個 iPad 拍下了關鍵證據。」花崇說：「刑警這一行幹得越久，越是不能小看一些機緣巧合。犯罪分子再聰明，犯罪現場再乾淨，都會存在一些我們想像不到的證據。」

柳至秦目光漸沉，目不轉睛地看著花崇。

花崇抬眼，「幹嘛？又要向我學習了？」

「花隊。」柳至秦突然問：「你為什麼從特警轉來當刑警？」

尾聲

凶案偵破，孟小琴在迷惘與絕望中交代了刀與兩名死者隨身物品的去向。它們被她利用職務之便，藏在 B.X.F 酒店的一間私用休息室中，一同放在密碼櫃裡的還有一台老舊的三星數位相機。

當年，心裡還揣著希望和夢想的孟小琴正是用這台不到一千元的數位相機，拍下了從洛城到北邙山的風光。那短暫的旅途，是她三十年人生中最溫柔的時光。她曾站在北邙山的一處山頭登高望遠，將層層疊疊的林海盡收眼底，定格在不算清晰的畫面中，視若珍寶。而如今，這台數位相機拍下的，卻是她浸滿鮮血的慘笑。

「她居然拍了這種照片！」曲值盯著電腦螢幕，難以置信，「她怎麼想的啊！」

照片上的女人身著不起眼的平價襯衫與牛仔褲，頭髮梳得一絲不亂，畫著誇張的煙燻妝與大紅唇，粉底太厚太白，襯得雙唇像染了血一般。她對著鏡頭肆意大笑，眼中盡是狂亂。唐蘇那失蹤的手包正掛在她手臂上，是她渾身上下最昂貴的物品。

「拍下這張照片時，她把自己想像成了唐蘇。」花崇站在曲值身後，單手扶在椅背上，「或者說，她把自己想像成了像唐蘇、徐玉嬌那樣出生在富裕家庭，活得無憂無慮、自由自在的女孩。」

「她簡直瘋了！」曲值一拍桌沿。

「她笑得好嚇人啊。」張貿摸了摸自己的手臂，「看得我雞皮疙瘩都冒出來了。」

「這麼看來，即便邱薇薇的 iPad 沒拍下孟小琴放榔頭的過程，我們也能找到足夠的證據。」柳至秦說：「她把物證藏在酒店，來不及轉移。既然鎖定了她，我們必然找得到這些東西，無非是多花些時間而已。」

「如果我是凶手，我肯定會像她處理手機那樣，把包包毀掉，把刀扔掉。」張貿說：「她在作案現場那麼冷靜，半點痕跡都不留給我們，事後處理物證時倒不乾脆俐落了。」

「她不會扔掉這些東西，它們是她的『戰利品』。」花崇抱臂，輕歎一口氣。

「戰利品？」張貿不解。

「她認為殺死唐蘇、徐玉嬌是在糾正上天的不公。」柳至秦解釋道：「這是她所謂的『逆天而行』。既然『成功』了，從死者身上得來的奢侈品當然是『戰利品』。」

張貿和曲值互看一眼，又齊齊看向花崇和柳至秦，異口同聲道：「你們兩個要不要這樣夫唱婦隨？」

柳至秦微怔，有些尷尬，花崇卻道：「誰是夫誰是婦？給我說清楚！」

「你是夫，你是夫！」曲值喊：「哎喲，花隊，你別一言不合就搶我的冰紅茶！」

柳至秦站在一旁笑。

張貿說：「小柳哥，你和花隊真的很有默契啊。花隊說什麼你都明白，花隊不說你也明白。我就差遠了，花隊不說我就不知道，花隊說了，有時我還需要曲副幫我中譯中。」

柳至秦還來不及答話，花崇已經抱著兩瓶冰紅茶回來了，順勢一拋，「接著！」

柳至秦穩穩地接住，對曲值晃了晃。

「算了算了，不跟你們搶了。」曲值認命，「小柳哥是我們新同事，喝吧，老子多的是。」

「對了，小柳哥的迎新會什麼時候開？」張貿睜著一對圓眼睛問。

「就這幾天吧。」花崇說：「等我寫完結案報告。上回老陳說了，他請客，想吃什麼早點想好，我們去宰他一頓。」

◆

陳爭如約自掏腰包，請重案組的兄弟們胡吃海喝。組裡眾口難調，有人要吃中餐，有人想吃火鍋，有人想吃西餐，花崇想了半天，連抽籤都有人不滿意，最後索性實行強權政策，拉來柳至秦問：「你想吃什麼？」

柳至秦對食物沒什麼偏好，初來乍到也不想搞特權，「都行。你們吃什麼，我就跟著吃什麼。」

「那不行。」花崇說：「你是新同事，這迎新會本來就是為你開的，我們都是蹭著你吃。說吧，想吃什麼。」

「這……」柳至秦雖然沒有選擇障礙，但確實沒有特別想吃的，思考了三秒也沒想出個答案。

花崇也不給他時間細想，「要不然我幫你選？」

他一下子就懂了，笑道：「行，花隊你選。」

花崇立即跟大夥兒說：「小柳哥想吃韓式烤肉。」

「明明是你自己想吃！」曲值想吃粵菜，拆臺道：「你讓小柳哥自己說！」

「好啊。」花崇轉向柳至秦，「小柳哥，你自己說想吃什麼。」

柳至秦相當給面子，「有點想吃韓式烤肉。前陣子上班路上看到離市局一站遠的地方有家韓式烤肉店，一直想去試試，但沒有時間……」

花崇笑得挑起眉梢。

那間店可不是柳至秦上班時發現的，是他不久前偶然跟柳至秦提到的——金宏路新開了家韓式烤肉店，聽說很正宗，哪天去吃吃看。

組員們哄笑起來，張貿說：「小柳哥，你不能這樣子！太寵花隊了！」

「就是啊！」曲值不甘心道。

柳至秦溫和地看了花崇一眼，回頭笑著辯解：「真的是我自己想吃。」

「解釋等於掩飾！」有組員喊道。

不過眾人嘴上雖然不滿，最後還是興致勃勃地奔向金宏路的韓式烤肉店。上次特警分隊的分隊長韓渠讓陳爭白吃了一回，這次也跑來湊熱鬧，肉沒吃幾口，淨抓著花崇喝酒。

店裡熱鬧，大塊的肉裹上油和醬料，在爐子上滋滋作響。重案組吃飯不流行什麼規矩，開場由陳爭說了幾句歡迎新同事的話後，大家就各自端著杯子乾了起來。

花崇對喝酒沒興趣，挑這家店就是看中了這裡的肉。但韓渠挺久沒和他說話了，擠在他身邊硬是不讓他好好地吃，一會兒要碰個杯，一會兒把特警分隊的那些雞毛蒜皮小事拉七扯八地說了一堆，最後還要讓他評論一下。

花崇忙著烤肉，聽得零零落落，酒喝多了，腦子也有些不靈光，半天都沒接韓渠的話，後腦勺冷不防地挨了一下，痛倒是不痛。

花崇抽出一片青菜葉包剛烤好的肉，只聽韓渠罵罵咧咧：「你小子光顧著吃！撐死你！」

花崇心裡想，都到這裡來了，不吃還能幹什麼，像張貿那樣邊喝酒邊哭嗎？

也不知道一喝酒就哭是從哪裡養出來的毛病。

「聽說你跟公安部派下來的那小子處得不錯？」韓渠罵完，開始八卦，「陳爭說這回的案子你們倆配合得天衣無縫。」

「什麼處得不錯有錯。」花崇吃完手上的，又去夾爐子上的。酒精上了腦，身邊又是最熟悉的老隊長，說話就沒那麼多顧忌，「又不是在交往。」

「跟你聊正事，你亂扯什麼交往？」韓渠又想拍花崇後腦，手都抬起來了，又怕再拍會把人拍傻了，只好收回來，拿起酒杯往花崇的杯子裡倒。

花崇不想喝酒，擋了一下，「去去去，你去跟老陳喝。」

「我今天就要跟你喝！」韓渠偏偏不走，「來，跟老哥說說，你和那個駭客小哥是怎麼破案的？」

「人家不是駭客，駭客這兩個字多土。」花崇說：「像鄉村非主流似的。」

柳至秦剛從曲值那一夥人之中脫身，拿著一大瓶薄荷茶走過來，想吃點肉填填肚子，就聽到花崇說他是「鄉村非主流」。

花崇喝醉了，見到他來，立即招手，「小柳哥，過來坐，我幫你烤了牛舌。」

柳至秦放下薄荷茶，客氣地對韓渠笑了笑，「韓隊。」

韓渠暫時放過花崇，舉起酒杯，「兄弟喝一杯？」

「喝什麼喝？」花崇不高興了，把沾好醬的牛舌放柳至秦碗裡，「先吃。」

「嘿，花花，你這就過分了！」韓渠說：「我想和你喝，你要吃肉。我想和駭客小哥喝，你讓他也吃肉。除了吃肉，你就沒一點別的想法了？」

柳至秦很想糾正——我不是駭客小哥。

「有啊，誰說沒有。」花崇繼續烤爐子上的肉。

這回烤的是泡椒肥牛，紅白相間的肉片上全是淺黃的蒜泥和紅豔的辣椒。師傅刀工好，肥牛薄得跟蟬翼似的，鋪上去就熟了。他忙不迭地將肉裹好夾起來，一半丟自己碗裡，一半丟柳至秦碗裡，這才來得及繼續跟韓渠說：「想要你趕緊去找老陳喝酒。」

柳至秦看著碗裡油光水嫩的肉，眼角淺淺一彎。

韓渠被氣到了，往花崇背上一拍，「找老陳就找老陳，撐死你這個沒良心的。」

花崇正嚼著肉，挨了這一下差點嘔出來，在心裡罵這老傢伙出手沒輕沒重，打兄弟跟打犯罪分子用同個力道，簡直豈有此理。

「痛嗎？」柳至秦見狀，立刻倒了一杯薄荷茶，左手撫在他背上，幫他順氣。

「還是你好。」花崇接過薄荷茶就喝，醉醺醺的，「知道心疼隊友。」

柳至秦的手一頓，連同眼神也深了幾許。

花崇說完就繼續撥弄爐子上的肉，右手拿著杯子，輕輕在桌上磕了磕，示意還要。

「這什麼水？還挺好喝的。」

「加了冰的薄荷水。」
「是嗎？我怎麼沒喝出來？薄荷水有這麼甜？」
「裡面還有蜂蜜。」
「喔，那再來一杯。」
柳至秦幫他倒滿，一邊吃已經涼掉的泡椒肥牛，一邊陪他哼歌烤肉。
哼的是什麼歌，大概只有本人明白。
周圍鬧得不可開交，他們這裡倒是落得安靜。柳至秦聽了一會兒，問：「花隊，你哼的是什麼歌？」
「亂哼。」花崇把剪好的大魷魚夾到柳至秦碗裡，「吃。」
柳至秦正要拿筷子，花崇又倒了兩杯酒，「我們也喝一杯。」
「好。」柳至秦端起酒杯，與花崇四目相對。
花崇眼尾下垂，眸子極深，平時看起來就比一般男人多幾分柔和，如今喝了酒，眼中醉意襲襲，更是格外懾人。
柳至秦微眯起眼，輕而易舉地感到心跳正在不受控制地加快。
「歡迎小柳哥加入刑偵分隊。」花崇揚起唇角，笑意入眼，卻又不見半分媚軟，仍是英氣逼人的模樣，「乾！」
酒杯碰撞在一起，發出清脆的聲響。
柳至秦輕聲道：「謝謝花隊。」
「謝什麼？再來一杯。」花崇擺擺手，再次把酒杯倒滿，「孟小琴的案子你出了大力，這杯我敬你。」

柳至秦笑著搖頭，「花隊，是你注意到北邙山的明信片，這才是關鍵。」

「不管，喝了再說！」

意識到花崇已經喝迷糊了，柳至秦不再與他講理，「行，喝了再說。」

一群人鬧到店家打烊，花崇吃得多喝得也多，人還醒著，但反應已經慢了許多。

陳爭和曲值安排各人搭車離開，最後坐在店門外板凳上的，只剩下柳至秦和花崇。

「花隊，老花？」曲值蹲在花崇面前晃了兩下手，笑了，對陳爭道：「老花又喝到魂飛走了。」

「他哪次不是這樣。」陳爭看向柳至秦，「小柳住哪裡？」

「晝景。」柳至秦說：「我叫了車，和花隊一起回去。」

「你們居然在同一個社區！」曲值驚道：「這他媽什麼緣分！」

柳至秦低笑，沒說話。

「本來想一一把你們送回去，既然已經叫了車，我這就不『強送』了。」陳爭斜了一眼花崇，又跟柳至秦道：「花兒就麻煩你了。他要是找不到鑰匙，你就幫他摸摸。」

「嗯，我知道。」

正說著，一輛車停在路邊，柳至秦半扶著花崇坐上後座，回身道：「陳隊、曲副，我們先走了。」

「去吧，路上小心。」陳爭揚了揚手。

花崇上車就開始睡覺，斜倚在車門上，額角蹭著玻璃窗。那姿勢一看就不舒服，柳至秦想拉他一把，手已經伸出去，又覺得有些唐突。

倒是花崇自己在玻璃窗上撞了一下，撞痛了，揉著額角往裡面縮，小聲道：「操，撞我……」

「花隊。」

「嗯？」

「坐過來一點。」

花崇也不見外，挪了過去，順勢往柳至秦肩上一靠，又動了一會兒，似乎在尋找舒服的姿勢，不久就安靜了下來，眼睛閉著，呼吸慢慢平穩下去。

睡著了。

柳至秦低頭看了一眼，喉結略一抽動。

花崇的睫毛比一般男人長，平時將一對眸子襯得愈加深邃，此時閉著眼，那睫毛就像在眼皮旁畫了一圈玲瓏的眼線，別致誘人。

柳至秦聽見自己怦通作響的心跳聲，手心、腳心陣陣發熱，一股難以名狀的熱流在體內胡亂躥動。

他淺淺地呼出一口氣，雙唇分開，似要說話，卻未發一語。

前幾天他曾問花崇，為什麼要從特警分隊調來刑偵分隊。特警與刑警雖然都是員警，但履行的職責並不一樣，適應起來恐怕有諸多困難。

花崇沒有立即回答，過了一會兒才道：「前幾年，省裡徵調優秀特警去西北支援反恐，我去待了兩年，回來就不想待在特警分隊了，想換個環境。」

「為什麼？」

「大風大浪都見過了，在西北每天荷槍實彈，回來呢，偶爾打個靶，要不然就是執行什麼會議安保任務，有落差，感覺成天無所事事，就待不下去了。」

花崇說得挺有道理，乍聽之下也是那麼一回事，但柳至秦覺得他在撒謊。在西北的兩年，可不是單單一句「大風大浪」就能一筆帶過。

花崇顯然不願意繼續這個話題，幾句話就帶偏了話題。柳至秦不便再問，只得將試探的觸角縮了回去。此時花崇喝醉了，半夢半醒，柳至秦猶豫許久，喚道：「花隊，花隊。」

花崇眉間一擠一張，「唔？」

柳至秦舊事重提，「花隊，告訴我一件事好嗎？」

「嗯？什麼？」

「為什麼要調來當刑警？你是特警出身，在特警分隊不是會發展得更好嗎？」

車裡陷入詭異的寧靜，半分鐘後，花崇才輕聲說：「我要破案。」

「破案？」

「……我要找到罪魁禍首。」

柳至秦目光一緊，「什麼罪魁禍首？」

花崇閉著眼搖了搖頭，再次靠在他肩頭，徹底睡了過去。

柳至秦盯著花崇的臉，半晌，歎了口氣，目光轉向窗外，幽深的眸底將城市五顏六色的夜光收斂得深沉如墨。

你想找什麼罪魁禍首？和五年前的那件事有關嗎？

你知道些什麼？你參與了多少？

你和……

究竟有沒有關係？

柳至秦眉宇深蹙，手指壓住眉心。

手掌掩去了浮華世界的光芒，徒留一片黑色的焦土。

車停在畫景二期大門外，柳至秦睜開眼，一側身，見到花崇竟然已經醒來了。

他有些詫異，「我剛想叫你。」

花崇在狹窄的空間裡伸了個小小的懶腰，推開車門，「你的肩膀是不是僵了？」

柳至秦揉了揉右肩，「還好。」

「明天休息，這案子破了，暫時應該不會有新案子轉到重案組來。」花崇打了個哈欠，按著太陽穴說：「你要是沒事的話，明天我們去市場看看？上次你不是說想去買點綠植嗎？正好我家的花死得差不多了，我也想去買幾盆新的。」

柳至秦莞爾，「你也太糟蹋植物了。」

「人民警察辛苦啊。」

「辛苦也不能糟蹋植物。」

「那你去不去？」

柳至秦跟著花崇往社區裡走，「你約我，我當然要去。」

後日開端

去花鳥魚蟲市場要早起，但花崇起不來，從來都是吃過午飯才慢悠悠地晃過去。

今日清早起來上廁所，天剛濛濛亮，依稀記得昨天跟柳至秦有約，但也沒說具體時間。破孟小琴的案子著實辛苦了一把，想來小柳哥也是要睡懶覺的。花崇對著鏡子看了看自己精神不振的臉，打著哈欠回到臥室，撲倒在床上繼續睡。

結果回籠覺還沒睡安穩，放在床頭櫃上的手機就響了。

休息日的一大早手機亂叫，這對刑警來說絕對不是好事。花崇雖然已經習慣了隨叫隨到的生活，但是心臟還是反射性地緊縮了一下。

拿起來一看，在螢幕上閃爍的卻是「柳至秦」三個大字。

花崇揉了揉眼，接起來，聲音帶著被吵醒的不耐與懶散，「喂？」

可這不耐與懶散經過手機，又莫名多出幾分柔軟與依賴，柳至秦聽到，耳膜像被羽毛撓了一下，酥癢的感覺順著血液直抵心口。

『起來了嗎？』愣了好幾秒，柳至秦才問。

「這才七點……」花崇仰躺在床上，下手臂放在眉骨上，「大哥，你嚇我一跳。」

『怎麼了？』

「還『怎麼了』！我以為又來了案子！」花崇扯了一下短褲，本來還想說「早上那裡剛升旗，你這一通電話打來，我旗升到一半，繩子就被嚇斷了，嗖一聲落下來」，可是想到柳至秦挺正經的，便沒說不正經的話。

『我吵醒你了？』柳至秦問。

「你說呢？」花崇「唔」了幾聲，「我剛準備睡回籠覺。」

『那……』電話那頭，柳至秦似在沉思，『那我們還去市場嗎？』

「去啊，怎麼不去？」

『這都七點多了。』柳至秦說：『我還以為你忘了這件事。』

「七點多很晚嗎？」花崇翻身，大半個背露在外面，手在後腰上撓了撓，感覺似乎有蚊子要咬自己，「啪」一聲拍下去。

柳至秦聽到了這聲肉體碰撞的響動，暗歎口氣，『那你再睡一會兒？我晚點再打電話給你。』

花崇閉著眼說了聲「好」，把手機往床尾一放，裹好被子繼續睡，睏意卻消失得無影無蹤。

他坐起來，盯著手機瞅了半天，後知後覺地發現自己剛才好像特別沒禮貌，只好爬過去撿起手機，按了回撥。

柳至秦六點多就起來了，久違地跑了個步，見時間差不多了才打電話給花崇。

哪想得到人家半點起來的意思都沒有，說睡就睡，說掛就掛，自己的一聲「再見」還沒說完，手機裡就只剩下了單調的「嘟嘟嘟」。

柳至秦握著手機愣了幾秒，放下，開始想等等要幹什麼。

花崇這一睡不知道要睡到什麼時候，如果中午才去花鳥魚寵市場，那上午就有幾小時空閒。這陣子整個重案組都忙得腳不沾地，他也跟著熬夜加班，連睡眠時間都不夠，更別說是追蹤那群人的痕跡了。他猶豫片刻，往書房走去。可還來不及開電腦，丟在客廳的手機就響了起來。

他有點明白花崇的感受了——休息日聽到鈴聲，第一個反應真的是「有案子」。

來電者居然是幾分鐘前掛了他電話的花崇。

『小柳哥。』花崇的聲音有精神了不少，不像之前那麼含糊慵懶了，『你吃早飯了沒？』

「還沒。」

『那到我家吃吧，吃完我們一起去市場。我家裡有材料，幫你做份營養早餐。』

「我……」

『還跟我客氣什麼？』花崇邊說邊打哈欠：『我馬上起床。二棟十七之三，到了敲門。』

放下手機，柳至秦看了看剛煎好的雞蛋餅，略一思索，還是決定打包帶去花崇家。

一刻鐘後，他十分慶幸自己做了這個決定。

花崇嘴上說著「馬上起床」，事實上卻賴在床上沒動。柳至秦在門外站了五分鐘，才看到睡眼惺忪，衣衫不整的重案組隊長。

「進來吧。」花崇休息日剛睡醒時和在市局簡直是兩個人，在鞋櫃挖了半天，才想起根本沒有為客人準備的拖鞋，也沒有一次性鞋套，只得將腳上的棉拖往柳至秦面前一蹬，「你穿這雙。」

「那你呢？」柳至秦低頭看他光著的腳。

「我不穿。」花崇說著就往屋裡走，嫌地板涼，還蹦了兩步，「你是客人，我總不能讓你打赤腳吧。」

「你別著涼。」柳至秦脫了鞋，拿起拖鞋追上去，「早上氣溫低，我穿了棉襪，拖鞋還是給你穿。」

「這都要和我爭？」花崇轉過身來，又朝門口走去，從鞋櫃裡挖出一雙夏天的涼拖，「啪」一聲扔地上，「你快把棉拖穿上，我穿這雙。」

那雙涼拖是哆啦A夢，正咧嘴大笑，柳至秦見到哆啦A夢啪噠啪噠地朝自己走來，心頭一樂，彎腰放下棉拖，穿上了。

棉拖暖呼呼的，隱約帶著花崇的體溫。

「那裡有冷水，自己倒。」花崇指了指茶几，挽起睡衣的衣袖，「等著啊，我去幫你做荷包蛋。」

柳至秦不渴，跟去廚房看花崇做早餐。

花崇一共打了四個蛋，準備做兩份雙黃荷包蛋。不幸的是每個蛋都沒打好，倒進滾水裡蛋黃就歪了，撈起來放進碗裡，看起來非但沒有美感，還十分影響食欲。

柳至秦乾笑：「其實也還好。」

「荷包蛋嘛，吃的是蛋，又不是顏值。」花崇努力幫自己挽尊，「好吃有營養就行了，管它好看不好看？好看有什麼用，不好吃的話……我操！」

柳至秦正舀起自己碗裡的荷包蛋，「怎麼了？」

花崇廚藝負分，硬撐著為下屬做早餐的結果就是丟三落四，一碗糖放太多了，一碗忘了放糖。

他自己吃的就是糖放多了的那一碗，剛喝兩口水就被甜到了。

糖少可以加，糖多可沒辦法減，花崇皺眉要倒掉，柳至秦就拿出帶來的雞蛋餅，「要不然吃這個將就一下？」

「你做的？」花崇問。

「嗯，已經涼了。有微波爐了？我拿去熱半分鐘。」

半分鐘後，雞蛋與香油的味道從微波爐裡飄散出來，花崇不由自主地咽了咽唾沫。

柳至秦切開雞蛋餅，裝在盤子裡，「喏，嘗嘗，將就點吃。」

花崇不客氣，拿來一咬，眉梢立即往上一挑。

這手藝何止是湊合，何止是將就！

早餐後，花崇去浴室洗澡。蓮蓬頭一開，不算大的屋子裡立即充斥著隱約卻密集的水聲。

柳至秦將餐桌草草收拾一番，轉過身，開始打量花崇的居所。

兩室一廳，客廳陳設簡單，普通的灰色布藝沙發和玻璃茶几，對面是電視。客廳連著的陽臺是開放式的，面積在普通住宅裡不算小，亂無章法地堆著大大小小的花盆，綠意盎然，角落裡還有三袋營養土和兩盆清水。

花崇說家裡的花死得差不多了，事實卻是個個都活得張牙舞爪。靠牆的三角梅已經撐出陽臺，紫紅色的花朵在晨風裡招搖。

不過這些花草沒經過什麼打理倒是真的，懸在晾衣杆上的綠蘿都快成精了，莖葉散落，像一片綠色的屏風。

同在晾衣杆上的，還有兩條深藍色的三角內褲。

柳至秦將目光從內褲上拉回來，同時平復了一下心跳，然後悄聲走到臥室門口，往裡面張望。

花崇的臥室和陽臺有得拚，被子一半掉在地上，枕頭歪在床沿，看上去岌岌可危，隨時會掉下來，好幾件衣服堆在飄窗上，那裡居然還有一個被襯衫遮住大腦袋的玩偶熊。

亂是亂了一些，卻很乾淨。

柳至秦不太明白的是，花崇為什麼會在臥室裡放玩偶熊？

臥室的旁邊是書房。說是書房，不如說是陳列室。木質書架上沒幾本書，一眼望去，全是榮譽獎狀。

柳至秦沒有走進去，看不清都是什麼獎狀。

倏然想，有當年他在北京拿到的「優秀特警」獎狀嗎？

應該是有的。

只是物是人非，一起領獎的人已經成了老照片裡泛黃的身影。

駐足片刻，浴室的水聲停了。柳至秦回過神，快步走去陽臺，蹲在一眾花花草草前。

花崇裸著上身，只穿了條淺黃色短褲，胸膛和鎖骨上掛著水珠，一邊擦頭髮一邊說：「等我十分鐘，馬上就出發。」

「不急。」柳至秦的目光從他上身滑過，面上不動聲色，心臟卻漏跳一拍，「需要我幫你澆澆水嗎？」

「行啊，那裡是沉好的水。」花崇指著角落的盆子，「用勺子隨便澆澆就行。」
「哪些要多澆？哪些要少澆？」
「不知道，你覺得順眼就多澆一點，不順眼就少澆一點。」
柳至秦見花崇風風火火地朝臥室跑去，彎腰拿起勺子，眼裡卻仍是方才瞥見的風光。
順眼就多澆，不順眼就少澆——柳至秦心想，看來當你家的花，活得不頑強不行。

◆

上午，市場吵鬧而擁擠，人聲鼎沸，卻不會讓人感到不快。
花崇剛進市場就買了一小盆茉莉，一邊逗貓惹狗一邊往前走，走到哪裡，哪裡就狗叫貓叫連成一片，有隻學語的鸚鵡甚至在鳥架上跳來跳去，扯著破鑼嗓子大喊：「哇哇！哇哇！」
柳至秦最初沒聽出個所以然，只覺得鸚鵡一直對花崇拍翅膀很奇怪，才問：「花隊，牠怎麼老是對你叫？」
「因為牠叫的就是我啊。」花崇停下來，逗聒噪的鸚鵡。
老闆餵完別隻鳥，滿臉堆著笑，「喲，花花。」
柳至秦這才明白，「哇哇」就是「花花」，傻鸚鵡發音不標準，把「花」喊成了「哇」。
「早安。」花崇教鸚鵡。
鸚鵡不聽，繼續蹦跳，「哇哇」喊個不停。

「你這個傻鳥！」花崇說。
鸚鵡學會了，「你這個傻吊！你個傻吊！你個傻吊！」
老闆和周圍的人大笑，花崇輕輕在鸚鵡的尾巴毛上彈了一下，「閉嘴！」
「傻吊！傻吊！你這個傻吊！」
柳至秦忍俊不禁，碰了碰花崇的手肘，「這鳥真好玩。」
「牠就喜歡花花。」老闆說：「別人逗牠，牠愛理不理，花花一來，牠還在打瞌睡都有精神了。」
「可不是嗎？」週末來店裡幫忙的小夥子道：「鸚鵡也看臉。」
花崇逗了一會兒鸚鵡，繼續往前走，鸚鵡在後面歇斯底里地大喊：「傻吊！傻吊！肥來傻吊！」
「真有趣。」柳至秦說。
「是吧？小動物有趣，閒來沒事時過來逛一圈，心情都能好一倍。」花崇說著進了一家萌寵店，和一隻小阿拉斯加握了握手。
萌寵店的老闆娘笑嘻嘻地喊：「帥哥又來了，可不能光摸不買啊！」
花崇隨手將剛買的小盆茉莉放狗籠上，笑道：「喜歡嗎？」
大約沒有女人不喜歡花，老闆娘眨著眼，「怎麼，你要送我？」
「我吸妳家狗，妳吸我的花，扯平了。」
老闆娘笑罵：「誰跟你扯平了！誰要吸你的花！」
「送妳。」花崇吸夠了阿拉斯加，退到店門口，「記得澆水。」
阿拉斯加奶聲奶氣地叫，花崇做了個「拜拜」的手勢，「小傢伙，下次見。」

「沒下次了！」老闆娘拿起茉莉，「下次就被人買走了。」
阿拉斯加像聽懂了，不捨地望著花崇。
花崇道：「去個好人家，當隻幸福汪，野爸爸走了。」
老闆娘笑著擺手，「去你的野爸爸……」
柳至秦和花崇一同走出萌寵店，「花隊，你和這邊的賣家關係不錯啊。」
「光摸不買，人家都記得我了。」
光摸不買本來最容易惹人厭，但半條街走下來，柳至秦沒見到哪家店不歡迎花崇的。
正走著，花崇在另一家萌寵店停下腳步，往裡面瞧了瞧，自言自語道：「二娃被賣掉了。」
「二娃？」
「一隻德牧，他們店裡最不可愛的小狗。」
老闆從裡面出來，「喲，又來看二娃？」
「二娃有家了？」花崇問。
「可不是嗎！」老闆嘿嘿直樂，「要給你養你又不養，這下好了，以後見不到嘍。」
「挺好的。」花崇笑，「是個可靠的主人吧？」
「男的，高高大大，我覺得還挺可靠。」老闆打趣道：「反正怎麼樣也比你可靠，我聽老黃說，你連花都能養死。」
「是是是，我不可靠。」花崇揮手，「先走了啊。」
「不進來坐坐？走這麼急幹什麼？」

「這不是把花養死了嗎？得趕去補貨。」

老闆笑著直搖頭。

兩人接著往前走，花崇說：「前面綠植多，去看看？」

「走吧。」柳至秦道：「你是行家，你幫我挑。」

花崇是逗貓惹狗的行家，卻不是挑植物的行家，看對了眼就買，也不管回去能不能養活。

柳至秦則講究得多，一心要買石斛。

有花崇在一旁跟著，店家也沒跟柳至秦亂開價。日上中天，柳至秦買了三窩石斛，花崇買了兩盆多肉和一窩紫薇，這才心滿意足地撤退。

午飯在附近的餐館解決。

昨晚吃太多，早上又塞了個雞蛋餅，花崇沒吃多少，笑著看柳至秦，「小柳哥，挺能吃的啊。」

柳至秦差點嗆到。

這句話是當初他對花崇說的，沒想到時過境遷，花崇又拿來笑他。

「吃慢點，我又沒催你。」花崇說著拿起菜單，「還想吃什麼？我去加。」

「不用了。」柳至秦擦了擦嘴，「下午要幹什麼？回去還是……」

「你呢？」

「我沒安排。」

「我得先回去一趟，把花放下。」花崇說：「然後去看看邱薇薇。」

柳至秦的手指輕微一頓。

「邱薇薇出院了，我聽道橋路派出所的同事說，已經把她安排到孤兒院了。小女孩可憐，我想趁今天去看看她，順道把這兩盆多肉送給她。女孩都喜歡粉嫩可愛的東西，這兩盆我覺得就挺乖，她應該會喜歡。」

柳至秦沒想到兩盆多肉是花崇買給邱薇薇的，聞言，心口悄然一軟，「我也去。」說完又補充道：「反正下午沒事。」

◆

邱薇薇的精神狀態好了一些，但還是分外膽小，拿到多肉時靦腆地笑了笑，怯生生地問：「叔叔，今後你還會來看我嗎？」

「會。」花崇蹲在小女孩面前，理了理對方柔軟的額髮，「我有空就來。」

柳至秦站在一旁，似乎在看邱薇薇，目光卻自始至終落在花崇身上。

離開孤兒院時，時間還早。花崇開了車，回家途中正好經過修築中的洲盛購物廣場。

盛春時節，空氣中彌漫著泥土和青草的清香。

花崇將車停在路邊，「下車走走？」

柳至秦解開安全帶，「好。」

建築工地其實沒什麼好逛的，花崇走了一會兒，想起成為孟小琴第三個目標的羅湘。

當購物廣場正式開業後，她或許就將在這裡工作，又或者，只是像唐蘇、徐玉嬌一樣掛個名。

人生在世，的確有諸多不公。有人生來就擁有一切，有人卻不得不用一輩子去掙扎。

就像同一個購物廣場裡，有賣著苦力，只拿幾百塊血汗錢的工人，也有坐在冷氣房裡，將一切交給下屬去辦的掛名經理。

誰能說清楚命運為何要如此安排？

「出生就贏在終點線上」這種話對一些人來說只是玩笑和調侃，對另一些人來說，卻是真真切切地痛心。

正想著，忽然聽到一聲帶著疑惑的「花崇」。花崇轉過身，只見一個逆著光的男子快步朝自己走來。

花崇虛睖起眼，只覺得對方的聲音與身影都似曾相識。

「花崇！」那個人走近了，「果然是你！」

「連烽？」花崇看著眼前的男子，難掩驚喜，「你怎麼在這裡？」

柳至秦站在一旁，打量著這個名叫「連烽」的男人。

他與花崇差不多高，淺灰色襯衫、黑色西裝褲，襯衫的紐釦扣到最上面一顆，拿著深棕色的皮質男士手包，手上戴著腕錶。是寸頭，濃眉深眼，單看長相就給人幾分壓迫感，五官算不上出眾，至少與花崇沒辦法相比，但眉宇間卻有種淩厲之氣。

柳至秦斷定這個人以前也是員警，且是花崇的隊友。

「我調來洛城工作。」連烽朝旁邊的建築工地抬了抬下巴，「就這裡。今後它開業了，我就要常駐了。」

「洲盛購物中心？」花崇詫異，「你怎麼……」

「我離開警隊後，就沒再待在組織裡了。家裡幫忙找了一份工作，在萬喬地產打雜。」連烽笑道：「洲盛是萬喬的產業，去年收購了這邊的老百貨，我被調過來『開荒』。你呢，還當員警？這幾年過得怎麼樣？」

「對啊，還沒脫下警服。」花崇在連烽的手臂上拍了拍，「你這行跨得也太厲害了吧？以前是玩槍的反恐特警，現在搖身一變，就開起了購物中心。」

「什麼『開購物中心』，我是為開購物中心的人打工。」連烽笑起來的時候看上去倒是挺憨厚的，「其實剛離開警隊時我也不習慣，拿了那麼多年的槍，突然讓我放下槍，成天待在辦公室做跟應屆大學生差不多的文職工作，彆扭死了。但我家裡當初一直不贊成我去警校，那次一受傷，正好『成全』了他們。現在覺得吧，換個職業也沒什麼不好，什麼工作不是工作呢？」

花崇笑著點頭，柳至秦則半眯起眼，似有所感地盯著連烽。

連烽感覺到了他的視線，與他目光一觸，又看向花崇，「這位是？」

「我同事。」花崇說。

「那就也是員警了。」連烽友好地對柳至秦頷首。

柳至秦淡笑，「你好。」

這時，工地上有人喊：「連總！您過來一下！」

花崇挑眉，「已經混成『總』了？」

「哪裡哪裡，他們喊好玩的。」連烽說著拿出手機，「留個聯繫方式吧，我今年在洛城和旭城兩頭跑，改天一起吃個飯，我們敘敘舊。」

回家路上，柳至秦問：「花隊，那位連烽是你以前的隊友？聽你們聊天，他好像不是洛城當地人？」

「不是，我們在莎城認識的。」

柳至秦心臟一緊，「西北那個莎城？」

「嗯，前幾年我不是去西北參加反恐嗎？去那裡的不止有洛城的特警，還有全國其他省市的菁英。」花崇一笑，「我不是往自己臉上貼金，說自己是菁英啊。那邊形勢比較嚴峻，想調過去，必然得有些本事。『菁英』這個說法是上面提的，畢竟提申請是一回事，能不能通過集中考核是另一回事。

我和連烽呢，就是在那裡碰到的。他比我早去一年，我去的時候，他已經跟那邊的部隊混熟了，幫了我們一群新人不少忙。不過要說熟，也不算熟。頭一年我出任務的機會不多，每次都沒和他分到同一組。第二年我們頂上去時，他受了傷，這裡。」花崇拍了拍右肋，「沒傷到肺，但暫時不能出任務了。那邊醫療條件不好，隊上只能把他送回原省。後來我們就沒再見過面，只聽說他早就沒幹員警這一行了。算一算，也快六年了。剛才看到他，還有點懷念。」

「懷念在西北的生活嗎？」柳至秦輕聲問。

花崇握著方向盤，沒有立即回答，似是在思考。

「那邊春天有沙塵暴，夏天特別熱，冬天特別冷，說不上懷念。不過……」花崇頓了頓，「人倒是挺懷念的。離開西北五年，除了同在洛城的兄弟，其他人已經很久沒見面了。」

車裡流淌著舒緩的音樂，柳至秦看著前方的車流，過了許久才問：「花隊，當年你們在執行任務時，有人犧牲嗎？」

一直平穩行駛著的車忽地一剎，柳至秦警惕地側過身，「花隊？」

花崇抿著唇，繼續向前開，聲音沉了幾分，「抱歉，想到了一些人。」

「對不起。」柳至秦蹙眉，「是我唐突了。」

花崇歎氣，「犧牲是少不了的，我們每一個在那邊待過的人，心裡或多或少都有準備。但犧牲的不是自己，而是一同生活的隊友，要接受起來就很困難。」

柳至秦沉默地聽著。

「有人只和我打過照面，我連他們的名字都不知道。有的人是和我同組的隊友，『走』之前，我們還吵過牛肉是紅燒好吃還是爆炒好吃。」花崇抿了抿唇，「他們都是我的兄弟。」

「那你……」柳至秦情不自禁地出聲，險些說出那個深埋在心中的名字。

「嗯？」花崇略一斜眼，「什麼？」

柳至秦暗自長歎，「沒什麼。抱歉，讓你想起了過去的事。」

花崇嘴角微揚，「偶爾想想他們，倒也不是什麼壞事。他們活著的最後時刻，是我們陪伴在旁，如果連我們這些人也忘了他們……」

車轉了個彎，花崇道：「不說這個了。」

剩下的路途，車裡只剩下音樂的聲響，兩人各懷心事，近乎默契地沉默著。

春天的夜溫柔而沉靜，柳至秦拿了個矮凳坐在陽臺上，將上午買的石斛移栽到花盆裡。

他背對著月色，眼裡幾乎沒有光，衣袖挽至手肘，露出筋骨俐落的下手臂。

半小時後，他幫三窩石斛都移好了盆，掃乾淨地上的泥土，將石斛們放在月光下。

在民間，石斛有一個別名，叫做「不死草」。

他從不迷信，知道兄長不可能再活過來。種幾株石斛，不過是留個單薄的念想。

「哥。」他目光像冰海，沒有溫度，卻波瀾不息。

那些人沉寂多年，如今終於在洛城露出了蛛絲馬跡。

他循著蛛絲馬跡一路追尋，居然在無數黑影中看清了一張臉。

是花崇。

他不願意相信花崇與兄長的死有關。

數年前，他臉上塗著厚重的迷彩，第一次見到花崇。這個男人笑起來的時候，目光溫柔又閃耀，只一眼，就落進了他心底，經年生輝。

蛛絲馬跡陡然間成了天羅地網，他輕捏著石斛的葉片，指尖隨著心跳而顫動。

花崇躺在床上，輾轉反側。

最近全副心思都放在案子上，無暇他顧，今日偶然遇見連烽，忽又想起在西北漫長而短暫的兩年，和那些再也回不來的人。

還有那件沒有頭緒，卻不得不追查的事。

柳至秦問——你為什麼要從特警分隊調來刑偵分隊？

過去的五年裡，很多人問過他同樣的問題，他從未將真正的答案告訴任何人。

在西北莎城的最後一次行動，他們徹底清除了一個恐怖組織的殘餘勢力，看似成功，其中卻不乏蹊蹺之處。

最重要的是，他的隊友犧牲得莫名其妙。

從西北回到洛城之後，他利用自己的關係網，暗地裡查過很多次，卻都一無所獲。而特警分隊在資源上有很多局限，不如刑偵分隊。

權衡之下，他做了個破釜沉舟的決定，離開特警分隊，加入刑偵分隊。

這些年，他始終沒有放棄追查，一來性格使然，二來死去的是他過命的兄弟。但一個人力量有限，周圍又沒有可以依賴的人，追查進行得很不順利，時至今日，他只知道當年的隊伍裡肯定有內鬼，這導致了行動時情報洩露。

但這個內鬼是誰，無從知曉。

為了此事，他始終與市局的同事保持著一定的距離，就算是與陳爭、曲值、徐戡、韓渠也並未交心。

但柳至秦的出現，好似將他構築的那堵透明的牆撞出了一絲裂紋。他竟然與柳至秦一同回家，請柳至秦到自家來吃早飯，和柳至秦一起去花鳥魚寵市場，最後還散了個步。

不知什麼原因，與柳至秦在一起時似乎很輕鬆，好像扛了許久的包袱也暫時放下了。這個突然到來的男人身上，有種親切的、似曾相識的味道。

但他確定，過去並不認識柳至秦。柳至秦也親口說過，第一次見面是在僑西路的洲盛購物中心。

那麼，似曾相識的感覺從何而來？

花崇閉上眼，忽又睜開，盯著黑暗中的天花板，腦中突然一閃。

石斛？

『這什麼玩意兒？有沒有毒啊！』

『怎麼會有毒？這是石斛，泡水喝了明目。我們當狙擊手的，眼睛不好怎麼辦。』

『我操，你小心點，別把自己毒死了。』

眾人哄笑，笑聲漸遠，像褪去的海潮。

花崇輕輕拍著額頭，心想是自己想太多了。

◆

轉眼到了五月，天氣一天比一天熱。

破了孟小琴的案子後，重案組著實閒了一陣子，曲值還抽空休了年假。

花崇申請的新窗簾到了，深藍色，厚實，手感不錯，看起來遮光效果也不錯。

掛窗簾這種事自然不能勞煩隊長，張貿自告奮勇，擺了個板凳就往上面爬，結果光是摘下舊窗簾就耗了一番功夫，還因為沒拿穩，被滿是灰塵的窗簾蒙成了人形袋。

花崇在一旁笑，「一看你就是在家從來不做家務的小孩，換個窗簾都換不好。」

柳至秦把「人形袋」從板凳上扶下來，自己身上也沾了不少灰。

張貿扯下舊窗簾，灰頭土臉，接連「呸」了好幾下，「我靠，這窗簾有毒吧，怎麼這麼多灰？差點讓我染上塵肺病！」

「這就塵肺病了？」花崇靠在小桌子旁，「要不要我幫你跟老陳申請工傷？」

「那不行，工傷就不能待在重案組了。」張貿拿紙巾抹著臉，「我費了九牛二虎之力才進重案組，輕傷可不下火線，花隊，你不能把我趕走。」

花崇笑，目光挪向窗邊，柳至秦正在理新窗簾的掛鉤。

窗外陽光大盛，一簇一簇金光透著玻璃灑進來，盡數打在柳至秦身上。

柳至秦身著一件細紋模糊的白色襯衫，深色休閒褲，背對花崇而立，袖口挽至下手臂，理好掛鉤後抖了抖窗簾，抬腿站上板凳。

「小心。」花崇連忙走過去，靠近後卻發現扶也不是，不扶也不是。

板凳只有一個，不存在兩個板凳疊在一起的情況，所以不用扶板凳。但既然已經上前了，總得勉強扶一下。

能扶的，似乎只有柳至秦的腿。

柳至秦舉著窗簾，居高臨下，先是有些詫異，繼而淺笑道：「花隊，擔心我摔下來？」

花崇心頭微動，「你小心一些。」

張貿站在後面左看看右看看，心想自己剛才也爬上板凳了，怎麼就不見花隊過來叮囑？

曲副說得沒錯，花隊果然偏心！整個重案組，花隊最喜歡小柳哥。

不過小柳哥這麼優秀，一來就請大家吃宵夜，還沒入職就幫忙破案，誰不喜歡呢？

張‧缺心眼直男‧貿只花了半分鐘時間，就把自己說服了。

柳至秦三兩下就掛好窗簾，試著拉了幾下，「好了。」

「下來吧。」花崇說完，做了個自己都沒想到的動作——張開雙臂，向上舉起。

柳至秦：「……噯。」

花崇：「嗯？」

柳至秦索性蹲下來，「花隊，你這姿勢是打算在我跳下來的時候，將我接進懷裡？」

花崇這才發現自己剛才的動作有點蠢。

「不過這板凳太矮了，應該跳不出效果。」柳至秦笑，「下次吧。」

花崇莫名有種被撩了的不適感，立刻後退一步，「快下來，把凳子擦乾淨。」

柳至秦端著板凳去水池，張貿又一根筋地想：看來花隊還是一視同仁的，雖然喜歡小柳哥但也會差遣小柳哥做事。

今年的長官匿名考評，得幫花隊打個一百分！

「發什麼愣？」花崇拍了拍張貿的後腦，「去，把電視聲音調小一些。」

重案組辦公室有台電視，時開時關，開著時幾乎都在播各地新聞。早上不知道誰一來就開著，音量還調得特別大。

張貿接到命令，找來遙控器一邊調音量一邊看新聞。

正在播的是北方一座城市的社會新聞，講的是一個未成年少年揪集一幫不良學生，在學校橫行霸道、欺負女生，被人拍下來傳到網路後引起軒然大波，全國網友自發性地「肉搜」這位少年，在網路上口誅筆伐，更有甚者還建了一個討伐群組，到少年所在的學校討說法、堵作惡的學生。少年被打得遍體鱗傷，網路上一片叫好，「活該」的聲音占了絕大多數。

前天，少年的母親受不了網友的指責，跳樓自殺。直到此時，才有零星的聲音發出——這起轟動網路的校園霸凌其實是一群人嘩眾取寵的「遊戲」，少年並未真的欺負女生，女生並未真的受到傷害，他們計畫好要拍這個影片，目的只是為了在網路上「紅一把」。

鬧劇成了慘劇，新聞以深度報導的形式與觀眾討論兩個問題：如何規範網路作秀？如何把握所謂的「肉搜」尺度？

分析員最後總結：當事人有錯，但網路暴力不該成為懲治一個人的工具，網友沒有資格也沒有權力對另一個人實施制裁，更不應該將這種制裁延伸到現實中。這不是正義，是打著正義旗幟的發洩，是犯罪！

「真閒。」張貿調小音量，回到座位上做事。

來重案組串門子的李訓也看到了這個新聞，「但如果真的是校園霸凌，我支持『肉搜』。」

「我們可是刑警，這些話不能亂說。」張貿翻著文件，「如果真的是霸凌，那找到施暴者就是我們的職責。如果發展到需要網友去『肉搜』施暴者的地步，那就是我們瀆職了。」

「你這覺悟不錯啊。」

「那當然。」張貿笑了笑，「覺悟不過關，要怎麼跟著花隊混？」

◆

花崇偶爾會去孤兒院看看邱薇薇，帶些女孩慧喜歡的東西。柳至秦有時也一起去，但很少進去，多數時候都站在外面等著。

「你不進去，還跟我跑這一趟幹嘛？」花崇與柳至秦熟了不少，相處起來比剛認識時隨意許多。

「陪你啊。」柳至秦說。

花崇招呼他上車，開玩笑道：「我來關懷小女孩，還需要你陪？」

「那你就當作我愛跟著你好了。」柳至秦繫好安全帶，「現在回去？」

「不然呢？這麼熱的天，你想去哪裡？」

「我也想回去。快到家時把我丟桂香西路街口吧，我去買點菜。」

「什麼丟不丟，飯一起吃，菜我還能讓你一個人去買？」

柳至秦撥弄著空調的出風口，「我還以為你又想當翹腳老闆。」

花崇狡辯，「我哪次當過翹腳老闆？」

柳至秦笑而不語，懶得爭辯。

自從上次嘗過柳至秦煎的雞蛋餅後，花崇就時不時跟柳至秦蹭飯。這飯蹭得特殊，不去柳家蹭，反倒是自己買好菜，讓柳至秦來自己家裡做。

做的都是家常菜，柳至秦的手藝雖然過得去，但不會做工序繁雜的菜，往往忙碌一上午就做個三菜一湯，三葷一素。

花崇除了買菜，就只能幫忙，淘米洗菜還行，切菜就不行了，刀工差不說，還淨做危險動作。所以每次也就象徵性地勞動一下，洗完菜無所事事，只能站在一邊看著。

對下苦力的柳至秦來說，花崇這和當翹腳老闆也沒什麼分別。

一起破過案，一起做過飯，彼此之間似乎又熟了不少。花崇有時擔心自己的私人空間會被侵占，但一想到對方是柳至秦，又覺得好像沒什麼關係，甚至隱約覺得，往後若是跟柳至秦交了心，說不定還能託柳至秦用網路技術查一查當年的事。

不過這也只是想一想而已，他暫時還不想將其他人牽扯到危險中。

今天柳大廚做的是香酥雙椒魚、芋頭燒雞、肉末豆腐、糯米蓮藕。花老闆吃得津津有味，還提前預訂了下週休息日的「大餐」。

「要入暑了，吃清淡點吧。酸蘿蔔鵝掌湯怎麼樣？」

「酸蘿蔔鵝掌湯？」柳至秦靠在廚房門邊看花崇洗碗，「這個簡單是簡單，但還需要用大骨熬湯，熬好了再放鵝掌下去燉。」

「沒問題。」花崇將洗好的碗放在流理臺上，「再加兩樣涼菜，嗯……滷豬耳朵和滷豬尾巴哪個更好吃？」

「我覺得都行，滷牛肉也可以。」

「那就省事了，我……」

花崇話音未落，放在客廳茶几上的手機就響了起來。

「幫我看看是誰。」花崇頭也不回地指揮，「別是老陳就好。」

柳至秦拿來手機，歎氣：「還真的是陳隊。」

花崇神情一變，知道陳爭沒有正事，絕不會在休息日打電話給下屬，於是連忙在圍裙上擦乾手，接過手機一滑，「陳隊。」

『有案子了。』陳爭說：『洛城大學新校區的學生報案，稱在校園內未開發的北區發現一個人頭。長陸分局的同事已經趕去了，屍體不全，可能是性質惡劣的碎屍案。馬上通知你組裡的成員，立刻去洛大新校區。』

番外　平行世界　其一

那年的聯訓落下帷幕時，所有被高強度訓練折磨得死去活來的菁英都鬆了一口氣，個個癱倒在地，大呼地獄日子終於結束了，只有一人在暗自遺憾——聯訓怎麼結束得這麼快？

結束了，今後還有機會遇見那個編號〇一四的特警嗎？

花崇就像無風的沉悶夏日，輕飄飄落在深潭上的一朵野花，先是濺起一串細小的水珠，然後蕩開一圈圈染著光的漣漪。

在遇到他之前，安岷從未覺得人類這麼有趣。

天才大多數與孤獨為伴，倒不是他們無法合群，而是享受這份孤獨，過度的交際對他們來說是一種困擾。安岷無疑屬於這一群體，多年來最親近的只有哥哥安擇。其他人在他眼裡，都因為過於普通而缺乏吸引力，只有那個笑起來自信甚至有點囂張的〇一四讓他忍不住想要靠近，探尋更多。

可要問緣由，他並不能對自己解釋花崇到底是哪裡讓他著迷。

這偶爾讓他很苦惱。對一個自認為理性客觀的人來說，任何人與事都能清晰衡量，不能衡量就是哪裡出了差錯。

他參加過多年的電腦競賽，現在雖然在軍校就讀，對網路安全的掌握亦是出類拔萃。有 Bug，那就找出來加以修正。

但關乎花崇，他居然找不到 Bug。

「一見鍾情」這個酸溜溜的詞曾經被他嗤之以鼻，但現在，他發現也許只有這個詞才能解釋他的 Bug。

他對他哥的好隊友、好兄弟，一見鍾情了。

各省的特警分批離開，軍校生最後。安岷遠遠看著洛城特警的遊覽車駛離，臉上的神情變得淡漠又不悅。

一天後，安擇約安岷吃飯，兄弟倆相依為命長大，現在倒是各有各的事業和學業，天各一方，要見一次面不容易。

安擇心疼安岷，訂了一家不錯的烤肉店，生怕安岷在學校餓到。吃到一半，安擇還想再加幾份肉，被安岷攔下來，「哥，差不多了。」

安擇搖頭：「你在發育，多吃點。」

安岷無奈，「我都二十了。」

「二十也是小孩。」安擇突然想到飯量和自己不相上下的隊友，立刻把人拉出來當正面教材，「洛城那個拿了好幾項第一的哥們兒，你知道他為什麼那麼厲害嗎？」

安岷手一頓。

洛城，好幾項第一，這兩個定語擺在一起，不需要說出名字他也知道是誰。

他想聽安擇說花崇，又有點小年輕特有的矜持和驕傲，假裝不在意道：「嗯？為什麼？」

安擇夾起一塊厚切牛肉往他沾料盤裡一丟，朗聲道：「因為他能吃！」

安岷：「……」

安擇全然沒察覺到自家弟弟的無語，還在那裡滔滔不絕，「能吃才長大，才有爆發力和耐力，他的反應力也是一絕。你多吃點，你和我們不一樣，不僅需要體力，還需要腦力……」

安岷默默吃完牛肉，趁安擇講道理的時候，把烤架上大部分的肉都夾進安擇碗裡。

安擇講完，一看，嘀咕起來：「哎呀，怎麼都給我了？」

安岷：「像洛城那個特警一樣增長體力。」

安擇大口吃起來，「嗯嗯，有道理！」

吃完結帳，兄弟倆在街上散步消化。安擇明天下午就要回去了，下次再見不知道是什麼時候。捨不得的情緒一上來，安擇說：「要不然今晚你跟我去泡溫泉吧？」

安岷搖頭，他才不去湊熱鬧。

剛才吃飯時安擇就跟他說了，他們這群參加聯訓的特警要去泡溫泉，算是吃個散夥飯，沒邀請軍校生和警校生。而且據他所知，洛城的特警昨天就離開首都了，沒有花崇，他沒有去的欲望。

安擇惋惜，「真的不去啊？你去的話，就和哥住同一個房間，我們很久沒睡前聊天了。」

安岷笑了笑，「哥，你天天和隊友睡前聊天，還沒聊夠啊？訓練強度太大，我預約了晚上的肌肉按摩，真的不去了。」

安擇只能說：「那好吧，身體要緊。」

過了一會兒，安擇又說：「本來想讓你看看花崇吃飯的，你跟他學習學習……」

安岷的神經頓時繃緊，脫口而出：「花崇？」

「啊，就是洛城那個帥哥，我的好哥們兒！」安擇說：「你現在長大了，不聽哥哥的話了，讓你吃肉，你丟我碗裡。你看看人家吃得多香，說不定能促進你的食欲。」

安岷啞了兩秒，故作鎮定，「洛城的不是最早撤嗎？」

「沒撤完，走的那一群是有緊急任務，剩下的還在酒店呢，明天我們一起去機場。」安擇見計程車來了，抱住安岷道別，叮囑得沒完沒了。

安岷突然打斷，「我今晚去找你。」

「你不按摩了？」

「……按完再去。」

安擇在安岷背上狠狠拍了一下，「行！今晚和哥聊聊！」

看著計程車離去，安岷緊繃著的肩膀緩緩放鬆，唇角壓了幾下，那一絲驚喜還是顯露了出來。

昨天看著花崇離開時，他想不到這麼快他們就要再次見面了。

聯訓時他不是臉上塗滿油彩就是戴著人質頭套，花崇還從未見過他本來的樣子。

下午的時間突然變得格外難熬，安岷想立即趕去溫泉山莊，又找不到理由。只恨自己把話說得太早，不按摩怕是不行了。

「岷兒，等等去吃燒烤啊！」一同按摩的同學說。

安岷已經提前結束按摩，正在換衣服，「我不去了。」

同學驚訝，「為啥？你今天很奇怪啊，心不在焉的，你要幹嘛？」

按摩師附和，「對，安同學今天就是心不在焉的，是我按痛你了，你想跑？」

安岷把安擇扯出來，「陪我哥去。」

太陽西沉，安岷叫了輛車，讓司機開快點，趕到溫泉山莊時天已經黑了，山上的棟棟別墅亮著燈，遠遠看起來很有人氣。

安岷打電話給安擇，安擇那邊太吵了，說大家都在酒吧，讓他去房間放好東西快過來。

安岷不喜歡太吵的地方，想等一會兒旁敲側擊問問花崇在哪裡。

山莊裡有很多溫泉小池，都在別墅裡面，好幾組人馬合用一個院子。安岷找到安擇的房間，站在陽臺上出神。

這裡的環境很好，山林清幽，確實是聚會和放鬆的好地方。

忽然，下方晃過的人影落入安岷的餘光裡。他定睛一看，那個背影過於熟悉。是花崇？

背影很像花崇的人穿著浴袍，右手提著一個小籃子，步伐輕快地往一個半露天溫泉池走去，很快就看不見了。

安岷有些疑惑，安擇不是說，大家都在酒吧嗎？為什麼花崇會一個人泡溫泉？那個人真的是花崇？

來不及多想，安岷反應過來時，已經在追去溫泉池的路上。

花崇是忘了帶飲料和吃的，折回來拿的。

他們下午就到了，泡了一會兒，沒怎麼盡興就被叫去吃飯。吃完了，大家去酒吧和棋牌室，他還想泡一會兒，就沒跟著去。剛才挑好池子、換好衣服，下水之後卻想起差了點什麼。

沒有可樂和牛肉乾、洋蔥圈，怎麼算是泡了溫泉？

洋蔥圈要現炸，他等了一會兒，不知道再次往池子走時，已經落入了窗邊人的視野。

把小籃子放在池邊，花崇哼著歌浸入溫泉，發出一聲舒服的歎息。

他那幾項優勝也不是輕鬆拿來的，流過多少汗、拚得有多猛只有他自己知道。聯訓進行中，整個人都是繃著的，倒沒覺得哪裡難受，這鬆弛下來才感到脫力。

溫泉一泡，懶得不想動，連反應都遲鈍了些。

不過這裡被特警們包了場，外人膽子再大也不敢造次。他鬆懈得理直氣壯，沒注意到身後漸近的腳步聲。

安岷在林蔭道上看著玻璃遮雨台下的人。

暖黃色的燈光傾瀉在溫柔的池水上，花崇赤裸的背靠著青石板，雙臂向兩邊展開，懶散地搭在池沿。

周圍夜色環繞，天地間彷彿只剩下這一籠微光，它是柔和的，可它籠罩著的身體，卻昭示著力量、熱情。

也許還有純粹的性感。

安岷的瞳孔很輕地收縮，他看得清花崇肩背上的肌肉線條，它們不粗壯，卻像精工雕琢一般，每一個弧度、每一塊隆起都恰到好處，隨著花崇小幅度的動作而起伏，牽引著他心臟的搏動。

第一次，他感到自己無法控制內心的悸動。這種悸動讓他覺得難堪，甚至有些可恥，它不該出現在一個能夠完全控制自己情緒的人身上。

空氣中好像漂浮著某種感染神經的藥。冷靜、邏輯這些他與生俱來的東西正在悄然流走，升騰起來的欲望、興奮、躁動近似獸類的本性。

安岷猛然吸氣，甩了甩頭。

這樣的動靜終於讓花崇注意到，聞聲回頭時，安岷已經沒有辦法躲藏。

視線隔著一片輕柔的水氣在夜色中交會，花崇在光裡，安岷在夜裡，好似光流淌進了昏暗的霧中。

安岷呼吸微頓，一瞬怔然地站在原地。

花崇也有些疑惑，不遠處的寸頭男子看上去很年輕，似乎還是個學生，不像這裡的服務生。但陌生人怎麼會出現在這裡？

即便是陌生人，花崇也沒有嗅到任何危險，而身為一名優秀特警，他相信自己的「嗅覺」。片刻，他想，也許是走錯了地方的客人。

山莊每天接待許多客人，雖然各有各的院子和別墅，但第一次來的話，走錯了也不是什麼稀奇的事。而且這個人一看就是個弟弟呢，誤入別人的地盤，還有點慌張。

花崇馬上擺出哥哥的寬容和人民警察的正氣，笑著招呼：「也來泡溫泉啊？」

安岷更加失措，花崇是認出他來了？

但即便失措，安岷也沒表現出來，還是站在那裡，拿捏著沉穩酷哥的固執。

這股固執在花崇眼裡，就是小年輕的拘束彆扭、不好意思。

儘管他自己年紀也不大，才二十三歲，但在這小哥面前，自然得成熟大氣點。

「我們這裡是A3，你住哪裡？」

安岷一聽，反應過來，花崇並沒有認出他，是把他當成走錯院子的客人了。鬆口氣的同時，又有些隱祕的失落。安岷隨口道：「我來找我哥。」

花崇以為人家不願意說住在哪裡，那這隱私他也不打聽了，為了緩解尷尬，他指了指小籃子，「吃洋蔥圈嗎？剛炸的。」

安岷還是沒動。

花崇這回直接站了起來，嘩啦一聲，那些細小的水珠像金屑墜落。

「都是來泡溫泉的，小兄弟，別不好意思啊。」

幾秒後，安岷別開視線，小聲說：「嗯。」

夜風清爽，花崇抖開浴巾，不管身上的水，直接披在肩上，大喇喇地坐在青石板上，雙腿舒展，手斜斜撐在身側。

浴巾根本什麼也擋不住，腹肌、胸口全都展露在安岷眼中。

這裡本來就是溫泉，誰泡溫泉還穿得嚴絲合縫的？再說都是男人，花崇不覺得有什麼，擰開可樂瓶，滋的一聲響起。

這瓶是新開的，還沒有喝過，他正要拿到嘴邊時，手略微一停，問：「你口渴嗎？」

安岷並不口渴，卻鬼使神差地點了點頭。

花崇於是將瓶口拿遠，仰著頭往嘴裡倒，喝夠了就遞給安岷，「沒碰到，不嫌棄吧？」

安岷接過，象徵性地倒了一口。雖然很小心，但大約正是因為太小心，竟然灑出來了，可樂順著他的嘴角淌了下來。

花崇樂了，偏著頭笑。

安岷擦掉可樂，去看笑自己的人。

花崇意識到自己不厚道，止住笑，「沒事，我也灑出來過，流到這裡來，衣服都濕透了。」說著，他從鎖骨比劃到腹部，這動作做的人做得坦蕩，看的人卻別有心思。

安岷的視線跟隨花崇的手指，描摹指尖經過的地方。壓抑著的那份悸動像噴張的脈搏，攪動著他早已不平靜的心潮。

「你……」說話只是為了掩飾情緒，儘管問出的話毫無意義，「怎麼會灑出來？」

花崇卻沒聽出話裡藏著的躁動，「剛打完球啊，渴死了，拿起水就灌，喝一半澆一半。洋蔥圈你吃了沒？」

安岷對這些油炸食物毫無興趣，但花崇已經把小籃子推到他面前，他只好拿起一個。

花崇也沒太多話能說，剛才那股尷尬緩解了，吃的也分享了，他就安靜地吃起牛肉乾。

安岷幾次想找話題，都沒找到合適的。後來索性不找了，隔著小籃子看花崇的側臉。

脫下特戰服之後，花崇的輪廓似乎柔和了許多，沒有那種捨我其誰的殺氣了，但那屬於普通人的鮮活力量給他的吸引力卻絲毫不遜於在聯訓營時。

他意識到，自己著迷的不僅是身為菁英特警的〇一四，更是花崇這個個體。

所有的明亮都跳躍在花崇眼裡，那是一雙傲氣、自信，又浪漫的笑眼。從來沒有一雙眼睛讓他急切地想望到底，仿彿那眸子深處有獨獨屬於他的寶物。

花崇挺不解的，這小孩——比他小的都是小孩——怎麼坐著就不走了？是他的洋蔥圈特別好吃嗎？

「這是酒吧炸的，包含在自助消費裡，你等等還可以讓他們炸。」花崇很善良地推薦他。

安岷低頭看看小籃子，就在他以吃洋蔥圈為幌子和花崇待在一起時，已經把花崇的洋蔥圈吃完了。

安岷沉默地將小籃子推遠了一點。

花崇這回終於細緻地發現這小動作裡的窘迫，再仔細看人，隱約覺得對方的鼻梁和眉眼似乎在哪裡見過。但這裡不是洛城，若說似曾相識，那只會是在聯訓營裡打過照面。這弟弟……可別說，氣質上挺像那麼一回事的。

而且長得還很英俊，是年輕、鋒利、乾淨的英俊。

安岷站起來，花崇也在此時起身，手在安岷肩上輕輕一搭：「我們是不是見過？」

青石板沾了水，很滑，安岷剛好沒站穩，被這一搭一嚇，竟滑進了池子裡。

花崇眼疾手快，靈敏地伸手去拉，但下墜的衝力太大，就在兩隻手緊握住時，他被安岷狠狠帶入水中。

水高高濺起，像一面陡然升起的屏障，將他們和世界隔絕開來。

浴巾被水花撞向池邊，花崇幾近赤裸，安岷出自本能地將他抱住，這一刻，溫泉似乎沸騰，他的心臟就是熱源。

「唔——」溫泉池並不深，花崇雙腳在池底踩實，破水而出。

這一下他也沒想到，救人沒救到，還跟著栽進去。幸好周圍沒隊友，不然得被笑死。

安岷也站穩了，狼狽不已。雖然是一起落水的，但花崇本就是泡溫泉的打扮，無所謂，他卻穿著T恤、牛仔褲，全身都濕透了。

唯一比花崇好的是他是寸頭，濕了不影響什麼，花崇的頭髮比他長，濕了就亂糟糟地貼著臉。

「抱歉。」安岷說：「連累你了。」

花崇先一步上岸，遞出一隻手，開玩笑道：「這回不能再把我拉下去了啊。」

眼前的手修長，卻不細膩，有磨掉之後又長起的繭，有凸起的筋和血管。

安岷凝視須臾，握住。一個不容抗拒的力道降落在他手上，俐落地將他拉了起來。

地上立即暈開水痕，花崇一打量，覺得面前這濕透的人更可憐了，一時也忘記確認對方身分，說：「你有乾淨衣服嗎？快回去換。」

安岷遲疑了一下。

花崇：「沒帶？」

安岷沒帶能換的外出衣服，他不是來泡溫泉的，只帶了睡衣。

「嘖。」花崇說：「你別站那裡了，小心感冒。要不然……先去我那裡換一身衣服？」

安岷有幾分不自在，還是點點頭，「好。」

花崇住的是標間，隊友不在。把安岷趕進浴室後，他才想起自己這裡沒有新內褲啊！

他可以把衣服借給小孩穿，內褲不行。

「你……」花崇敲敲浴室的門，想了想叫對方什麼，「弟弟，我出去一下，你多洗一會兒啊。」

弟弟兩個字從安岷神經上掠過，像是撥動了某道琴弦。安岷在餘音中回味，想到要回應時，花崇已經關門出去了。

櫃臺就有賣洗漱用具和換洗衣物，花崇迅速跑去，買好內褲轉身就走。回來時，蓮蓬頭的聲音剛停。門是滑門，沒附鎖，花崇說：「幫你買了內褲，自己拿？」

十多秒後，門打開一條縫，一隻濕漉漉的手伸出來，因為看不見外面的情況，還小幅度地抓了兩下。

花崇覺得好玩，把盒子遞過去又拿回來，看人家亂抓，躲在一邊忍笑。

安岷發現自己被戲弄了，手不再動。花崇用盒子去碰他指尖，他也不拿了。

「生氣了？」花崇一點內疚感都沒有，把盒子塞安岷手裡，笑道：「給你。」

安岷沒立即收回手，過了幾秒才低聲說：「謝謝。」

大約是剛洗了澡，他的聲音浸著潮意，有某種與年齡不符的東西。

花崇聽得莫名有些心癢。

安岷從浴室出來時，已經換上花崇的白色運動服。是很輕薄的材質，短袖短褲，有銀灰色的條紋點綴，設計上充滿少年感。

而安岷脫離少年的範疇本來就沒幾年。

花崇看得愣了一下，之前安岷穿著牛仔褲，他還沒注意到對方的腿很長，好像比他還長？

安岷看著花崇走近，無意間後退了一步，眉淺淺皺起。

他不知道花崇要幹什麼。

近到拖鞋貼著拖鞋時，花崇抬起右手，像極了要「壁咚」。安岷眉心擰得更緊，身子卻沒動。

但花崇的手只是從他肩側畫過，橫在自己頭頂，然後在他額前比劃了一下。

「操！」花崇說：「你居然比我高！」

安岷：「……」

突然計較身高是他沒想到的。

安岷：「居然？」

花崇一副挫敗的模樣，晃了晃頭，「現在的小孩是吃什麼長大的？」

安岷眼皮輕跳，「小孩？」

花崇：「你比我小啊，還比我高。」

看著那半濕半乾的頭髮，安岷覺得如果花崇有兩隻小狗耳朵，此時它們一定是垂著的。

看見安岷悄然流露出的笑意，花崇不高興了，「你還穿著我的衣服呢，還笑我！」

安岷抿下唇角，「沒有。」

「有！我看到了！」花崇說完又大氣地為自己找臺階下，「沒事，我開個玩笑。你多大啊？」

「今年二十。」

「噢，我大你三歲。」花崇邊說邊拿起泡溫泉前脫下的衣服，「我也要洗澡了。你待著也無聊，自己去玩？」

安岷問：「那衣服……」

花崇不在意道：「我明天上午走，你放在櫃臺就行了。」

浴室裡響起水聲，安岷聽了一會兒，推門離開。

酒吧嘈雜，安擇沒接到安岷的電話。安岷打了好幾通後，傳了一條訊息給安擇，揹上那個還沒有打開的背包回去了。

花崇洗完澡，被叫去酒吧，音樂聲吵得只有湊到耳朵旁才能聽見對方說了什麼。

安擇終於看見訊息，跑到門外打電話給安岷，『怎麼現在就回去了？』

安岷坐在計程車後座看著窗外，語氣平靜，眼中卻像風暴來臨前的大海，「學校臨時有點事。」

安擇念他幾句，又說：『那好吧，照顧好自己。』

「嗯，哥，你也照顧好自己。」

通話結束，安岷閉上眼，對安擇撒謊的內疚和帶著花崇衣服逃離的興奮來回沖刷著他。

對，是興奮，他不曾體會過的興奮。

今夜之前，他從未想過自己會做這種事。對花崇而言，他只是一個誤闖的陌生人，花崇為了救他而落水，還將衣服借給他。

他卻穿上了就不想還。

這不對，他知道，但他難以控制那種瘋狂的衝動。

小時候，安擇常說他和周圍的孩子不同，他問哪裡不同，安擇說，他們一會兒想要星星一會兒想要月亮，不滿足就哭，但你都沒有情緒特別激動的時候。

他有點冷漠地說，因為他們笨。

過去二十年都沒有出現過的激動、衝動，現在全都出現了，他就像個自律到極點的人突然幹了一件壞事。

不是自責，不是恐慌，是亮度極高的亢奮。

他的手心出了一層薄汗。

花崇的酒量不行，和安擇他們喝了幾杯就暈乎乎的，大家都年輕，說起未來滿嘴亂屁，後來還是安擇將他扶回客房的。

一覺睡到上午十點多，要準備去機場了。

花崇提著行李包，跟櫃臺要衣服，櫃臺一臉傻眼。

花崇問：「沒有一個小孩來還衣服嗎？」

他說「小孩」時，還舉手比了一下身高，「這麼高，一套白色運動服。」

前臺：「……」

什麼小孩是一百八十幾的？

花崇自言自語：「難道忘了？」

隊友不知道詳情，在大廳催。花崇想，要不是人家是有什麼苦衷把衣服穿走了就是還在睡，來不及還。

現在去一間間找也來不及了，而且就一套穿舊了的衣服而已，沒必要。

「算了。」花崇對櫃臺笑笑，「如果等一下有人來還，你就跟他說不用了。」

特警們的車向機場駛去，告別這個灼熱的、不安分的夏天。

◆

「什麼？你要轉系統？」身穿軍裝的院長不可思議地看著自己的得意門生，眼中有少見的惱怒和訝異，將申請報告重重往桌上一拍，「回去考慮好了再來找我！」

安岷亦穿著筆挺的軍裝常服，領帶打得十分周正，無論是站姿還是神情都給人鋒銳和堅定感。

「老師，我已經考慮好了。」

院長深知他的秉性，既然他會站在這裡，就是打定了注意，卻還是不死心地問：「理由？」

安岷鄭重道：「我更想成為一名員警。」

院長按捺著怒火，「叫你哥打電話給我！」

安岷說：「您知道他在莎城，任務繁重，我不想讓他分心。」

院長喝道：「你也知道不該讓他分心？你怎麼就這麼倔？訊息戰部隊點名要你，你不去，你哥知道了不會氣死？」

安岷說：「他不會。」

從小到大，安擇不僅給了他親人的關愛，還給了他最大的尊重。

院長知道留不住人，卻忍不住嘮叨：「你現在想轉員警體系，能轉到哪裡去？省廳市局？那是大材小用！只有我們的訊息戰部隊最適合你！」

「公安部正在組建特別行動隊，裡面有支訊息戰小組。」安岷冷靜地說：「軍警雖然體系不同，但同是做網路安全，我能很快就適應。」

「你想去，他們就要你嗎……」院長說的純屬氣話，說到一半就自己打住了。他這位最厲害的學生，公安部怎麼會不要。

安岷說：「老師，我先回去了。」

院長氣呼呼的，「記得你是從哪裡走出去的，將來不管到了哪裡，都不能忘本！」

安岷行禮，「是！」

從行政大樓出來，盛夏的豔陽穿過樹蔭，照得安岷瞇了瞇眼。

此時離聯訓、離他和花崇在溫泉池邊的倉促見面已經過去一年。他即將成為軍校的大四生，而花崇和安擇在莎城也已駐守一年。

升上大四後，大家的「主戰場」就不再是小院子，暑假裡，陸續已有同學被派往全國各地，而他也收到了訊息戰部隊的邀約。

但出乎所有人的意料，他不僅拒絕了，還要在開學後參加公安部特別行動隊的考核。

因為那個人，他想要放棄軍人身分，成為員警。

——下集待續

高寶書版集團
gobooks.com.tw

FH031

心毒1 case001：紅顏

作　　者　初禾
繪　　者　MN
編　　輯　陳凱筠
設　　計　林檎
排　　版　彭立瑋
企　　劃　黃子晏

發 行 人　朱凱蕾
出　　版　朧月書版股份有限公司
Hazy Moon Publishing Co., Ltd
地　　址　臺北市內湖區洲子街88號3樓
網　　址　www.gobooks.com.tw
電　　話　(02) 27992788
電　　郵　readers@gobooks.com.tw（讀者服務部）
傳　　真　出版部　(02) 27990909　行銷部 (02) 27993088
郵政劃撥　19394552
戶　　名　朧月書版股份有限公司
發　　行　朧月書版股份有限公司 / Print in Taiwan
初版日期　2022年5月

國家圖書館出版品預行編目(CIP)資料

心毒. 1, Case001：紅顏/初禾著.-- 初版. -- 臺北市：朧月書版股份有限公司出版：英屬維京群島高寶國際有限公司臺灣分公司發行, 2022.05-
面；　公分. --

ISBN 978-626-95739-7-4(第一冊：平裝). --

857.7　　111004340